Frozen

Melissa de la Cruz
et Michael Johnston

Frozen

Traduit de l'anglais (américain)
par Valérie Le Plouhinec

Wiz
Albin Michel

D'autres livres de Melissa de la Cruz
chez Albin Michel Wiz :

Un été pour tout changer
Fabuleux bains de minuit
Une saison en bikini
Glamour toujours
Un été pour tout changer, L'Intégrale

LES VAMPIRES DE MANHATTAN
Les Sang-Bleu
Les Sang-d'Argent
Le Baiser du Vampire
Le Secret de l'Ange
La Promesse des Immortels
Les Portes du Paradis

Bloody Valentine
Le Pacte des loups

Titre original :
FROZEN, BOOK ONE : HEART OF DREAD
(Première publication : G.P. Putman's Sons,
a division of Penguin Young Readers Group,
Penguin Group (USA) Inc, 2013)

À Mattie

Certains pensent que le monde finira dans les flammes,
D'autres dans la glace.
Le désir ayant embrasé mon âme,
Je suis de ceux qui penchent pour les flammes.
Mais s'il fallait que deux fois je trépasse,
Je crois connaître assez la haine
Pour savoir que dans ce domaine la glace
Serait tout aussi souveraine
Et efficace.

Robert Frost, « Feu et glace »

Il est temps de commencer.

Imagine Dragons, « It's Time »

La voix du monstre

Ils venaient la chercher. Leurs pas lourds résonnaient dans le couloir en béton. En un sens, ce bruit était un soulagement. Il y avait des jours et des jours qu'on l'avait abandonnée au fond de cette cellule, dans le silence total, avec un peu d'eau et de nourriture, de plus en plus oppressée par la solitude, par ce silence pesant et permanent, châtiée pour avoir refusé d'obéir, punie d'être ce qu'elle était.

Elle oubliait combien de jours, combien de mois elle était restée là, seule avec ses pensées.

Pas entièrement seule, toutefois.

Je t'avais mise en garde contre l'attente, *grondait la voix dans sa tête. La voix qu'elle entendait dans ses rêves, qui résonnait comme un tonnerre – foudre et cendres, flammes et fumée. Quand cette voix s'élevait, elle voyait dans cet enfer un monstre. Un monstre qui l'emportait sur ses ailes noires, vers des cieux ténébreux d'où un déluge de feu s'abattait sur ses ennemis. Le feu qui faisait rage en elle. Le feu destructeur et ravageur. Le feu qui la détruirait et la ravagerait si elle se laissait faire.*

Sa destinée.

Un destin de rage et de ruine.

De feu et de douleur.

La voix dans sa tête était la raison pour laquelle ses yeux n'étaient pas bruns ni gris. Ses yeux clairs de tigre – d'un vert de noisette fraîche, aux pupilles dorées – indiquaient au monde qu'elle portait une marque sur sa peau. Une marque qu'elle dissimulait aux regards, en forme de flamme, cuisante comme une brûlure, juste au-dessus du cœur. C'était cela, la cause de son emprisonnement, la raison pour laquelle ils voulaient la contraindre à l'obéissance.

La jeune fille n'avait jamais voulu être différente. Elle n'avait pas demandé à être marquée. N'avait jamais cherché à être ce que la voix lui disait qu'elle était, ce que le commandant et les médecins prétendaient qu'elle était. Un phénomène. Un monstre.

Laissez-moi partir ! *les avait-elle implorés lorsqu'on l'avait amenée là.* Je ne suis pas ce que vous croyez ! *Depuis les premiers instants de sa captivité, elle n'avait cessé de clamer qu'ils se trompaient sur elle.*

Quel est ton talent ? *l'avaient-ils questionnée.* Montre-nous.

Je n'en ai aucun. Aucun pouvoir. Je ne sais rien faire de spécial. Relâchez-moi. Vous vous trompez. Laissez-moi partir.

Elle ne leur avait pas parlé de la voix dans sa tête.

Ils avaient quand même trouvé des moyens de se servir d'elle.

Et voilà qu'ils arrivaient, leurs pas lourds résonnant sur la pierre. Ils la forceraient à faire leur volonté, et elle serait incapable de refuser. Il en allait toujours ainsi. Elle commençait par résister, ils la punissaient, et finalement elle cédait.

Sauf...

Sauf si elle écoutait la voix.

Cette voix, quand elle se faisait entendre, lui disait toujours la même chose : Je t'ai longtemps cherchée, mais à présent c'est à toi de me trouver. Le temps est venu de ne plus faire qu'un. La carte a été découverte. Pars d'ici. Va-t'en, va vers le Bleu.

Comme tout le monde, elle connaissait les légendes qui décrivaient un passage secret, au milieu du Pacifique dévasté, menant à un lieu où l'air était tiède et l'eau turquoise. Mais s'y rendre était impossible : les océans sombres étaient emplis de dangers, et nombreux étaient les malheureux qui avaient péri en tentant de trouver la voie.

Il y avait un mince espoir, toutefois. Peut-être parviendrait-elle à accomplir ce que lui demandait la voix.

Ici.

À New Vegas.

Par la fenêtre, elle distinguait au loin les lumières de la ville qui perçaient la grisaille. Avant l'arrivée des glaces, le ciel nocturne était paraît-il noir et infini, constellé d'étoiles qui scintillaient tels des diamants sur un fond de velours. En levant les yeux vers ces étendues ténébreuses, on pouvait s'imaginer partir pour de lointains voyages, éprouver la vastitude de l'univers, et comprendre à quel point on y était minuscule. Mais désormais, le ciel nocturne était opaque et vitreux, éclairé en permanence par la réverbération de la neige qui couvrait le sol et tournoyait dans l'atmosphère. Même les plus brillants des astres n'étaient guère plus que de faibles lumignons dans ce firmament troublé.

Il n'y avait plus d'étoiles, non. Il n'y avait plus que New Vegas, luisant comme un phare dans la pénombre.

Les lumières de la ville étaient abruptement stoppées par une longue ligne courbe, à quelques kilomètres de là. Par-delà cette ligne, par-delà la limite, tout était noir. Un vaste dépotoir, un lieu où la lumière était abolie, un no man's land de terreurs. Et au-delà encore, l'océan empoisonné. Et c'était quelque part dans cet océan, à en croire la voix, qu'elle trouverait le chemin vers un autre monde.

Les gardes approchaient. Elle les entendait parler. Apparemment, ils se querellaient.

Voilà qu'ils ouvraient la porte.

Elle n'avait plus beaucoup de temps...

La panique montait dans sa gorge.

Qu'allaient-ils encore exiger d'elle ?... Que voulaient-ils, cette fois ?... Des enfants, sans doute... c'étaient toujours des enfants...

Ils étaient là.

La fenêtre ! *mugit la voix dans sa tête.* Allez ! Va !

Un fracas de verre brisé, des éclats tranchants dégringolant au sol. La porte s'ouvrit à la volée, mais la jeune fille était déjà sur le rebord, les joues fouettées par l'air glacé. Elle frissonna dans son pyjama léger, transpercée par les poignards des vents arctiques, hésitant, sur le fil, à deux cents étages de hauteur.

Vole !

Je te tiendrai.

La marque brûlait telle une braise contre sa peau. Elle s'était rallumée tandis qu'un courant puissant, aussi électrisant que les étincelles qui illuminaient le ciel, serpentait dans les membres de la jeune fille, et celle-ci avait chaud, si chaud... comme si on l'avait plongée dans un bain de feu. Elle brûlait,

brûlait, la marque au-dessus de son cœur pressant sa peau comme un fer rouge, la consumant de chaleur.

Ne faisons plus qu'un.

Tu es mienne.

Non, jamais ! *Elle secoua vigoureusement la tête, mais voilà qu'ils étaient entrés, le commandant et ses hommes, armes pointées, la visant déjà.*

HALTE ! lança le commandant en la défiant du regard. PLUS UN GESTE !

ALLEZ !

Elle était morte, quoi qu'elle fasse. Feu et douleur. Rage et ruine.

Elle tourna le dos à la pièce pour faire face aux lumières de la ville, à New Vegas, cité de délices impossibles prise dans les glaces, un monde où tout s'achetait et se vendait, cœur battant, avide et décadent de la nouvelle république. New Vegas : un lieu où se cacher, où elle pourrait trouver un passage vers les eaux, vers le Bleu.

Le commandant braillait à pleine voix. Il visa et pressa la détente.

Elle retint son souffle. Une seule direction possible.

Sortir, tomber.

S'élever, s'enfuir.

Vole ! *rugit la créature dans sa tête.*

La fille sauta du rebord et se jeta dans le vide.

Première partie

Leaving New Vegas

Suis-je seulement au Paradis, ou bien à Las Vegas ?

Cocteau Twins, « Heaven or Las Vegas »

1

C'était le coup d'envoi du week-end, le soir des amateurs ; autour de sa table se pressaient des hommes d'affaires venus pour des congrès, des gosses de riches brandissant des jetons en platine, un couple de soldats en permission – garçon et fille, jeunes mariés, qui se bécotaient entre deux verres –, des débutants nerveux posant leur mise avec des doigts tremblants. Nat battit les cartes et distribua. Le nom qu'elle se donnait lui était venu dans un rêve confus, oublié depuis, mais apparemment il lui allait bien. Désormais, elle était Nat. Habituée aux chiffres et aux cartes, elle avait facilement décroché un emploi de croupière au Loss. Il y avait des jours où elle pouvait presque se persuader n'être que cela, une rêveuse de Vegas parmi d'autres, tâchant de joindre les deux bouts, espérant toucher un jour le jackpot.

Elle pouvait presque se convaincre qu'elle n'avait jamais fui, qu'elle n'avait jamais sauté de cette fenêtre. Elle n'était pas tombée, non : elle avait plané, filé dans les airs comme si elle avait eu des ailes. Puis atterri brutalement dans une congère, après quoi elle avait désarmé les gardes du périmètre qui l'avaient aussitôt cernée, et volé un gilet thermique pour se tenir chaud. Elle avait suivi les lumières du Strip et, une fois arrivée en ville, n'avait eu aucun mal à échanger le gilet contre des lentilles pour dissimuler ses iris – condition *sine qua non* pour trouver un emploi dans le casino le plus proche.

New Vegas ne décevait pas ses espoirs. Alors que le reste du pays ployait sous le joug de la loi martiale, la cité du Grand Ouest était demeurée fidèle à elle-même : c'était bien l'endroit où les règles étaient faites pour être enfreintes, et où le monde venait se divertir. Rien ne pouvait décourager les foules : ni la menace de violence constante, ni la crainte des Marqués, ni même les rumeurs de sorcellerie noire supposément à l'œuvre dans les recoins obscurs.

Depuis qu'elle s'était enfuie, la voix dans sa tête exultait, et ses rêves se faisaient de plus en plus sombres. Presque chaque jour elle s'éveillait dans une odeur de fumée et dans un vacarme hurlant. Parfois, ses visions étaient si prégnantes qu'elle ignorait si elle dormait ou non. Des rêves de feu et de ruines, de décombres fumants, de fumée épaisse, de sang sur les murs...

Le bruit de ces cris...

– Carte !

Nat cligna des yeux. Elle venait pourtant de tout voir si clairement : l'explosion, la lumière aveuglante, le trou béant dans le plafond, les corps jonchant le sol...

Mais non : autour d'elle, tout était normal. Le casino était empli d'un bruit constant, entre la musique pop vomie par les haut-parleurs, les croupiers de craps aboyant les points gagnés et ratissant les dés, les bips émis par les écrans vidéo diffusant du poker, la sonnerie des machines à sous, les joueurs réclamant des cartes avec impatience. C'était la jeune mariée de quinze ans qui venait de lui en demander une.

– Carte, insista-t-elle.

– Vous êtes à seize, vous devriez vous arrêter, lui conseilla Nat. Laissez la banque dépasser. Le croupier tire à seize.

– Vous croyez ? demanda la jeune fille avec un sourire plein d'espoir.

Cette femme-enfant et son mari tout aussi jeune, soldats l'un comme l'autre, n'étaient pas près de revoir de sitôt la grande salle d'un casino de luxe. Le lendemain, ils devaient regagner leurs postes lointains pour manœuvrer les drones qui patrouillaient sur les frontières les plus reculées du pays ou surveiller les traqueurs qui sillonnaient les friches interdites.

Nat hocha le menton, retourna la carte suivante et montra aux jeunes mariés... un huit, qui leur donnait la victoire. Elle leur paya leurs gains.

– On continue ! s'écria joyeusement la jeune soldate.

Ils comptaient laisser leurs jetons en jeu pour voir s'ils pouvaient doubler la mise. C'était une très mauvaise idée, mais Nat n'avait pas le droit de les en dissuader. Elle distribua de nouveau.

– Bonne chance, leur dit-elle, conformément à la tradition de Vegas, avant de leur montrer leurs cartes.

Elle était en train de soupirer – *vingt et un, la banque gagne toujours, et voilà, ils peuvent dire adieu à leur cadeau de mariage* – lorsque la première bombe explosa. Alors qu'elle ramassait des jetons, elle fut violemment projetée contre le mur.

Elle battit des paupières. Elle avait un bourdonnement dans la tête et un tintement strident dans les oreilles, mais au moins, elle était encore en un seul morceau. Elle eut la sagesse de réagir avec lenteur, remuant prudemment les doigts et les orteils pour voir si tout fonctionnait encore, tandis que ses larmes chassaient la suie de ses yeux. Ses lentilles lui faisaient mal : lourdes et piquantes, elles semblaient collées à ses cornées, mais Nat préféra ne pas les retirer.

Son rêve lui avait bien montré la réalité, en fin de compte.

– C'est un attentat des Draus, murmuraient les gens, des gens qui n'avaient jamais vu un Drau – et encore moins un Sylphe – de leur vie.

La pourriture des glaces. Des monstres.

Nat se remit péniblement debout et tâcha de s'orienter dans le chaos du casino détruit. L'explosion avait ouvert un trou béant dans le plafond et pulvérisé les larges baies vitrées, envoyant des débris incandescents cascader sur cinquante étages jusqu'à la chaussée.

Tous les joueurs de sa table de black-jack étaient morts. Certains avaient quitté ce monde cramponnés à leurs cartes ; les jeunes mariés gisaient l'un sur l'autre dans une mare de sang. Elle eut un spasme de nausée en se remémorant leurs visages réjouis.

Des cris stridents s'élevaient par-dessus les sirènes d'alarme. L'électricité fonctionnait toujours, et la joyeuse musique pop rendait encore plus déchirante cette scène de désolation. Les clients titubaient sans but, hagards, couverts de cendres et de poussière. Déjà, des pillards tentaient de chiper des jetons : croupiers et chefs de table les repoussaient avec des pistolets et des menaces. Les forces de police arrivèrent bientôt, en tenue d'émeute, se déplaçant de pièce en pièce pour rassembler les survivants, mais faisant plus d'efforts pour chercher les conspirateurs que pour venir en aide aux victimes.

Pas très loin de là où elle se tenait, Nat entendit un hurlement d'un genre différent : un cri de bête aux abois, de personne implorant qu'on lui laisse la vie sauve.

Elle pivota pour voir de qui émanait ce son atroce. C'était un des croupiers de la roulette. La police militaire l'avait cerné, et les fusils étaient braqués sur sa tête. À genoux, il bredouillait des supplications tremblantes, puis s'effondra soudain en sanglots à fendre l'âme.

– Ne tirez pas, ne tirez pas, je vous en prie ne tirez pas ! larmoyait-il.

Lorsqu'il releva la tête, Nat comprit ce qui clochait. Ses yeux. Ils étaient bleus, d'un bleu surprenant, presque irisé. Ses lentilles avaient dû glisser, à moins qu'il ne les ait retirées comme elle-même avait failli le faire, lorsque la fumée les avait rendues atrocement irritantes. On disait que ceux qui avaient les yeux bleus savaient contrôler les esprits, créer des illusions. Apparemment, celui-ci ne contrôlait ni le moindre esprit ni ses propres larmes.

Il voulut dissimuler son visage, tenta de se couvrir les yeux avec ses mains.

– Pitié !

Mais rien n'y fit. Il mourut les yeux grands ouverts, l'uniforme éclaboussé de sang.

Exécuté.

En public.

Et cela ne choquait personne.

– Circulez, y a rien à voir, le danger est écarté. Circulez, circulez, disaient les gardes en poussant les rescapés sur le côté pour les éloigner des corps qui jonchaient la salle.

Une équipe sanitaire commença à nettoyer et à remettre les tables debout.

Nat suivit le mouvement et fut parquée dans un coin avec les autres. Elle savait ce qui allait suivre : scans rétiniens et contrôles de sécurité, la procédure standard après une perturbation de ce genre.

– Mesdames et messieurs, vous connaissez la procédure, annonça un policier, son laser à la main.

– Ne clignez pas des yeux, rappelèrent les agents de sécurité en allumant leurs propres détecteurs.

Les clients se mirent calmement en rang : ce n'était pas le premier attentat auquel ils survivaient, et plusieurs étaient impatients de retourner jouer. Déjà, les croupiers de craps se remettaient à annoncer les points gagnants. Un jour comme un autre à New Vegas. Encore une bombe, rien de plus.

– Je ne vous lis pas, vous allez devoir nous accompagner, madame, dit un agent à une pauvre âme effondrée à côté des machines à sous.

La femme émaciée fut conduite dans une file séparée. Ceux qui échouaient aux scans ou qui avaient sur eux des documents suspects seraient jetés en cellule. Laissés à la merci du système, ils pourriraient derrière les barreaux, oubliés de tous, à moins qu'une célébrité ne prenne fait et cause pour eux – mais ces derniers temps, les mégastars du rock s'agitaient plutôt en faveur de la restauration de la couche d'ozone. La seule magie à laquelle elles croyaient était leur propre charisme.

Le tour de Nat arrivait.

– B'soir, fit-elle en regardant droit vers la petite lumière rouge et en s'efforçant de prendre un air nonchalant.

Elle se répéta qu'elle n'avait rien à craindre, rien à cacher. Ses yeux étaient comme ceux de tout le monde.

L'agent avait à peu près son âge : seize ans. Une ligne de boutons d'acné lui barrait le front, mais il semblait déjà fatigué de l'existence. Usé comme un vieillard. Il garda le faisceau braqué dans ses yeux jusqu'à ce qu'elle soit obligée de cligner des paupières, si bien qu'il dut recommencer.

– Désolée, dit-elle en croisant les bras, luttant toujours pour calmer sa respiration.

Pourquoi cela prenait-il tellement de temps ? Avait-il vu quelque chose qui lui aurait échappé ? Elle ne raterait pas le crétin qui lui avait fourni ses lentilles, si jamais il l'avait arnaquée.

L'agent éteignit enfin son laser.

– Tout va bien ? s'enquit Nat, rejetant en arrière ses longs cheveux bruns.

– C'est parfait. (Il se pencha sur le badge qu'elle portait.) Natasha Kestal. Un joli nom pour une jolie fille.

– C’est gentil, merci.

Elle sourit, soulagée que ses lentilles grises indétectables lui aient permis de triompher du test.

Nat avait obtenu son emploi à l’aide de faux papiers et d’une faveur, et pendant qu’on lui faisait signe de rejoindre les vestiaires afin de passer un uniforme propre pour reprendre le travail, elle remercia les étoiles invisibles. Car elle était sauvée du danger.

2

– Je n'en peux plus, de ces boulots.

Wes repoussa la chemise cartonnée sur la table sans même l'ouvrir. Seize ans, les cheveux châtains, les yeux marron et l'air chaleureux, le corps musclé mais svelte. Il portait une doudoune sans manches élimée sur un vieux pull et un jean déchiré. Ses traits étaient durs, mais son regard était doux – malgré le sourire narquois qui lui montait fréquemment aux lèvres.

Comme en ce moment. Wes avait su tout ce qu'il y avait à savoir sur la mission rien qu'en voyant les mots RECONNAISSANCE ZONE PACIFIQUE tapés en police Courier sur la pochette. Depuis quelque temps, il ne trouvait plus de travail que dans les eaux noires. Rien d'autre à se mettre sous la dent. Il soupira et s'enfonça dans le moelleux fauteuil de cuir. Il avait espéré un vrai repas, mais ses chances de l'obtenir étaient minces, maintenant qu'il avait décliné l'offre. Il y avait des nappes blanches et de la vraie argenterie ; mais la scène se déroulait tout de même dans une salle de casino, et des lumières clignotaient dans tous les coins tandis que les fentes cliquetaient et que les pièces dégringolaient dans les gobelets.

Wes, qui était originaire de New Vegas, trouvait le vacarme des casinos apaisant. Le Loss n'était pas encore complètement remis de l'attentat spectaculaire qui avait éventré sa salle de jeu quelques semaines auparavant. Une résistance alimentée au gaz avait été temporairement suspendue au plafond : la vive chaleur qu'elle dégageait était la seule défense contre le perpétuel hiver du dehors. La neige tombait dru, et Wes regardait les flocons se vaporiser en grésillant, comme de l'huile dans une poêle, lorsqu'ils touchaient la grille. Il repoussa ses cheveux en arrière et un flocon égaré, miraculeusement épargné, vint se poser sur son nez.

Il frissonna : jamais il ne s'habituerait au froid. Tout petit déjà, on le taquinait pour sa frilosité. Il portait plusieurs couches de vêtements sous son pull : la technique du ghetto pour se tenir au chaud quand on ne pouvait pas se payer de vêtements autochauffants, alimentés par une pile à fusion.

– Désolé, dit-il, mais je ne peux pas.

Bradley, sans faire mine d'avoir entendu, fit signe à la serveuse.

– Deux steaks de bœuf de Kobé à la toscane. Les plus gros que vous ayez, commanda-t-il. J'aime que mon bœuf ait été massé, apprit-il ensuite à Wes.

Cette spécialité était une rareté, inabordable pour la population ordinaire. Il y avait certes beaucoup de viande – de la baleine, du morse, du renne, pour ceux qui pouvaient avaler ça – mais seule l'élite de l'élite consommait encore du bœuf. D'autant plus que les seules têtes de bétail existant encore étaient élevées dans de coûteuses étables à température contrôlée. La vache qui était morte pour fournir ce steak avait probablement eu une vie plus douillette que la sienne, songea Wes. Elle avait eu bien chaud, elle.

Il capta le regard de son convive.

– Si vous voulez encore kidnapper un PDG, dit-il, je suis votre homme. Mais ça, c'est non.

Ancien sergent dans les Marines, Wes dirigeait à présent une des équipes de mercenaires les plus réputées de la ville. Correction : une des équipes de mercenaires *autrefois* les plus réputées. Il avait bien fait son beurre dans les guerres entre casinos, jusqu'au jour où il s'était attiré la haine d'un parrain du jeu en refusant d'incendier un hôtel concurrent pendant le Mardi gras. Depuis, tout le travail qu'on lui confiait émanait des divisions secrètes de l'armée : protection, intimidation, enlèvements ou sauvetage (la plupart du temps, il se trouvait d'ailleurs des deux côtés). En venant au rendez-vous, il avait espéré une mission de ce genre-là.

– Wesson, soyez raisonnable, lâcha Bradley d'une voix glaciale. Vous avez besoin de ce travail, vous le savez bien. Prenez-le. Dans l'armée, vous étiez un des meilleurs éléments que nous ayons jamais eus, surtout depuis cette victoire au Texas. Dommage que vous nous ayez quittés si vite. J'ai cent types qui piaffent d'impatience, mais j'ai eu envie de vous jeter cet os. Il paraît que vous n'avez pas travaillé depuis un bon bout de temps.

Wes sourit et reconnut que l'homme disait vrai.

– À part quelques jobs qui ne valent même pas la peine d'être mentionnés, précisa-t-il. Mais que voulez-vous, je tiens à pouvoir dormir la nuit.

Cela, il l'avait appris de son passage dans l'armée, surtout après les événements de Santonio.

– Ces petits groupes de Marqués qui résistent au traitement et à l'inscription dans les registres font toujours planer un danger, et doivent être châtiés en conséquence, affirma Bradley. Voyez ce qu'ils ont fait de cet endroit.

Wes poussa un vague grognement. Quelqu'un d'autre s'était apparemment chargé de la mission qu'il avait déclinée contre le casino, mais que savait-il au fond ? Rien de plus que n'importe qui. Il savait qu'après le Grand Gel les cheveux et les yeux bruns ou noirs étaient devenus la norme, et que les rares bébés aux yeux bleus, verts ou jaunes naissaient avec des marques étranges sur le corps.

Les marques des Mages, murmuraient les diseuses de bonne aventure qui lisaient les lignes de la main et les tarots dans les ruelles obscures de Vegas. *Ça a commencé. D'autres encore sortiront des glaces pour envahir notre monde.*

La fin est proche.

La fin du commencement. Le commencement de la fin.

Les enfants marqués savaient faire des choses – lire dans les pensées, déplacer des objets à distance, parfois même prédire l'avenir. On les disait aussi enchanteurs, sorciers, on les appelait « Bloquetêtes » ou « Baratineurs » dans l'argot populaire.

Les autres personnages venus des glaces étaient : les Petitshommes, des adultes hauts comme trois pommes doués d'un rare talent pour la survie, capables de se cacher en pleine lumière ou de dégoter de la nourriture là où nul n'en trouvait ; les Sylphes, êtres d'une beauté lumineuse aux pouvoirs extraordinaires : on disait que leurs cheveux avaient la couleur du soleil d'autrefois, et que leurs voix étaient le chant des oiseaux qui ne volaient plus à tire-d'aile au-dessus des terres ; et enfin, les terrifiants Draus : des Sylphes aux cheveux argentés, aux yeux blancs et aux intentions obscures. On racontait que les Draus étaient capables de tuer avec leur seul esprit, et qu'ils avaient le cœur fait de glace.

D'après la rumeur, les Petitshommes vivaient ouvertement avec leurs frères plus grands en Nouvelle-Pangée, tandis que les Sylphes et les Draus restaient entre eux, cachés dans leurs lointains glaciers de montagne. Beaucoup de gens doutaient de leur existence, car rares étaient ceux qui en avaient vu.

Dans le passé, l'armée avait recruté des Marqués dans ses rangs, ainsi qu'un discret Sylphe et un ou deux Petitshommes, mais depuis que cette expérience avait connu une fin lamentable pendant la bataille du Texas, la politique du gouvernement avait évolué vers son état actuel : recensement, emprisonnement et opprobre. Les Marqués étaient décrits comme dangereux, et on apprenait au peuple à les craindre.

Mais Wes était né à Vegas, et cette ville avait toujours été un repaire de marginaux cohabitant paisiblement depuis plus de cent ans – depuis qu'une épaisse couche de glace avait recouvert la Terre.

– Ce n'est pas que je n'aie pas besoin de boulot, dit-il. Au contraire, je vous assure. Mais décidément, pas ça.

Le capitaine au visage sévère ramassa la chemise, l'ouvrit et feuilleta les documents qu'elle contenait.

– Je ne vois pas où est le problème, dit-il en la repoussant à travers la table. Nous ne demandons pas grand-chose : juste quelqu'un pour guider les mercenaires afin qu'ils aillent nettoyer un peu le Pacifique. Quelqu'un comme vous, qui connaît le terrain – ou plutôt la mer.

C'était bien payé, et Wes avait déjà mené des missions périlleuses consistant à faire entrer et sortir des gens du Grand Dépotoir sans poser de questions. Comme le disait Bradley, il connaissait le terrain de ces mers dévastées, et savait s'y retrouver pour guider des citoyens cherchant illégalement un passage jusqu'à l'empire du Xian ; voire, s'ils étaient particulièrement bourrés d'illusions, des fugitifs qui lui demandaient de trouver le Bleu, le fameux Nirvana que recherchaient les pèlerins et que personne n'avait jamais localisé. Récemment, toutefois, le travail s'était fait rare pour les passeurs, car les gens osaient de moins en moins braver les difficultés d'une traversée – au point que Wes lui-même commençait à s'interroger sur sa vocation. Il était aux abois, et Bradley le savait bien.

– Allez, vous n'avez même pas ouvert le dossier, insista son ancien capitaine. Prenez-en au moins connaissance.

Wes soupira, ouvrit la chemise et parcourut les documents. Le texte était censuré, la plupart des phrases cachées par une épaisse barre noire, mais il put tout de même se faire une idée.

C'était bien ce qu'il pensait.

Du sale boulot.

Un boulot d'assassins.

La serveuse revint leur apporter deux bières dans d'énormes chopes givrées. Bradley lampa la sienne d'un trait pendant que Wes achevait sa lecture. Cette opération sortait de l'ordinaire – ce n'était pas l'habituel ticket aller vers le Grand Dépotoir où, si quelqu'un devait souffrir, c'étaient lui et ses gars. Cela, il pouvait l'affronter. Une bonne course pouvait épargner la soupe populaire à son équipage pendant un mois.

Non, cela était différent. Il avait déjà fait beaucoup de choses pour survivre, mais il n'était pas un tueur à gages.

Bradley attendait patiemment. Sans sourire, sans changer d'expression. Sa chemise était un peu trop tendue sur son corps, ses cheveux coupés un peu trop court pour un civil : même sans uniforme, on voyait qu'il était militaire. Mais les États-Unis d'Amérique n'étaient plus ce qu'ils avaient été : il n'y avait rien d'étonnant à ce que tout le monde les surnomme « les Vestiges subsistants de l'Amérique ». Les VSA : une poignée d'États qui survivaient à grand-peine. Hormis son énorme machinerie militaire qui dévorait sans cesse du terrain, le pays ne possédait plus rien et croulait sous sa dette.

Le capitaine sourit et essuya la mousse de bière de ses lèvres.

– Une promenade de santé, vous ne croyez pas ?

Wes haussa les épaules et referma la chemise. Bradley était un dur, un homme capable d'ordonner de tuer sans ciller. La plupart du temps, Wes lui obéissait. Mais cette fois-ci, c'était non.

Dans un monde différent, il serait devenu autre chose : musicien, peut-être, ou sculpteur, charpentier...

quelqu'un qui travaillait avec ses mains. Mais il vivait dans ce monde-ci, à New Vegas ; il était responsable d'une équipe, il avait froid et il avait faim.

La serveuse, lorsqu'elle reparut, poussait devant elle un chariot chargé de deux larges assiettes, chacune garnie d'un gros steak bien grillé et dégoulinant de jus sur un lit de purée de pommes de terre. L'odeur de beurre fondu et de viande saisie était irrésistible.

Rien à voir avec les RET – Repas en tube – auxquels Wes était habitué. Ses gars et lui n'avaient pas les moyens de se payer autre chose, ces derniers temps : une giclée goût pizza, une autre arôme « dinde de Thanksgiving ». Parfois, ce n'était même pas de la nourriture : le repas était un simple spray. On se l'envoyait directement dans le gosier, et voilà, on avait mangé. Wes ne se rappelait pas quand il avait dégusté un hamburger pour la dernière fois, et encore moins un steak, accompagné de ce délicieux fumet.

– Alors, vous le prenez, ce contrat, oui ou non ? Écoutez, les temps sont durs. Ne vous torturez donc pas avec votre conscience : il faut bien se nourrir, que diable. Vous devriez plutôt me remercier de vous donner cette chance : c'est à vous que j'en parle en premier.

Wes secoua la tête, tâchant d'oublier l'odeur du steak.

– Je vous l'ai déjà dit, adressez-vous à quelqu'un d'autre. Vous vous trompez de cible.

Si Bradley s'imaginait pouvoir l'acheter pour le prix d'un bon repas, il se méprenait. Wes s'inspirait des chasseurs du paléolithique dont il avait entendu parler à l'école, qui gardaient les yeux rivés sur l'horizon, toujours aux aguets, toujours à l'affût de cette proie fuyante qui garantissait la survie. Mais les hommes préhistoriques jeûnaient aussi pendant des jours plutôt que consommer la chair des animaux sacrés. Cette idée plaisait à Wes : elle lui permettait d'avoir une meilleure estime de lui-même, de savoir qu'il n'était pas un vautour, un de ces pauvres types prêts à faire n'importe quoi pour obtenir une lampe chauffante. Il ne possédait pas grand-chose, mais il avait au moins son intégrité.

Le capitaine de l'armée se rembrunit.

– Vous tenez vraiment à ce que je renvoie ça en cuisine ? Je parie que vous ne mangez que de la bouillie depuis des semaines.

– Vous pouvez le flanquer à la poubelle si ça vous chante, ça m'est égal, répondit Wes en repoussant une fois de plus la chemise à travers la table.

Bradley tira sur les revers de sa veste et lui envoya un regard assassin.

– En ce cas, un conseil : habituez-vous à crever de faim.

3

Le casino bourdonnait d'activité, comme d'habitude, lorsque Nat prit son poste ce soir-là. L'établissement n'avait pas fermé, pas un seul jour, pas même une heure ; la direction se fichait pas mal qu'il y ait un trou dans le plafond, du moment que les machines à sous continuaient de tinter. En entrant, elle salua le vieux Joe d'un hochement de tête, et ce requin des cartes ratatiné lui répondit par un sourire qui fit disparaître ses yeux dans les plis de ses joues. Joe était une anomalie, un oiseau rare, un homme qui avait dépassé son cinquantième anniversaire. Il était aussi une légende des casinos, célèbre pour avoir été un des écumeurs de tables les plus finauds et les plus couronnés de succès, mais aussi un des plus insaisissables : il avait mis à genoux plus d'une salle de jeu et vidé bien des coffres, en gardant toujours une tête d'avance sur les services de sécurité. Lorsqu'il s'était installé sur le Strip, le Loss lui avait offert un emploi, plutôt que le regarder s'en aller avec les profits. « Tu me rappelles ma nièce qui est morte à Santonio », avait-il dit à Nat lorsqu'il l'avait embauchée, alors qu'elle n'était qu'une petite chose maigre et affamée qui gagnait coup sur coup aux tables de poker. « Elle était comme toi : trop intelligente pour son bien. »

Joe lui avait offert le même marché qu'à tous ses collègues compteurs de cartes : « Travaille pour moi, aide-nous à débusquer les autres pros, je te donnerai un salaire décent et ça t'empêchera de te faire tabasser par les gorilles du casino. » Il ne lui avait jamais demandé pourquoi elle était venue à Vegas ni ce qu'elle faisait avant.

Demande-lui, ordonna la voix. *Questionne-le à propos de la pierre. Fais ce pour quoi nous sommes venus ici. Tu as repoussé le moment assez longtemps. La Carte a été découverte*, insistait-elle sans relâche. *Presse-toi, il est temps.*

Quelle Carte ? avait demandé Nat, même si quelque chose lui disait qu'elle connaissait déjà la réponse. Les pèlerins l'appelaient « carte d'Anaximandre » ; on disait qu'elle permettait de franchir sans dommage les eaux périlleuses, hérissées de récifs, du détroit de l'Enfer, pour gagner l'île du portail qui menait vers le Bleu.

– Joe ? Vous avez une seconde ?

– Pourquoi donc ?

– Pourrions-nous parler en privé ?

– Bien sûr, dit-il en lui faisant signe de le suivre dans un coin tranquille, où des touristes inséraient machinalement des crédits dans des stations de poker vidéo.

L'odeur de fumée était encore puissante et lui rappelait ses cauchemars.

Joe croisa ses gros bras.

– Qu'est-ce qui te tracasse ?

– Qu'est-ce que c'est que ça ?

Elle désignait la pierre qu'il portait à son cou ridé. La pierre qu'elle avait remarquée dès leur première rencontre, celle sur laquelle la voix avait exigé qu'elle se renseigne aussitôt qu'elle avait mis un pied dans la ville et dans ce casino. Elle avait repoussé cet ordre le plus longtemps possible, redoutant ce qui arriverait si elle s'y pliait.

– Quoi, ça ? fit l'homme en élevant la pierre dans la lumière, où elle brilla vivement dans le cocon obscur de la salle de jeu.

C'est ça ! Prends-la ! Prends la pierre. Quitte à le tuer s'il le faut. Elle est à nous ! La voix était frénétique, excitée, la jeune fille sentait l'avidité du monstre vibrer dans ses veines.

– Non ! lança-t-elle à voix haute, ce qui la surprit elle-même et fit sursauter une joueuse toute proche qui en lâcha son jeton.

– Qu'y a-t-il ? demanda Joe, admirant toujours la gemme étincelante.

– Rien, rien. Elle est jolie, cette pierre.

– Je l'ai gagnée aux cartes il y a un moment de ça, lâcha-t-il distraitement. On raconte que c'est une sorte de carte, mais tu parles, il n'y a rien du tout là-dedans.

Prends-la ! Prends-la ! Prends-la-lui !

– Je peux la tenir dans ma main ? s'enquit Nat d'une voix tremblante.

– Bien sûr.

L'homme la retira lentement de son cou. Il hésita un instant avant de la lui tendre. Elle était tiède dans sa paume.

Nat observa attentivement la petite pierre bleue. Elle avait le poids et la couleur d'un saphir, et elle était ronde, avec un trou au milieu. La jeune fille la porta à son œil et eut un vif mouvement de recul.

– Que s'est-il passé ? Tu vois quelque chose ? demanda Joe avec ardeur.

– Non, non... rien.

L'espace d'un instant, le casino avait disparu et, à travers le trou, elle n'avait plus vu que des eaux bleues, étincelantes et limpides. Elle jeta un nouveau coup d'œil. C'était encore là. De l'eau bleue.

Et ce n'était pas tout. À mieux y regarder, elle distingua comme un itinéraire, une ligne brisée qui louvoyait entre les obstacles, une voie de passage parmi les récifs et les tourbillons de l'Hellespont.

La pierre contient la carte qui mène à Arem, la porte de Vallonis, murmura la voix avec une grande déférence.

C'était donc pour cela que cette voix l'avait guidée jusqu'à New Vegas, jusqu'au Loss et jusqu'à Joe. Elle avait facilité son évasion, lui avait rendu sa liberté, et elle la poussait sans relâche en avant.

Viens à moi.

Tu es mienne.

Il est temps que nous ne fassions plus qu'un.

– Il n'y a rien à voir là-dedans, dit-elle à Joe.

Le dos du vieil homme se voûta un peu.

– Ouais, c'est bien ce que je pensais. Ce n'est qu'une imitation.

Elle referma le poing dessus sans bien savoir ce qui arriverait ensuite, redoutant sa réaction si Joe réclamait le bijou, espérant qu'il n'en ferait rien.

Elle regarda fixement son patron jusqu'à ce qu'il baisse les yeux. Dans sa tête, le monstre piaffait d'impatience. *Qu'est-ce que tu attends ? Tire-toi en courant ! Tue-le s'il essaie de t'arrêter !*

– Donnez-la-moi, souffla-t-elle.

Quelque part, elle savait déjà qu'elle ferait tout ce qui serait exigé d'elle.

Joe grimaça comme si elle lui avait fait mal.

– Garde-la, finit-il par lâcher avant de s'éloigner d'un pas rapide.

Nat s'adossa au mur, soulagée pour le vieil homme qu'il lui ait donné la pierre de son plein gré.

Plus tard ce soir-là, elle fut réveillée par un bruit de lutte. Joe dormait à deux chambres de la sienne, et elle entendait… qui ? La police militaire ? Les gros bras du casino ? Des chasseurs de primes ? Quelqu'un, en tout cas, avait enfoncé sa porte et l'arrachait à son lit. Elle entendit le bonhomme supplier, hurler, pleurer, mais nul ne vint à son secours. Aucun voisin n'osa jeter un œil dans le couloir, personne même ne vint aux renseignements. Le lendemain, pas un mot ne serait dit sur ce qui s'était passé ni sur ce qu'on avait entendu. Elle se pelotonna dans ses épaisses couvertures en les écoutant retourner sa chambre, arracher les portes des placards, renverser les tables, chercher… chercher… quelque chose… Était-ce la froide pierre bleue qu'elle serrait en ce moment dans son poing ?

S'ils avaient trouvé Joe, ils ne tarderaient pas à mettre la main sur elle.

Que faire, alors ? Elle ne pouvait pas retourner en arrière, n'avait rien à retrouver dans son passé, mais si elle continuait d'avancer… Elle frissonna, un goût de cendres et de scories dans la bouche.

La pierre était dans sa main. La carte d'Arem, la clé du portail qui menait à Vallonis.

Par la fenêtre, elle les vit emmener Joe revêtu d'une camisole de force, et elle sut ce qui l'attendait, elle, si elle restait là. Ils la renverraient là d'où elle était venue, à ces pièces solitaires, à ces sombres missions.

Non. Elle ne pouvait pas rester. Il fallait qu'elle quitte New Vegas, et le plus tôt serait le mieux.

Qu'est-ce que tu attends ?

4

Sa mère avait été danseuse de revue. Une des plus jolies filles du métier, aimait à dire son père autrefois, et Wes ne doutait pas qu'il ait eu raison. Son père, lui, était flic. C'étaient des gens bien, de bons citoyens de New Vegas. Ils n'étaient plus de ce monde, chacun ayant succombé au grand « C » des années plus tôt. Le cancer était inévitable, il frappait tôt ou tard, et ses parents n'avaient pas fait exception à la règle. Mais Wes savait aussi qu'en réalité ils étaient morts bien avant cela ; ils n'étaient plus que des coquilles vides depuis ce qui était arrivé à Eliza. Sa petite sœur que nul n'avait pu sauver.

Il pouvait remercier ses parents pour son physique agréable et son esprit vif, mais pas grand-chose d'autre. En quittant ce repas quatre étoiles, il s'en voulait d'avoir décliné l'offre de Bradley, mais par-dessus tout il était en colère que ce soit le seul chemin qui s'offrît aux gens comme eux. Lui-même pouvait bien crever de faim, il l'avait déjà fait, mais il détestait imposer cela à ses gars. Ils étaient la seule famille qui lui restait.

Quand il était petit, sa mère lui préparait parfois de la soupe à la tomate et des croque-monsieur. Cela n'arrivait pas souvent : elle travaillait tard le soir et était rarement réveillée à l'heure où il rentrait de l'école. Mais une fois de temps en temps, elle faisait une apparition, les joues encore barbouillées du maquillage de la veille, dégageant des effluves de parfum et de sueur. Elle allumait la cuisinière, et l'odeur du beurre – du vrai beurre, elle y tenait à tout prix – emplissait alors leur petite maison.

Le croque-monsieur était moelleux à l'intérieur et croustillant au-dehors, et la soupe était légère et rouge, acidulée et savoureuse, même si elle sortait d'une boîte. Wes se demandait ce qui lui manquait le plus, de sa mère ou de ces croque-monsieur. Elle leur avait dissimulé sa maladie, sous le maquillage. Elle avait travaillé jusqu'à la fin. Un soir, elle s'était pliée en deux pour vomir du sang en coulisse ; quelques jours plus tard, elle était morte.

Papa avait tâché de ne pas craquer pendant un moment, et ses petites amies – barmaids à l'accent canaille, parfois une strip-teaseuse des clubs (sa mère n'aurait jamais approuvé, elle-même était une *artiste*, une *danseuse*, pas une de ces filles que l'on prend et que l'on jette) – avaient été gentilles avec Wes, mais ce n'était pas la même chose.

Lorsque son père était mort à l'hospice, vieillard flétri de vingt-neuf ans, Wes s'était retrouvé orphelin.

Il avait neuf ans, et il était seul.

La fin du monde avait eu lieu bien avant la venue de la neige, aimait à dire son père. Elle avait commencé après les Grandes Guerres, s'était terminée après la Montée des eaux noires, et le Grand Gel n'avait été que la dernière étape d'une longue série de catastrophes. Le monde n'en finissait pas de s'éteindre. La seule chose à faire était de tenir jusqu'à la calamité suivante.

Wes avait promis du travail à ses gars, il leur avait promis à manger, leur avait promis qu'ils auraient quelque chose dans le ventre ce soir. Il s'était aussi promis à lui-même de ne jamais retourner là-bas, de ne plus jamais rien faire d'aussi stupide et dangereux. Et pourtant, il était là. De retour aux courses de la mort, ainsi nommées parce que piloter ces vieilles guimbardes, c'était risquer sa vie à coup sûr. La piste serpentait dans les ruines des casinos d'antan. Les véhicules étaient pour la plupart des épaves retapées et équipées de moteurs surgonflés, même si de temps en temps les organisateurs parvenaient à mettre la main sur une vieille Ferrari ou une Porsche à la mécanique encore puissante.

– Tiens ! J'croyais que tu disais que t'en avais fini avec ça, fit remarquer Dre, le gangster qui tenait l'affaire, en le voyant arriver.

– Les choses peuvent changer, répondit le garçon d'un ton maussade. Combien ?

– Dix si t'es gagnant, cinq *cents* si t'es placé. Rien sinon.

– D'accord.

Il avait toujours été doué pour la vitesse. Il savait conduire vite, courir vite, même son élocution était rapide. D'une certaine manière, c'était un soulagement de faire une chose pour laquelle il avait tant de facilités.

Il monta en voiture. Pas de casque, pas de ceinture. Aucune règle, sinon tâcher de rester en vie et essayer de ne pas percuter un mur ou une baie vitrée, ni déraper sur la glace et emplafonner une autre voiture. Les véhicules portaient les noms de grands chevaux de course des temps anciens. Ajax. Man o'War. Cigare. Barbaro. Il leva les yeux vers les grands panneaux qui diffusaient les cotes au réseau des parieurs. La sienne était haute : il trouva gratifiant que les bookmakers se souviennent de lui, qu'ils parient sur sa survie. Lorsque le drapeau à damier s'abaissa, il fit rugir son moteur et se lança dans la course.

Le circuit passait devant les reliques de la ville : le Olden Ugg, le Rah's, le R Queens[1], pour prendre fin dans le coin où un cow-boy de néon brandissait son chapeau.

Quelques voitures menaient la course. Wes décida de rester avec le peloton et d'attendre le dernier tour pour passer à l'attaque : chacun savait que le véhicule qui faisait la course en tête finissait généralement à la quatrième place. Enfin, le moment arriva. Plus qu'une voiture devant lui. Le drapeau jaune flottait au vent, incitant à la prudence : la glace devait être plus glissante que d'habitude. Il enfonça l'accélérateur et gagna peu à peu du terrain sur l'adversaire. L'autre pilote le vit venir et tenta de lui barrer la route, mais ses pneus dérapèrent sur le verglas. Son bolide heurta celui de Wes par le flanc, les précipitant tous deux contre la barrière. L'auto de Wes racla la glace, s'in-

1. Ce sont en fait les enseignes déglinguées des fameux casinos Golden Nugget, Harrah's et Four Queens. (Toutes les notes sont de la traductrice.)

clina sur ses roues de droite, fit un premier tonneau, un second, et le garçon se cogna la tête contre le toit avant de retomber lourdement dans son siège. L'autre voiture n'était plus qu'une boule de feu au bout de la rue, mais puisque la sienne roulait toujours, Wes poussa le moteur et franchit comme une fusée la ligne d'arrivée.

La course était terminée. Le moteur expira dans un dernier hoquet, les roues patinant sur la glace, mais tout allait bien.

Il avait survécu.

Il s'extirpa par la fenêtre, les joues rouges, le cœur battant à tout rompre. L'alerte avait été chaude. Trop chaude. Pendant un instant, il avait cru qu'il ne s'en sortirait pas.

– Beau boulot. À demain ?

Wes secoua négativement la tête tout en comptant ses watts durement gagnés : il y avait à peine de quoi payer aux gars un modeste dîner. Il ne pouvait pas continuer ainsi. Il allait devoir imaginer un autre moyen de nourrir son équipage. Son ami Carlos, qui était vigile au Loss, lui devait une faveur. Après tout, Wes avait récemment refusé d'incendier le casino, et ce n'était pas sa faute si le concurrent avait trouvé quelqu'un d'autre pour faire le boulot. Peut-être était-il temps qu'il retente sa chance aux tables de jeu.

À Vegas, il y avait toujours une partie qui commençait.

5

– Eh, Manny ! appela Nat en faisant signe à son chef de table.

– Quoi ?

Manny compta un rouleau de cinq cents watts, tout en s'approchant d'elle. Il y avait en réalité deux New Vegas : d'un côté la ville dirigée par les nababs de l'immobilier et leurs affaires louches avec l'armée, et de l'autre le Vegas éternel, tenu par la mafia, par les gangsters, par des gens comme Manny, qui faisaient en sorte que les lieux soient bondés, les clients contents et les boissons fortes.

– Tu n'aurais pas des contacts avec un bateau ? chuchota-t-elle. Un passeur ?

Manny secoua la tête, s'humecta l'index du bout de la langue et continua de compter l'argent.

– Pourquoi tu voudrais quitter New Veg' ? Tu viens d'arriver. Tu trouveras pas mieux qu'ici, fit-il en embrassant du geste la grande salle animée. Pour aller où ?

Il n'avait pas tort. Après la fin du monde, lors de la ruée pour la domination sur les dernières ressources terrestres, le pays avait élargi ses frontières, colonisant et renommant des régions entières du monde. L'Afrique était devenue la Nouvelle-Rhodes, l'Australie divisée entre Pangée-Supérieure et Nouvelle-Crète, quant à l'Amérique du Sud… ce n'était plus qu'une vaste décharge à ciel ouvert simplement baptisée Nuevo Residuos. Il restait bien une poignée de secteurs indépendants, notamment l'empire du Xian : le seul pays à avoir eu la prévoyance de devenir précurseur de l'agriculture en salle, préservant ainsi sa production agricole avant l'arrivée de la glace. À part cela, le reste du monde habité – des lambeaux de la Russie et l'essentiel de l'Europe – était envahi par les pirates et dirigé par des fous.

Les visas étaient plus coûteux qu'un chauffage spatial en état de marche, plus coûteux même que l'eau claire. Il était presque impossible d'en acheter un, sans compter que les blizzards interminables rendaient tout voyage périlleux et extrêmement cher.

Nat haussa les épaules.

– Allez, Manny, tu connais tout le monde dans cette boule à neige.

Elle avait demandé ici et là, mais ses camarades croupiers lui avaient ri au nez. Tous, des valets du Nuevo Cabo aux serveuses du Mesa Sol, et même les danseuses topless du Henderson. Il n'y avait pas moyen. Tous lui avaient dit d'oublier l'idée, que ceux qui tentaient de passer les frontières étaient des cinglés qu'on ne revoyait jamais. Les employés de Vegas ne savaient qu'une chose : ceux qui fuyaient la ville portaient la poisse, et la poisse n'avait pas sa place dans les casinos.

Le chef de table fourra le rouleau dans sa poche revolver, se passa la langue sur les lèvres et se trifouilla les molaires avec un cure-dents.

– Non, chérie. N'y pense même pas, je voudrais pas te retrouver avec une balle dans la tête, flottant dans cette eau noire. Y a des pirates là-bas, de vrais charognards, tu sais pas ça ? Ils t'enlèvent, te réduisent en esclavage et te revendent dans les territoires hors la loi. Et puis, tu te rappelles ce qui est arrivé à Joe ? ajouta-t-il en secouant la tête. Si des chasseurs de primes apprennent que ça te démange de sauter la clôture, ils te balanceront pour toucher la récompense.

C'était ce que tout le monde croyait : que Joe avait été dénoncé aux autorités contre rétribution. Pour quelques watts, quelqu'un avait craché le morceau.

– En plus, ajouta-t-il, il faut un sacré paquet de fric pour payer un passeur.

Elle soupira en contemplant sa petite liasse. Les pourboires étaient tombés régulièrement toute la soirée. Elle disposait de presque vingt crédits : pas assez pour une combinaison autochauffante digne de ce nom, mais peut-être de quoi s'offrir une paire de moufles en peau de phoque ou un bol de vrai bouillon de poule. Elle distribua les cartes. Toute la journée, elle avait reçu un bon flot constant de joueurs, un groupe célébrant un enterrement de vie de garçon, quelques pros qui vivaient des cartes.

– C'est calme, ce soir ? fit une voix.

Relevant la tête, elle vit un type debout face à elle. Grand, les cheveux couleur caramel, des yeux de miel. Elle sourit. Il lui semblait qu'elle l'avait déjà vu quelque part. Elle eut un petit hoquet en découvrant ce visage agréable, ce regard gentil et cette mine familière. Elle aurait pu jurer le connaître, mais ne se souvenait pas d'où. Il était vêtu de couches superposées, et Nat remarqua ses poignets de chemise effilochés ainsi que les brûlures sur son jean : cela ne pouvait venir que d'une course automobile dans les ruines. Elle ne pensait connaître aucun de ces trompe-la-mort, mais elle pouvait faire erreur. Quoi qu'il en soit, elle pressentait une entourloupe rien qu'à voir sa manière de rôder autour de sa table.

– Vous jouez ? questionna-t-elle sur un ton net et professionnel. Sinon, je vais devoir vous demander de reculer. C'est le règlement, désolée.

– Peut-être. Quelle est la première mise ? s'enquit-il d'une voix traînante.

La réponse clignotait sur la table : cinquante crédits chaleur pour entrer dans le jeu. Elle désigna le panneau lumineux, le sourcil froncé.

– C'est tout ? lâcha-t-il d'un air suave. Bon, je vais peut-être rester un peu, histoire de veiller à ce que ces clowns vous traitent bien.

Il indiquait du geste les joueurs assis autour de la table.

– Je peux me débrouiller seule, merci, répondit-elle, impassible.

Elle le voyait venir. Elle n'avait aucune patience avec les gueules d'amour comme lui. Il devait être capable de briser une douzaine de cœurs rien qu'en traversant la grande salle du casino. S'il s'imaginait qu'elle figurerait sur la liste, il se trompait lourdement.

– Je n'en doute pas, dit-il avec un demi-sourire. Vous travaillez jusqu'à quelle heure ? Ça vous dirait de...

– Je quitte mon service à minuit, le coupa-t-elle. Si vous avez de quoi m'offrir un verre d'eau, je vous retrouverai au bar.

– De l'eau. Une puriste. Mon genre de fille, conclut-il avec un clin d'œil. Ça marche.

Elle éclata de rire. Il n'y avait aucune chance pour que ce type ait les moyens d'acheter un verre d'eau : il n'avait même pas de quoi se payer un manteau chaud. L'eau claire était précieuse, mais comme les boissons de synthèse étaient bon marché et saines, elle n'avait pas le choix : comme tous les citoyens raisonnables, elle se désaltérait avec du Nutri – une concoction supposément riche en vitamines et en nutriments, au goût sucré, qui contenait aussi des traces de stabilisants de l'humeur, juste ce qu'il fallait pour que la population se tienne tranquille. Mais les produits chimiques lui donnaient mal à la tête, et déguster de l'eau pure et limpide était un de ses grands plaisirs. Une fois par semaine, elle rassemblait ses économies pour s'en payer un verre, qu'elle savourait jusqu'à la dernière goutte.

– Dis donc, toi. Soit tu joues, soit tu te tires. Tu retardes le jeu, là, gronda soudain un jeune touriste.

Il était du genre voyant. C'était un de ces clients qui essaient de draguer la croupière ou, si cela ne fonctionne pas, se plaignent bruyamment chaque fois que quelqu'un les contrarie : « Hé, c'était mon as ! » ou encore : « Vous battez les cartes n'importe comment ! »

– C'est bon, relax, dit le nouveau venu.

Mais il ne recula pas d'un centimètre.

– Monsieur, je vais vraiment devoir vous demander de reculer, insista Nat en posant ses cartes. Dix-huit, annonça-t-elle.

Elle s'apprêtait à ramasser les jetons des joueurs.

– Vingt et un ! brailla alors le touriste pénible.

Nat observa fixement ses cartes. Elle aurait pu jurer qu'il avait un dix et un six en main, mais voilà que son six de pique était devenu un as de trèfle. Comment était-ce arrivé ? Était-il un Bloquetête ? Un mage dissimulé ? Elle retint son souffle pour calculer le gain du type, qui s'élevait à... Non. Impossible. Personne n'était jamais si chanceux. *La banque gagne toujours.*

– Qu'est-ce que t'attends, la miss ? Aboule la monnaie !

Il frappa du plat de la main sur la table, qui trembla sous le choc.

C'était un tricheur, elle en était certaine. Elle posa pourtant quatre jetons de platine sur le feutre vert, et hésita avant de les pousser vers lui.

– Désolée, je vais devoir demander un visionnage, lui annonça-t-elle.

Cela signifiait qu'elle allait demander à un vigile de vérifier les enregistrements des caméras de surveillance, pour s'assurer qu'il n'était rien arrivé de louche. Mais lorsqu'elle regarda autour d'elle, Manny et les autres surveillants n'étaient plus là. Que se passait-il donc ?

– Paie-moi, ou sinon..., fit le jeune d'une voix grave et menaçante.

Nat se rendit compte qu'il tenait un pistolet sous sa veste, et qu'il le pointait droit sur elle. Avant qu'elle ait pu protester, il y eut un mouvement vif et soudain : le beau garçon avait écrasé le visage du type sur la table, lui avait bloqué les bras derrière le dos et le désarmait, tout cela en un seul geste efficace.

Nat, admirative malgré elle, le regarda plonger la main dans la poche du voleur.

– Un Beretta. À l'ancienne : il a du goût, constata-t-il en posant l'arme sur la table.

Il vida l'autre poche, et une petite avalanche d'as tomba sur la moquette. Nat comprenait, maintenant. Le jeune avait profité du fait qu'elle s'intéressait au beau garçon pour échanger les cartes et remporter la partie.

Les jetons...

Quatre, en platine.

Autrement dit, vingt mille crédits chaleur. Assez pour payer un passeur, assez pour louer un bateau. Assez pour partir de là...

Elle capta le regard de son nouveau héros, et ils s'observèrent le temps d'un battement de cœur. Lorsqu'elle reporta les yeux sur la table, les jetons n'y étaient plus.

Le bel inconnu cligna des paupières, apparemment perplexe.

– Tiens, pour ta peine, dit Nat en lui glissant quelques jetons en plastique dans la main.

Ce faisant, elle eut une pensée émue pour les moufles chaudes qu'elle avait espéré s'acheter avec.

– Garde ça pour le verre d'eau, répliqua-t-il.

Sur ces mots, il lui rendit les jetons et s'éloigna vers la sortie.

6

Wes traversait le casino d'un pas rapide, furieux contre lui-même. Les jetons de platine étaient *là, devant lui*. Quatre, d'une valeur de vingt mille watts, qui lui tendaient les bras. Alors, pourquoi ne les avait-il pas pris ?

Tout avait pourtant parfaitement commencé. Il avait détourné l'attention de la croupière, vu comme elle s'était illuminée lorsqu'il avait souri, et Daran avait joué son rôle à la perfection, avec cet as furieusement louche. Il avait créé une diversion qui avait donné à Wes tout le temps de s'emparer de ces jetons de platine.

Sauf que Wes ne les avait pas pris, et qu'il regagnait le point de rendez-vous les mains vides. L'air soucieux, il fendit la foule lente pour rejoindre le Mark Antony's. Il lui aurait suffi de glisser ces beaux jetons dans sa poche, et ils auraient mangé comme des rois ce soir. Mais il avait hésité un bref instant et les jetons s'étaient volatilisés.

Le trottoir était encombré d'aboyeurs qui fourguaient leur marchandise, tendant des cartes et des flyers, tandis que les filles qui travaillaient pour eux posaient des regards lascifs sur tous les passants.

– Qu'est-ce qui ne va pas, mon joli ? Je peux te remonter le moral, lui promit la plus proche d'entre elles. Ou bien tu peux faire la même chose pour moi...

Wes retrouva son équipe au complet, au pied de la statue de Bacchus, au forum Shops-in-the-Sky. Ils le regardèrent arriver avec impatience. Daran n'était pas encore là, mais tout irait bien pour lui. Carlos le protégerait.

– Comment ça s'est passé, chef ? demanda Shakes.

Ce grand ex-soldat dégingandé, ébouriffé et barbichu était son bras droit. Wes et lui étaient inséparables depuis leur service militaire. Ils étaient comme des frères. Shakes était solide, un vrai roc, comme ne l'indiquait pas son nom[1]. C'était un ancien combattant, comme Wes, doté d'une stoïque détermination de survivant. Shakes avait été plus que contrarié, l'autre soir, d'apprendre que Wes était retourné aux courses. *Je n'ai pas sauvé ta peau à Santonio pour que tu puisses la jeter aux orties dans une course de la mort.* Il lança à Wes un regard plein d'espoir, mais celui-ci secoua la tête.

– Que s'est-il passé ? geignit Farouk.

Celui-là était le cadet de l'équipage, tout en nez et en coudes ; c'était un gamin maigrichon, bourré de tics et doté d'un appétit d'ogre.

Wes était sur le point de tout expliquer lorsque Daran et Zedric arrivèrent en courant. Les frères étaient vêtus à l'identique : même coupe-vent marron, même pantalon sombre, mêmes cheveux noirs en bataille et même regard noir intense. Si Daran avait été reconnu par les

1. *Shakes* peut se traduire par « la tremblote ».

vigiles, Zedric serait intervenu pour jouer le rôle du voleur à sa place.

À part Shakes, tous les membres de l'équipe étaient de nouvelles recrues. Daran et Zedric Slaine, Farouk Jones. Farouk n'avait sans doute pas beaucoup plus de treize ans et c'était une vraie pipelette : il ne cessait jamais de parler, même quand il n'avait aucune idée de ce qu'il racontait. Il avait un avis sur tout, mais à peu près aucune expérience. Dar et Zed, eux, n'avaient qu'un an de différence, mais Daran traitait son petit frère comme un gamin. Ils avaient été renvoyés de l'armée avant de pouvoir prétendre à une retraite de soldats : une pratique courante, ces derniers temps. On s'en débarrassait avant qu'ils ne coûtent trop cher. Comme tout bon soldat, ils étaient effrontés, soupe au lait et mal embouchés, mais c'étaient aussi d'excellents tireurs, très utiles dans les fusillades.

– Alors ? voulut savoir Daran. On s'est fait combien ?

– Que dalle, désolé, lui apprit Wes.

Daran lança une longue bordée de jurons des plus créatifs, puis lui retourna un regard mauvais.

– Tu nous caches de la thune ?

– Je te jure que non, dit Wes en lui rendant son pistolet.

Daran le lui arracha des mains, furibond.

– Comment ça, que dalle ? J'ai assuré comme un dieu. T'avais plus qu'à tendre la main pour les prendre, ces jetons !

Wes regarda autour de lui : on commençait à les remarquer, et même si les patrouilles leur fichaient généralement la paix, elles ne tarderaient pas à leur fondre dessus si les gars continuaient à faire autant de bruit.

– Moins fort, souffla-t-il. J'étais repéré. Je ne pouvais pas exposer Carlos.

– N'importe quoi ! Ils n'avaient rien vu ! Tu ne me feras pas croire ça, protesta Daran. Et Carlos attend ses deux mille balles.

– Carlos, j'en fais mon affaire.

– Mais alors, on n'a rien pour bouffer ? s'inquiéta Farouk. Rien du tout ?

– Sauf si t'aimes la bouillie infâme, lâcha Zedric d'un air sombre en fusillant Wes du regard. Moi, je ne retourne pas à la soupe populaire. C'est humiliant.

Shakes hocha la tête. Il n'accusait pas, ne se plaignait pas. Il posa une main sur l'épaule de Wes.

– Tu sais faire ça les yeux fermés. On a déjà utilisé cette combine des centaines de fois. Qu'est-ce qui s'est passé ?

Wes soupira.

– Je viens de le dire, j'ai senti qu'on était repérés. Je me suis dégonflé, voilà.

Il ne voulait pas leur avouer la vérité. Il ne pouvait même pas se l'avouer à lui-même.

Que s'était-il passé, en effet ?

La croupière du black-jack était belle, avec ses longs cheveux noirs et son teint pâle, lumineux. Aucune trace de ce dur bronzage si populaire parmi les minettes de New Veg', au teint orange foncé et aux cheveux décolorés : un effort pitoyable pour se donner l'air de quelqu'un qui a les moyens de voyager jusqu'aux cités sous globe, où un soleil artificiel fournissait chaleur et lumière.

Mais le problème n'était pas qu'elle était jolie. C'était surtout qu'elle l'avait grillé.

Au moment même où il avançait la main au-dessus des jetons de platine pour les empoigner, elle avait croisé son regard et l'avait arrêté avec une expression qui disait : *N'y pense même pas.*

Elle ne s'était pas laissé abuser par son héroïsme de pacotille ni distraire par son badinage de séducteur. Pas une seconde. Elle *savait* ce qu'ils étaient en train de faire. Ce que *lui* était en train de faire. Qu'il était un imposteur, et pas du tout un héros.

Wes avait battu en retraite, surpris. L'instant était passé, et lorsqu'il avait rebaissé les yeux, les jetons n'étaient plus là. Elle avait dû les remettre dans la banque. C'était mignon, aussi, qu'elle ait voulu lui donner la pièce, comme si quelques crédits chaleur pouvaient le dédommager de sa perte.

– Viens, dit Daran à son frère. Allons voir si on peut faire mieux à l'Apple. C'est moi qui jouerai le héros cette fois, et je le ferai *correctement*, ajouta-t-il à l'intention de Wes.

– Je peux venir ? demanda Farouk.

– Bien sûr, tu feras le guet. Shakes, tu en es ? On pourrait avoir besoin de tes muscles. Ils ne nous connaissent pas aussi bien, à l'Apple.

Shakes regarda Wes et soupira.

– Bah, non, je vous retrouverai tout à l'heure.

– Comme tu voudras, lâcha Daran avant de s'éloigner.

– Tu vas les perdre si tu ne peux pas les nourrir, dit Shakes une fois que les gars furent partis. Et ensuite ? Sans équipe, on ne peut plus monter aucune arnaque.

Wes hocha la tête. Ils seraient obligés de quitter la ville, ou de retourner dans l'armée. De faire quelque chose, en tout cas. Il espérait qu'ils n'en arriveraient pas là. Car alors, il n'aurait même plus le luxe de pouvoir décliner des missions.

– On va bien trouver une solution, marmonna-t-il. Tu veux qu'on aille tenter notre chance à la soupe populaire ?

C'était vexant, mais il fallait bien qu'ils mangent.

– Ouais, pourquoi pas, soupira Shakes.

Ils traversèrent la zone de restauration du casino où ils se trouvaient, qui proposait une myriade de délices, mais pas aux gens comme eux. Marchands de nouilles chinoises, stands de crêpes, cafés chics servant des expressos et des club-sandwichs, restaurants cinq étoiles où il fallait réserver des mois à l'avance. On voyait aussi des aquariums immenses, hauts jusqu'au plafond, pleins de poissons exotiques élevés sur place dans des bassins d'eau salée : il suffisait d'en choisir un pour qu'on vous le débite aussitôt en sashimi.

Un autre restaurant se vantait de préparer des délices dépassant l'imagination. Caille, faisan, sanglier, le tout bio, nourri à l'herbe et élevé en plein air. (*Où ça ?* se demanda Wes. Il avait entendu dire que les enclos chauffés étaient vastes, mais jusqu'à quel point ?) Le présentoir de fruits tropicaux était le plus difficile à ignorer. Les couleurs à elles seules le poussèrent à s'arrêter pour se remplir les yeux. Il savait que les rouges et les jaunes vifs étaient modifiés génétiquement pour arriver à une saturation maximale, mais c'était tout de même un spectacle mirifique. Les fruits étaient exposés derrière une épaisse vitrine, comme les diamants autrefois, mais les marchands laissaient toujours quelques corbeilles à l'extérieur afin de tenter le chaland avec leur parfum fleuri. Ils passèrent aussi devant une chocolaterie qui vendait des friandises artisanales faites main, dont chacune valait plus qu'eux deux réunis (preuve que les mercenaires n'avaient pas grand-chose de plus à offrir que des truffes maison).

La soupe populaire allait fermer, mais ils arrivèrent à temps. Alors qu'ils s'asseyaient avec leurs bols de gruau, la poche de Shakes se mit à vibrer. Il décrocha son téléphone.

– Valez, dit-il. M-mm ? Ah bon ? D'accord, je lui dis.

Il referma l'appareil.

– Qu'est-ce que c'était ? s'enquit Wes en avalant une cuillerée qu'il s'efforça de ne pas vomir tout de suite.

Shakes souriait largement.

– On dirait bien qu'on a du taf. Une fille qui cherche un passeur... et il paraît qu'elle a des crédits à claquer.

7

Nat contemplait les quatre jetons de platine dans son casier. Elle tenta de les faire disparaître de là et réapparaître dans sa poche, comme la veille, lorsqu'elle les avait subtilisés sur la table de jeu. Les surveillants du casino étaient persuadés que le voleur avait réussi à s'enfuir avec, même s'ils ignoraient comment il avait pu s'y prendre. On ne voyait rien sur les enregistrements vidéo. Elle se concentra encore sur les jetons, mais rien ne se passa. Ils ne bougèrent pas de l'étagère métallique. C'était bien dommage que la Marque des mages ne soit pas utile à grand monde, et surtout pas aux Marqués eux-mêmes. Ce pouvoir s'était parfois révélé pratique dans quelques situations épineuses, mais Nat ignorait totalement comment l'utiliser ou le contrôler ; à l'instar de la voix dans sa tête, il apparaissait et repartait sans crier gare, et si jamais elle tentait de l'invoquer directement, il devenait encore plus insaisissable. Elle percevait le monstre en elle, sentait sa colère, son impatience et sa puissance ; mais il allait et venait comme le vent et pouvait l'abandonner à n'importe quel moment. Les jours comme aujourd'hui, elle rejoignait presque l'avis des agités qui s'exprimaient sur les réseaux : la Marque était une malédiction.

Elle avait commencé à chercher discrètement un passeur la veille, laissant entendre qu'elle pouvait payer, qu'elle avait eu de la chance au jeu, mais pour l'instant personne n'avait mordu à l'hameçon. Elle remit les jetons dans sa poche, rassurée par leur poids à côté de la petite pierre bleue. Si elle jouait bien ses cartes, l'ensemble constituerait son ticket pour sortir de la ville.

À sa table, sa collègue Angela était en train de se livrer au rituel de clôture : après avoir tapé dans ses mains, elle tourna ses paumes vides vers le plafond pour indiquer aux surveillants que son service était terminé.

– T'as entendu parler des nouveaux scans rétiniens ? demanda-t-elle à Nat en rassemblant ses affaires pour lui laisser la place. Tu sais, ceux qui sont faits pour repérer les lentilles des Bloquetêtes ?

– Ouais.

– C'est une bonne chose, lâcha Angie en reniflant. Je ne supporte pas la présence de ces saloperies. Tu sais comment on les appelle, maintenant ? Les Têtes-Pourries. Tu piges ?

– Oui oui, fit Nat en détournant les yeux.

Elle avait bien entendu les rumeurs, mais elle n'y croyait pas : elle n'avait jamais vu aucune preuve de leur réalité, et elle était bien placée pour s'y connaître. Encore des mensonges et de la propagande, encore un moyen d'entretenir la peur et la soumission dans la population.

Elle distribua les cartes, mais ses joueurs partirent un à un jusqu'à ce qu'il ne reste plus qu'un type.

On était jeudi, la veille du jour de paie, les finances de tout le monde étaient à marée basse. Demain, le casino s'emplirait à nouveau d'une foule impatiente de jouer son salaire, certains flanquant leur feuille de paie directement sur les tables. De temps en temps, un client avait de la chance : il misait tout sur une intuition et battait la banque. Mais c'était comme être tiré au sort pour obtenir un visa pour le Xian : cela n'arrivait presque jamais, et lorsque cela se produisait, les agents de sécurité fondaient sur la table tellement vite que la chance s'envolait en un clin d'œil.

Nat battit les cartes et les fit passer d'une main à l'autre comme un accordéon, avec un bruit agréable et satisfaisant, avant de distribuer la main suivante.

Le joueur qui s'attardait à sa table était un garçon aux yeux de biche, avec un brin de barbe au menton, et qui arborait des tatouages assez effrayants sur ses bras bruns. Un ancien militaire, certainement, un cogneur, qui devait faire garde du corps sur son temps libre, songea Nat. Mais soudain, il sourit et elle fut frappée par son air de jeunesse, d'innocence, même avec un serpent menaçant dessiné sur le bras.

Elle lui fit signe de couper.

Le garçon aux cheveux bruns le fit tout en scrutant son badge.

– Bonjour, Nat. Moi, c'est Vincent Valez, mais tout le monde m'appelle Shakes. Oh, et j'ai oublié de te donner ça tout à l'heure.

Il lui tendit une carte d'alimentation froissée. Ses doigts tremblaient – un symptôme révélateur d'ophtalmie, ce syndrome dû à la glace. Le corps humain n'était pas fait pour vivre constamment dans un air refroidi à moins vingt degrés. La plupart des malades ne souffraient que de légers tremblements, tandis que les plus malchanceux en perdaient la vue.

– Vous savez qu'en principe nous ne les prenons plus, dit-elle en passant la carte dans un lecteur.

Tous les citoyens en règle avaient droit à une carte qui permettait de recevoir une certaine quantité d'aliments de base – lait de soja en poudre, tablettes de protéines, parfois un ersatz de sucre. C'était l'unique concession du gouvernement à toute forme de soutien social, la dernière étape avant la soupe populaire. Les cartes ne devaient en principe être utilisées que dans les postes de ravitaillement, mais à New Vegas, tout s'échangeait contre des jetons de casino.

– Je vais faire une exception pour vous.

Elle se laissait fléchir, apitoyée par le handicap de ce garçon malade.

Quelques joueurs de plus prirent place à la table, et une serveuse en robe très légère vint les voir.

– Cocktails, tout le monde ? proposa-t-elle d'une voix langoureuse.

Pendant que quelques-uns passaient commande, Nat distribua le jeu suivant, mais sans que ses mains y soient pour quoi que ce soit : les cartes s'envolèrent toutes seules pour aller se poser à la place qui leur revenait. Elle regarda autour d'elle, soulagée que personne n'ait remarqué ce phénomène, et se demanda combien de temps il lui restait avant que quelqu'un se rende compte qu'elle n'avait pas droit de cité dans un casino.

Hasard ou non, l'as atterrit devant Shakes, et elle assista à son triomphe.

– Merci, lui souffla-t-il avec un clin d'œil.

– De quoi ?

Elle haussa les épaules. Si seulement elle pouvait faire ça chaque fois !

Shakes se pencha vers elle, un peu trop près. Nat l'observa avec inquiétude, redoutant qu'il ait mal interprété sa victoire.

– Paraît que tu cherches un passeur. C'est sérieux ? demanda-t-il.

Elle jeta un regard circulaire, puis eut un hochement de tête imperceptible.

– Tu es Ryan Wesson ?

Ryan Wesson. C'était LE nom qui n'avait cessé de revenir lorsqu'elle avait demandé autour d'elle si quelqu'un connaissait un passeur. *Ah, si quelqu'un peut te faire sortir d'ici, c'est bien Wes. Il a le bateau le plus rapide du Pacifique. Il t'emmènerait n'importe où.*

– Ah non, pas du tout, fit-il avec un grand sourire. Mais, oui, je parle en son nom.

– Vous cherchez Wesson ? demanda alors un autre ancien soldat installé à la table, et qui avait écouté la conversation.

Nat fit oui de la tête.

Le type eut un rire amer. Il n'avait plus de dents.

– Vous savez où vous pourrez le trouver, miss ? En enfer. Depuis Santonio, c'est là qu'il devrait être.

– Dites donc, vous ! Vous ne savez pas de quoi vous parlez ! se rebiffa Shakes, rouge de colère. Vous n'y étiez pas, vous n'avez aucune idée de ce qui s'est passé là-bas.

Nat n'avait pas le temps d'assister à une dispute. Dans quelques minutes, Manny allait l'affecter à une autre table, car Shakes avait fait un gros gain aussi à sa seconde partie. Il fallait qu'elle pose la question tout de suite, avant d'être éloignée de lui. Qui savait si elle retrouverait un jour une occasion comme celle-ci ?

Elle attendit que l'intrus se soit tourné vers la serveuse pour commander à boire, puis se pencha et chuchota :

– Écoute, je me fiche de ce qui s'est passé au Texas, on me dit qu'il est le seul à pouvoir me faire franchir la clôture et m'emmener sur l'eau. (Elle poussa ses gains vers lui.) Alors, il veut bien ? Il faut que je parte le plus vite possible.

Shakes repoussa les jetons et fit signe qu'il voulait plutôt des points sur sa carte alimentaire.

– Ça dépend. La chance est avec toi, en ce moment ?

8

– C'est elle ? demanda Wes, les yeux rivés à ses jumelles de vision nocturne.

L'image verdâtre montrait une fille mince et brune qui remontait la rue. Elle portait un long manteau sombre, un bonnet enfoncé sur la tête et une écharpe qui lui couvrait presque entièrement le visage. Il tendit les jumelles à Shakes, qui se tenait à côté de lui sur le balcon.

– Oui, c'est bien elle.

Wes fronça les sourcils. Ça alors ! C'était la croupière de black-jack du Loss, celle qui l'avait désarçonné et qui lui avait fait perdre la confiance de son équipe.

– Tu crois qu'elle est sérieuse ?

– Plutôt, oui. Elle a dû se donner du mal pour me faire gagner, avec toutes ces caméras autour de nous. Je ne sais toujours pas comment elle s'y est prise, d'ailleurs.

– C'était peut-être un piège, cria Farouk de l'intérieur du petit appartement, fidèle à sa manie d'intervenir quand on ne lui avait rien demandé.

– Et toi, peut-être que tu causes trop, grommela Shakes. C'est grâce à elle que t'as pas bouffé de la bouillie ce soir, tu sais.

Le gamin posa ses pieds sur le canapé défoncé.

– Bah, elle t'a laissé gagner quelques crédits, et alors ? On a eu du steak au dîner, bon, pas de quoi en faire une histoire.

– Ouais, on ne lui doit rien, renchérit Daran.

Il empoigna les jumelles pour jeter un coup d'œil à la fille, mais ne sembla pas la reconnaître.

Farouk rota bruyamment, et Shakes fit la grimace.

– Elle a de quoi payer, dit-il, et Dieu sait qu'on a besoin de boulot.

Il avait esquissé sa proposition à l'équipe un peu plus tôt : la fille avait besoin d'une escorte, d'une protection pour traverser le Grand Dépotoir, et d'un accompagnement jusqu'en Nouvelle-Crète. Elle paierait la moitié maintenant et le solde en arrivant à destination.

– Elle n'est pas marquée, j'espère ? intervint Zedric. On ne se mélange pas avec la racaille des glaces.

– Mais qu'est-ce qu'ils t'ont fait, ces gens ? s'emporta Wes, agacé.

Zedric haussa les épaules.

– Ils respirent, ça me suffit. C'est pas naturel, ce qu'ils sont capables de faire... Ils n'ont pas leur place dans ce monde, et tu sais ce qu'on raconte sur ce qui leur arrive...

Il frémit et détourna la tête.

– Du calme, elle a les yeux gris, grommela Shakes.

Zedric prit un air méprisant.

– Les scans rétiniens, ça se truande.

– Pas facile, souligna Shakes. Je te dis qu'elle est réglo.

– Pourquoi la Nouvelle-Crète ? voulut savoir Wes. Il n'y a rien, là-bas, à part des pingouins et des ours blancs.

– Tu le sais bien, pourquoi, trancha Daran. Elle est comme tous ces pèlerins bourrés d'illusions : je parie qu'elle cherche le Bleu mais qu'elle ne veut pas le dire.

Wes soupira. Daran voyait juste, sans aucun doute. Il n'y avait aucune raison de traverser la moitié du monde, sauf pour chercher le paradis. *Il n'y a rien là-bas*, avait-il envie de dire à cette fille, et chercher une chose qui n'existe pas était un gaspillage de temps et de crédits.

Peut-être pourrait-il la convaincre de s'installer plutôt dans un des vastes campements du Grand Dépotoir, la dissuader de risquer sa vie sur les eaux noires.

Il repensa à la dernière fille qui lui avait demandé son aide pour rejoindre le Bleu. Juliette. Elle aussi avait voulu partir, mais il avait refusé de l'emmener. Il se demandait ce qu'elle était devenue ; d'après la rumeur, elle aurait été tuée dans l'attentat du Loss. Il fallait dire qu'elle aimait les cartes. Wes ne voulait pas songer à ce que cela signifiait, si elle avait réellement péri. Pourtant, rien de nouveau là-dedans : tous ceux qu'il aimait étaient morts ou perdus. Son père. Sa mère. Eliza.

– On n'a pas besoin de ce job, va. N'oublie pas qu'il y a des *choses* qui se promènent là-bas, dans l'eau. On s'en est tirés de justesse la dernière fois, et la mer est encore plus déchaînée maintenant.

Daran fit rouler ses muscles. Les cicatrices de ses mains rosirent sous l'effort, souvenirs des insurrections de la région.

Wes était d'accord avec lui. Il savait, oui, ce qui les attendait là-bas. Et même s'ils sortaient vivants du

Grand Dépotoir, des navires de pirates circulaient sur les océans toxiques, affamés de viande fraîche, de cargaisons toutes neuves pour les réserves d'esclaves. Il devenait de plus en plus difficile de leur échapper.

– Et ton instinct, qu'est-ce qu'il te dit ? demanda Wes à Shakes.

Il lui faisait confiance à la vie à la mort. Ils avaient traversé beaucoup de choses ensemble à l'époque du régiment, surtout lors de cette dernière mission où on les avait envoyés mener ce que le gouvernement appelait une « action policière de routine », et que le reste de la population appelait la Seconde Guerre de Sécession. Le Texas avait été la dernière poche de résistance à signer la nouvelle Constitution, et avait payé cher sa tentative d'insurrection. Ce qui restait de l'État et qui n'était pas couvert de glace était baigné de sang, sa milice ayant été massacrée durant la dernière bataille de Santonio.

– Elle a dit qu'elle avait les crédits. Moi, je la crois, dit Shakes.

Ils se trouvaient dans un appartement réglementaire, au sein d'un des nouveaux lotissements qui donnaient sur le Strip. Les dortoirs des serveurs, croupiers et autres employés. Bien plus agréable que le taudis dans lequel créchait toute la bande. Wes regarda en direction de l'ouest, où les lumières étincelantes des casinos clignotaient sous le ciel anthracite. Dans quelques minutes, comme tous les soirs, le spectacle *Kaboom !* commencerait sur la grande scène de l'Acropolis, reproduisant l'énorme explosion qui avait creusé un véritable cratère dans le Loss quelques semaines plus tôt. Cette forme de divertissement était appelée « *excitainment* ».

Wes consulta sa montre, puis regarda de nouveau la fille à travers les jumelles. Elle avait retiré son écharpe et il distinguait nettement ses traits, à présent.

– Combien, déjà ?

– Je te l'ai déjà dit : vingt mille watts – la moitié maintenant, la moitié quand ce sera fait, répondit Shakes.

Vingt mille watts. Un salaire royal pour lui faire traverser le Pacifique en sécurité. Comment une simple croupière pouvait-elle avoir les moyens de leur proposer ce salaire, suffisant pour qu'ils n'aient plus à travailler de toute l'année ?

Vingt mille watts.

Wes inspira brusquement en se remémorant les jetons à cinq mille watts luisant sur la table.

Précisément au nombre de quatre.

Il ne les avait pas chipés, et pourtant ils avaient disparu. Carlos lui avait confirmé que cette somme exacte manquait à cette table, et avait réclamé sa part du butin. Wes avait répondu au chef de la sécurité qu'il ne voyait pas du tout de quoi il parlait, et assuré que s'il avait eu l'argent il le lui aurait donné. Évidemment, Carlos ne l'avait pas cru. Wes avait d'abord été perplexe, mais au fil de la semaine il lui était apparu de plus en plus clairement que le vigile, un vieil ami, était sérieux et qu'il n'allait pas le couvrir sur ce coup-là. Les crédits s'étaient envolés, et il attendait de Wes qu'il lui donne sa part, faveur ou non. Wes devrait trouver un moyen de le payer bientôt, ou quitter la ville s'il ne voulait pas mal finir.

Le jeune homme n'avait eu aucune certitude jusque-là. Il n'aurait pas cru qu'elle ait eu l'audace de tenter un coup pareil, mais c'était maintenant évident qu'il avait sous-estimé la jolie croupière.

Nat, en fin de compte, n'avait pas rendu les jetons au casino : elle les avait gardés ! Elle avait compris qu'on ne la soupçonnerait pas. Et donc, pourquoi ne pas faire porter le chapeau à Wes ? Quelle importance ? Il n'était rien, pour elle.

Le garçon était impressionné. Il avait cru mener le jeu, mais il s'était fait doubler.

Natasha Kestal. Croupière au black-jack. Candidate au grand voyage. Et voleuse.

9

Wes, qui n'était pas du genre à accepter une mission sans s'y préparer, avait demandé à Farouk de se renseigner sur Nat. Il n'y avait pas grand-chose à découvrir. Pas de dossier scolaire ni militaire ; elle n'avait pas été recrutée par l'armée et ne s'était pas portée volontaire. C'était une civile. Sans archives, sans profil en ligne. À leur connaissance, elle n'était à New Vegas que depuis quelques semaines.

Ces crédits qu'elle offrait en paiement auraient dû lui appartenir, à lui, pensa Wes, mais voilà qu'elle le forçait à travailler pour les gagner. Il devait reconnaître que cela ne manquait pas de panache.

Elle s'était rattrapée en laissant Shakes gagner quelques belles parties, mais même si cela suffisait à les nourrir pour encore quelques jours, la faim reviendrait bientôt les tenailler. Étant donné leurs antécédents, ils n'avaient pas droit aux cartes d'alimentation. Celle qu'il lui avait présentée était un faux et ne tarderait pas à être désactivée, comme les autres qu'ils avaient fabriquées. Depuis que Wes avait décliné l'offre de

Bradley et renoncé aux courses de la mort, ils n'avaient plus aucun moyen de subsistance.

– Qu'est-ce qu'on attend ? On s'est mis d'accord : on la balance aux autorités et on empoche la prime, comme ça on est sûrs de manger, argumenta Daran. Et avant de la livrer, on lui prend aussi ses jetons et on rafle tout ce qui restera chez elle.

L'armée payait en effet une récompense de cinq cents crédits pour tout fuyard potentiel. Ils avaient prévu de dévaliser Nat et de la dénoncer, cumulant ainsi deux bénéfices.

– Les pèlerins parlent beaucoup ; on s'est déjà fait rouler par des gens qui n'avaient pas de quoi payer, ajouta-t-il.

Wes dut reconnaître que son camarade avait raison, c'était bien le plan qu'ils avaient décidé de suivre. C'était même lui qui l'avait proposé... mais ça, c'était avant de savoir qui était la cliente.

En contrebas, Nat traversa la rue et disparut sous le balcon.

Wes admira le panorama scintillant de New Vegas, les casinos, vieux, neufs, détruits, retapés. C'était une chance que le barrage Hoover ait été construit : les carburants fossiles étaient réservés à l'armée – et à ceux qui la volaient ou trafiquaient avec elle –, mais la centrale hydroélectrique fournissait la ville en courant.

Le garçon travaillait déjà comme coursier pour plusieurs bookmakers avant son dixième anniversaire. Il comprenait que New Vegas était comme un cafard : la cité résisterait à toutes les catastrophes, par l'avidité et la lubricité. Face au Grand Gel, elle s'était contentée de hausser ses épaules constellées de paillettes et de strass. Wes respectait la ville qui avait fait de lui un éternel survivant.

Il devait prendre une décision. Le spectacle *Kaboom !* approchait de son apothéose, une gigantesque explosion dont le bruit devait couvrir leur assaut. Wes baissa les yeux vers le sol, qu'ils avaient truffé d'explosifs afin de dégager une ouverture par où ils pourraient s'introduire dans la pièce en dessous. C'était là qu'ils comptaient l'enlever pour la dépouiller et l'échanger contre la prime. Il devenait de plus en plus difficile de faire disparaître quelqu'un, ces derniers temps. La ville était équipée de caméras à tous les coins de rue, sous tous les ponts. Sans cela, ils l'auraient simplement kidnappée en pleine rue.

Ses gars le regardaient, attendant ses ordres. Il était temps d'agir.

Farouk s'agenouilla à côté du fouillis de câbles rouges et verts. Ce ne serait pas trop compliqué de rafistoler le trou et dissimuler les traces de leur opération. Lorsqu'ils en auraient terminé, Nat serait une personne disparue parmi d'autres, une affichette collée à un arrêt de bus, peut-être une photo imprimée sur les briques de Nutri. Et eux seraient plus riches de cinq cents crédits, voire davantage s'il fallait en croire Shakes.

– Farouk ? fit Wes.

– Tu n'as qu'un mot à dire, et on fait péter la baraque. On peut être à l'intérieur en quinze secondes.

– Tu crois qu'elle se doute qu'on est juste au-dessus de sa tête ?

Nat avait traversé la rue pour entrer dans l'immeuble où ils se trouvaient ; elle habitait l'appartement situé sous leurs pieds.

Shakes poussa un grognement et parla tout bas afin d'être entendu seulement de Wes.

– Ne prends pas cette sale prime. Balancer les fugitifs, c'est un truc de lâches. Et nous ne sommes pas des voleurs. Allez, chef, faisons le job. Pense à ce qu'on pourrait se payer avec vingt mille watts. Un bain chaud, et pas à l'auberge, mais dans un vrai hôtel. Le Bellagio, même. La plus belle suite.

– C'est trop risqué de l'accompagner, objecta Wes. Je ne veux pas qu'on se retrouve tous morts sous prétexte que mademoiselle veut prendre le large.

L'argent n'était pas toute la question, en effet. Il ne pouvait pas mettre leurs vies en jeu. Il savait ce qui les attendait sur les eaux noires, et il n'avait aucun désir de découvrir si oui ou non Bradley avait trouvé quelqu'un d'autre pour faire son sale boulot. S'il emmenait la fille en mer, ils seraient des cibles faciles pour les pillards et les opportunistes. Encore fallait-il qu'ils arrivent jusque-là, qu'ils ne tombent pas à court de vivres...

– Elle a l'air sympa, mais...

Il comprenait les bonnes intentions de Shakes, mais le voyage était trop incertain, même s'ils avaient terriblement besoin de watts.

– Farouk. Quand j'aurai compté jusqu'à...

– Minute, chef ! Attends, attends, écoute-moi jusqu'au bout, protesta Shakes.

Farouk releva la tête, une question dans les yeux. Wes lui fit signe d'attendre.

– Quoi ?

– Il paraîtrait qu'elle a peut-être la carte, chuchota Shakes avec ardeur.

Wes lui envoya un regard dur.

– Et c'est seulement maintenant que tu me dis ça ?

Son ami eut l'air chagriné.

– Je sais que ça paraît invraisemblable, c'est pour ça que je n'ai pas voulu en parler avant, mais...

Il regarda autour de lui pour s'assurer que le reste de l'équipe ne l'entendait pas.

– Elle te l'a montrée ? s'enquit Wes. C'est une sorte de pierre, c'est ça ? Une opale, ou une émeraude ?

– Non. Elle ne m'en a même pas parlé. Mais je discutais avec Manny l'autre jour, et il m'a demandé si je savais ce que les flics cherchaient chez le vieux Joe quand ils l'ont emmené. C'était forcément important, vu comment ils ont retourné tout son appart. En tout cas, Manny pense que c'est elle qui a sa pierre. Il a vu Joe lui donner quelque chose, au casino, juste avant de disparaître.

L'information retint l'attention de Wes. Comme Shakes, il avait déjà entendu raconter que Josephus Chand avait gagné la carte d'Anaximandre au cours d'une légendaire partie de poker.

La carte que le monde entier recherchait. *Mais il n'y a pas de carte, car le Bleu n'existe pas*, songea-t-il. Les gens prenaient leurs désirs pour des réalités, c'était tout. S'évader vers un autre monde... La carte d'Anaximandre était la plus grande imposture de New Vegas, c'était certain.

Pourtant, Joe avait toujours soutenu que la carte était réelle. Le vieux requin était un des meilleurs joueurs de Vegas, et il l'avait supposément reçue d'un type qui lui avait apporté un boisseau de pommes en guise de preuve. Le code génétique du fruit était perdu depuis des années ; il n'y avait plus de pommes depuis le Grand Gel. Wes s'était toujours demandé pourquoi Joe, s'il les avait réellement vues, était resté dans les parages, pourquoi il n'était pas parti sur-le-champ.

Donc, les autorités avaient mis la main sur le vieux Joe mais n'avaient pas réussi à s'approprier son trésor. Il y avait là matière à réflexion. Si c'était vrai, Nat valait bien plus que l'argent de la récompense.

– Tu crois que l'armée nous en donnerait combien ? s'enquit Shakes.

– Va savoir.

– Et qu'est-ce qu'ils veulent en faire, d'ailleurs ?

– C'est évident, non ? Ce monde-ci est mort. S'il en existe un autre – un monde avec un ciel bleu, de l'eau claire, *de quoi manger* –, ils vont vouloir mettre la main dessus. Déjà qu'ils n'ont même pas voulu laisser le Texas quitter l'Union, alors qu'il n'y a que de la bouse congelée, là-bas...

– Très bien. On lui pique la carte et on la leur revend, proposa Shakes. Ce serait la solution à tous nos problèmes. Les gars seraient contents, et les militaires nous ficheraient la paix pour un moment.

– Je croyais qu'on n'était pas des voleurs, lui rappela Wes avec un sourire malicieux.

Shakes lui retourna le même sourire sans répondre.

– C'est vrai que notre avenir serait assuré, reconnut Wes avec un hochement de tête.

Il voyait bien les avantages de ce plan. S'il livrait la carte à Bradley, ils étaient certains d'avoir du travail, des crédits ; lui-même pourrait alors diriger une équipe plus conséquente, voire s'octroyer un service de sécurité privé, avoir un véritable avenir à Vegas. Fini de mendier des restes, fini les humiliations, fini la soupe populaire, à jamais.

Mais il n'était pas un voleur. S'il vendait cette carte à l'armée, et si le Bleu existait bel et bien..., c'était Santonio qui allait recommencer.

Peut-être cela n'avait-il aucune importance. Peut-être était-il déjà damné quoi qu'il fasse. Mais même à supposer que la croupière fût bien en possession de la carte, Wes doutait qu'elle la leur cède sans faire d'histoires. Elle était trop intelligente pour cela...

Les hommes attendaient sa décision.

Wes joignit les mains. Carte ou pas carte, il exigeait beaucoup de ses gars. En constituant son équipe, il leur avait promis de tout faire pour épargner leurs vies.

– Bien. On va voter. Soit on déboule chez elle, on l'enlève et on touche la prime ; soit on fait le job et c'est elle qui nous paie.

– Paraît qu'ils ont augmenté la prime et que c'est huit cents, maintenant, lâcha Daran.

Zedric acquiesça. Cela faisait déjà deux votes en faveur de la prime.

– De toute manière, tu comptes t'y prendre comment, au juste, pour faire la traversée ? demanda Daran.

– J'aviserai sur place, trancha Wes avec un haussement d'épaules. (Il n'avait jamais été du genre à tout planifier.) Shakes ?

– Tu connais mon avis.

– Bon, deux voix pour le sang, une pour la vie. Farouk ?

– Bah, allez. Ça me dit bien de voir les eaux noires, répondit le gamin d'un air indifférent.

Kaboom ! Ça y était. Des étincelles s'élevèrent de la scène de l'Acropolis. Le fracas était assourdissant ; la force de la déflagration faisait vibrer jusqu'à l'air qu'ils respiraient.

– Quels sont les ordres, chef ? s'écria Farouk.

– On marche avec elle, décida Wes. On l'emmène où elle veut aller, et on revient tous sains et saufs. Et riches.

Au fond, Shakes avait raison : l'échanger contre une récompense, c'était bon pour les lâches. Le voyage serait plein de périls, bien sûr, mais, au bout du compte, ils avaient besoin de travail, et elle avait de quoi payer. Et si en plus elle possédait la carte... eh bien... il ne dévoilerait pas son jeu tout de suite.

Il regarda Daran bien en face.

– Alors, tu en es ? Sinon, retire-toi maintenant.

Le garçon soutint son regard quelques instants, puis céda avec un haussement d'épaules. Wes hocha la tête. Daran suivrait les ordres, en bon soldat.

Wes avait accepté les deux frères dans son équipe alors que personne ne voulait d'eux – il était au courant de leur réputation de têtes brûlées, mais pensait pouvoir en tirer quelque chose – et jusqu'à présent, malgré leurs airs boudeurs, ils ne l'avaient jamais déçu.

Tout le monde poussa un soupir de soulagement. Shakes sourit. Farouk se mit aussitôt à désarmer les explosifs.

Wes sortit un peigne de sa poche revolver et se lissa les cheveux.

– Allons frapper à sa porte.

10

Nat ne savait trop que penser de Ryan Wesson. À vrai dire, elle ignorait si elle avait envie de le gifler ou de l'embrasser. Le gifler, oui, sans aucun doute. Il avait l'air trop content de lui, là, à la porte, avec ses cheveux lissés en arrière et son col relevé, sa ceinture de pistolet accrochée bas sur les hanches, sa doudoune sans manches pendant de ses épaules comme s'il se prenait pour une sorte de cow-boy des neiges, et souriant comme s'il venait de toucher le gros lot.

Elle sortait à l'instant du casino, il n'y avait que quelques heures qu'elle avait fait affaire avec Shakes, et même si elle avait bien insisté sur l'urgence du départ, elle s'étonnait que Wes soit apparu si vite.

– Salut, tu te souviens de moi ?

Sa voix était grave et agréablement rauque... *sexy*, se dit-elle, *comme tout chez lui*. Nat repoussa énergiquement cette pensée. *C'est un passeur et un escroc*, se rappela-t-elle. *Un menteur*.

– Oh, tu penses ! Comment aurais-je pu oublier ?

– Ryan Wesson, se présenta-t-il en lui tendant la main.

– Wesson… comme les flingues, ou comme l'huile de friture ?

Le sourire du jeune homme s'élargit.

– On ne va pas s'ennuyer, à bord, avec toi. Bon. Appelle-moi Wes, ça te va ?

– Ça me va.

Elle hocha la tête et accepta la poignée de main.

– Je crois comprendre que tu as quelque chose qui m'appartient, dit-il. Quatre jetons de platine, ça te dit quelque chose ?

– Je ne vois pas du tout de quoi tu parles, répliqua-t-elle.

Tant pis pour lui. Elle avait pris un risque, et pas lui. *Va te faire voir.*

– T'es mignonne quand tu mens, fit-il sans cesser de sourire. Mais puisque tu les as et moi pas, je suppose que si je veux les revoir, il va falloir que je t'emmène là où tu veux aller. Alors on se bouge, ma jolie.

– Je suis prête, répondit-elle en lui montrant son sac.

Il fit de son mieux pour masquer son étonnement.

– Je te préviens : dès qu'on t'aura déposée en Nouvelle-Crète, je ramène mes gars à Vegas. Tu te retrouveras seule, quoi qu'on trouve là-bas. On ne va pas traîner dans les parages. Pigé ?

– Et qu'est-ce qui te fait croire que je pourrais avoir envie du contraire ? rétorqua-t-elle.

Les yeux sombres du garçon étincelèrent.

– Attention, tu risques de changer d'avis une fois que tu me connaîtras !

– J'en doute, lâcha Nat non sans rougir un peu.

– C'est curieux, quand même : à te voir, comme ça, on ne te croirait pas du genre à gober ces histoires débiles de portes du paradis en plein océan, lâcha alors Wes.

– Pardon ?

– Allons, la Nouvelle-Crète ? À d'autres ! Tu cherches le Bleu, comme tous les pèlerins.

– Je garderai mes raisons pour moi, d'accord ? Je paie pour le passage, pas pour une psychanalyse.

– Bon, bon, d'accord. Pas de questions, c'est notre devise. Je ne peux pas m'empêcher d'être un peu curieux, c'est tout. Tu as l'avance ?

La moitié du tarif. Bien. Elle lui tendit deux jetons sur les quatre.

Il sourit.

– Allons-y. Ça ne va pas être de la tarte d'échapper au couvre-feu.

Elle le suivit jusqu'à un gros véhicule de type militaire, garé dans une ruelle derrière son immeuble. Le camion était peint en camouflage arctique blanc et gris, et même ses pneus étaient taillés dans un épais caoutchouc blanc qui le rendait presque invisible. C'était un Hummer modifié, avec trois rangées de sièges et un vaste coffre à l'arrière.

Wes ouvrit la portière et poussa la jeune fille à l'intérieur.

À l'arrière l'attendaient plusieurs gars en combinaison chauffante et camouflage spécial neige, munis d'une impressionnante collection d'armes variées. Elle reconnut sans surprise celui qui l'avait braquée l'autre jour.

– Tu connais déjà Daran, dit Wes. Lui, c'est son frère, Zedric, et là, c'est Farouk. Les gars, je vous présente Nat, notre nouvelle cliente.

– Comme on se retrouve, lança Daran en lui serrant la main juste un peu trop longtemps. Désolé pour ce qui s'est passé au Loss. Le boulot, c'est le boulot, pas vrai ?

Elle le considéra froidement.

– Et Shakes, où est-il ? s'enquit-elle, cherchant des yeux le garçon au sourire amical.

– Ici. Salut ! fit ce dernier en se retournant.

Il était au volant.

Nat sourit, visiblement soulagée par sa présence – comme le nota Wes non sans une pointe de jalousie. Elle était encore plus jolie que dans son souvenir. Le genre de fille capable de pousser n'importe qui à faire n'importe quoi, songea-t-il. De plus, elle n'avait pas sa langue dans sa poche, et elle n'avait pas cillé quand il l'avait accusée du vol des jetons. Pourquoi ne les employait-elle pas plutôt à autre chose ? Son petit studio était chaleureux et confortable. Ce n'était pas un palace, mais un endroit où on se sentait facilement chez soi. Il avait envie de lui dire de garder ses crédits, au lieu de poursuivre un rêve de liberté complètement illusoire. Il n'y avait rien, sur l'océan. Rien que des ordures et des ennuis.

Elle lui plaisait bien, cette fille. Cela dit, il ne cherchait rien de cet ordre en ce moment. D'accord, il avait un peu flirté avec elle, mais c'était juste histoire de voir s'il pouvait la charmer, rien de plus – cela pourrait se révéler utile pour découvrir si oui ou non elle avait la carte. Mais pas question de s'attacher. Son histoire avec Juliette – sa Jules, comme il l'appelait – s'était bien trop mal terminée.

Il l'aida à s'installer à l'arrière, après quoi Shakes leva le pouce du siège conducteur et le camion s'élança dans la nuit, soulevant des gerbes d'étincelles lorsqu'il raclait les congères, des deux côtés de la route.

– Comment fait-il pour savoir où il va ? cria Nat, qui tâchait d'attacher sa ceinture tandis que l'engin bondissait dans les rues désertes.

Wes tapota les lunettes infrarouges fixées au casque de Shakes.

– Tiens, regarde, dit-il en lui lançant les siennes.

Elle les chaussa. Le véhicule cahotait sur une route secondaire parallèle au Strip, une voie de chantier creusée comme une tranchée dans la glace.

– Et les marchands de sable, alors ?

L'heure du couvre-feu étant dépassée, seuls les véhicules des patrouilles ainsi surnommés étaient habilités à circuler – sauf autorisation spéciale. Nat, à l'évidence, doutait fortement que Wes en ait une.

– Pas un problème, répondit Wes d'un ton sec. La plupart des patrouilles sont concentrées à l'est du périmètre, et nous, on va dans la direction opposée.

– Chef ! brailla soudain Shakes lorsque l'éclat rouge d'une roquette passa au-dessus d'eux.

Wes poussa un juron. Il avait parlé trop vite. L'un des gros blindés qui, d'habitude, circulaient lourdement dans le désert de glace pour transporter des troupes vers la base de l'est se trouvait justement dans les parages.

« VOUS ÊTES EN INFRACTION. ORDRE 10123 : AUCUN CITOYEN NE DOIT CIRCULER EN EXTÉRIEUR APRÈS LE COUVRE-FEU. STOPPEZ VOTRE VÉHICULE ET PRÉPAREZ-VOUS À PRÉSENTER VOS PAPIERS D'IDENTITÉ DE SECOND DEGRÉ. »

– Je n'ai pas de papiers, s'inquiéta Nat.

– Comme nous tous. Continue d'avancer ! cria Wes à Shakes.

Une balle traversa le pare-brise arrière. Le camion heurta un mur de glace, et tous ses occupants furent projetés en avant.

– Rends-moi ça, exigea Wes. (Nat lui jeta aussitôt ses lunettes de vision nocturne, tandis qu'il aboyait des ordres à ses hommes.) Farouk ! Vois si tu peux localiser leur signal et le brouiller. Les Slaine, neutralisez le tireur ! Je m'occupe du blindé.

Il empoigna son pistolet tout en espérant éviter le pire. Les armes à feu étaient les attributs vieillissants d'un empire à l'agonie. Wes en portait une parce qu'il le fallait, mais il n'avait jamais tué personne avec. Il avait souvent menacé de le faire, certes. Il l'avait brandie, et avait tiré sur des drones, des véhicules et toutes sortes de choses, mais ses mains étaient propres, ainsi que ses gars. On s'entretuait déjà bien assez comme ça dans le monde. Il pivota vers Nat.

– Couvre-moi. Tu sais te servir de ça ? souffla-t-il en lui faisant signe de choisir un fusil.

Elle secoua négativement la tête, ce qui le surprit pendant un instant. Tous les enfants du pays étaient entraînés à tirer dès le plus jeune âge, la devise officieuse de la nation étant : « Un bon citoyen est un citoyen armé »... mais l'heure n'était pas aux questions.

Il se rabattit sur Farouk, qui épaula le fusil, jeta un coup d'œil au-dehors et tira quelques rafales par la fenêtre.

– OK, go ! brailla le gamin en se reculant pour le laisser passer.

Wes se mit debout et sortit le haut de son corps par le toit ouvrant, pistolet en main. Il scruta les environs. Ses lunettes lui montraient le monde en vert et noir. Il vit le blindé qui les rattrapait, à quelques blocs de distance. Ils avaient dépassé le Strip et se rapprochaient de la sortie de la ville, non loin de la barrière. S'il parvenait à retarder l'ennemi, ils seraient libres. Une seule roquette avait été tirée.

Il fit feu et rata ses deux premiers tirs. *Reste calme*, s'ordonna-t-il, *reste calme...* Deux nouvelles balles traversèrent l'habitacle, dont une égratigna le bras de Farouk.

– Faut se réveiller, chef ! piailla le jeune garçon de l'arrière du véhicule. La prochaine, ce sera dans la tête !

– Ils ont un tireur d'élite posté quelque part... neutralisez-le, je vous dis ! brailla Wes en réponse.

– Il ne peut pas m'échapper, promit Daran en cherchant dans sa lunette de visée l'insaisissable sniper.

– Là ! Je le vois ! hurla alors Zedric en indiquant le toit de l'immeuble le plus proche.

Ils lâchèrent encore quelques rafales de fusil automatique, mais les balles ennemies continuèrent à leur siffler aux oreilles. Soudain, un projectile explosif secoua violemment l'arrière de leur camion et l'envoya tournoyer sur la glace.

– Bonjour la discrétion ! commenta Nat avec un soupir impatient. Vous pensez vraiment pouvoir m'emmener jusqu'à la mer ? Vous n'êtes même pas capables de me faire sortir du Strip !

– Dis donc, toi ! Un peu de confiance serait appréciée, répliqua Wes. J'essaie de nous garder en vie, là.

– Mais dézingue ce blindé, nom de Dieu ! brailla Daran tandis que Shakes faisait son possible pour rétablir l'assiette de leur propre fourgon.

– C'est ce que je cherche à faire, qu'est-ce que tu crois ? Un peu de patience, tout le monde.

Wes n'avait aucune intention de se laisser tuer dans une fusillade. Sortant de nouveau la tête par le toit, il constata que, pour la première fois, il avait une vue dégagée sur l'ennemi. Il visa le moteur afin de neutraliser le véhicule sans blesser aucun soldat. Après tout, récemment encore il était l'un des leurs.

Mais à l'instant où il allait tirer, le monde entier vira au noir. Il était aveugle. Son doigt eut un sursaut lorsqu'il pressa la détente. Il rata une fois de plus, laissa échapper une bordée de jurons. L'ophtalmie. Cela faisait un bout de temps qu'il méprisait ses troubles de la vue et ses maux de tête, mais les symptômes devenaient de plus en plus difficiles à ignorer.

Une balle lui siffla à l'oreille. Une autre fit voler en éclats le rétroviseur de gauche.

– Grouille, mec ! lança Shakes du siège conducteur, la voix posée mais tendue.

Ses mains serraient le volant si fort qu'elles le faisaient vibrer.

– Laisse-moi faire, dit Farouk en rechargeant son arme.

– Non, c'est bon, calmez-vous tous, lâcha Wes, l'air légèrement froissé.

Il leva de nouveau son arme. La carrosserie lisse et blanche du blindé luisait comme celle d'un jouet d'enfant dans l'air chargé de neige. Il se concentra. Le char était une cible facile ; ce modèle était conçu pour broyer des congères énormes, mais son blindage était déjà percé d'une douzaine de trous. Typique. Ces éléphants blancs étaient intimidants à voir, mais en réalité vulnérables. Personne ne savait plus rien réparer. Le pays vivait sur son passé : sa technologie datait entièrement des guerres antérieures à la grande Montée des eaux. Comme si la crue toxique avait balayé non seulement l'État de New York et la Californie, mais aussi tout le savoir du monde.

La main ferme et la vue claire, Wes pressa la détente, et cette fois la balle toucha sa cible, perçant le blindage et faisant sauter le moteur du même coup.

Il aurait suffi d'un autre tir pour que le char tombe en morceaux, mais l'aveuglement temporaire de Wes avait ralenti ses réflexes, et avant qu'il ait pu faire un geste, un choc lui ébranla violemment la poitrine. D'où cela pouvait-il...

– Pardon ! Je l'ai raté ! brailla Daran.

– Je l'ai ! triompha Zedric en faisant sauter l'arme des mains du sniper grâce à un tir bien placé.

La cuirasse pare-balles de Wes avait tenu bon, mais la douleur était cuisante. Comme son gilet en Kevlar prenait feu, il l'arracha et le jeta dans la neige. Un trou gros comme une balle de base-ball traversait sa doudoune. La fumée noire qui en montait lui piqua les yeux.

– Ça va aller, lui dit Nat en l'aidant à redescendre sur son siège. Ta blessure est superficielle.

Il émit un grognement dépité.

Au volant, Shakes fit une brusque embardée afin d'éviter un second tir de roquette. Les renforts étaient arrivés : encore des chars, plus des soldats en motoneige. Mais la clôture n'était plus qu'à quelques rues de distance : sitôt qu'ils l'auraient franchie, ils seraient libres. L'armée ne se risquerait pas dans une poursuite nocturne en plein Dépotoir ; au pire, elle enverrait des traqueurs en mission de recherche le lendemain matin, mais d'ici là Wes espérait s'être enfoncé trop loin dans la friche désolée pour pouvoir être retrouvé.

– File-moi un coup de main, dit-il en passant un bras autour des épaules de Nat.

Son bras droit était engourdi, et il dut changer de main pour tirer.

– Mais tu n'as plus ta cuirasse.

– Pas grave, il faut que je termine le boulot, insista-t-il.

Nat acquiesça, l'aida à se remettre debout et le tint pour le stabiliser.

Ils étaient si proches que Wes sentait le parfum de ses cheveux, bien qu'il ait mal à la tête et soit sur le point de s'évanouir. Il leva son arme, jeta un coup d'œil dans la mire, et eut un brusque mouvement de recul.

Le gros canon du char était braqué droit vers sa tête. Pas le temps de réfléchir, pas le temps de bouger : il tira. Son fusil était une extension de son esprit. Sa seconde balle endommagea suffisamment le moteur pour arrêter le blindé. Le gros tas de métal blanc tournoya, inondant de ses munitions un bâtiment proche dont les fenêtres furent violemment secouées. Un cri strident s'éleva des entrailles du monstre mécanique, puis ce fut le silence.

Trois autres éléphants blancs vinrent s'encastrer dans le char vacillant et le convoi entier s'arrêta, tandis que Daran et Zedric s'occupaient des motoneiges qu'ils envoyaient joyeusement dans le décor.

Le couvercle du char s'ouvrit soudain, et son capitaine apparut : un garçon de l'âge de Wes, qui voulait voir celui qui les avait arrêtés. Il brandit le majeur à l'intention de Wes.

Ce dernier le salua avec un sourire tandis que le camion filait vers la barrière : une clôture électrique invisible, que Farouk venait de désactiver à l'aide de son portable.

– Écrase le champignon, Shakes ! lança Wes en tambourinant sur le toit. Il est temps d'aller fouiller dans les ordures.

Deuxième partie

La terre vaine

Pour subsister, les sociétés humaines transforment la nature en tas d'ordures.

Mason Cooley, aphoriste américain

11

Nat ne voyait même pas comment Wes avait pu survivre au coup qu'il avait reçu. Elle était consumée par l'adrénaline, la peur et l'excitation. Oui, ce garçon était réellement héroïque ! Rien à voir avec son petit numéro au casino. Pour la première fois, elle s'autorisa un peu d'optimisme : ce passeur arrogant réservait peut-être des surprises, tout compte fait.

Trouve quelqu'un pour t'aider, et surtout choisis-le bien, lui avait conseillé Manny à contrecœur. *Les passeurs te jureront tous qu'ils peuvent t'emmener là où tu veux aller, mais en fait, la plupart finissent par larguer leurs passagers ou par les vendre à des trafiquants d'esclaves... quand ce ne sont pas eux qui sont enlevés par des pirates, ce qui revient au même pour toi. Ou encore, ils te plantent en rase campagne dès qu'ils sont à court de vivres. Il te faut quelqu'un qui ait la tête sur les épaules, qui soit rapide et courageux.* Forte de ces conseils, elle avait élu Wes, et même si elle n'était toujours pas certaine qu'il ne la laisserait pas tomber à la première occasion, elle était en route, et c'était lui qui l'avait amenée jusque-là. Mais pas question de lui révéler le trésor qu'elle portait à son cou.

Le chemin est encore long, lui rappela le monstre dans sa tête. *Heureusement que je suis patient.*

C'était une ombre à sa joie, de savoir que chaque pas la rapprochait de la noirceur de ses rêves. Le visage de son ancien commandant lui traversa l'esprit. *Tu n'exploites pas toute l'étendue de ton pouvoir*, lui avait-il dit. *Tu n'essaies même pas.* Elle se demanda jusqu'où il serait allé pour la briser s'il avait su ce que recelaient ses rêves, s'il avait connu la présence du monstre dans sa tête.

– Ça va ? demanda-t-elle à Wes.

Il hocha rapidement la tête, mais la douleur le faisait grimacer.

– Ça passera. C'est le choc. Et toi ?

Elle haussa les épaules.

– C'est encore loin, la clôture ?

– Encore deux blocs d'immeubles et on devrait être tranquilles.

Le camion s'éloignait des lumières de New Vegas, et le terrain enneigé devenait moins praticable.

– Tant mieux.

Bien qu'aucune clôture physique ne séparât la ville des étendues sauvages, la barrière était aussi réelle que les volts invisibles qui tuaient quiconque tentait de la franchir. Nat remarqua que ses compagnons de voyage retenaient leur souffle tandis qu'ils avançaient en silence dans les ténèbres. Mais Farouk avait bien fait son travail, et ils traversèrent sans encombre.

Au-delà de la barrière s'élevait une montagne de détritus. Un siècle d'ordures jetées par-dessus la clôture immatérielle, abandonnées pour pourrir dans le froid interminable.

– Pas étonnant qu'on appelle ça le Grand Dépotoir, commenta Nat, impressionnée par cette multitude d'appareils électroniques étranges, ces amoncellements de carcasses de voitures rouillées et ces montagnes de plastique, de carton et de verre.

– Ma famille était originaire de Californie, déclara soudain Wes, qui regardait par la fenêtre, par-dessus l'épaule de la jeune fille. Mon père disait que le père de son père en parlait souvent : il racontait comme c'était joli, les collines, le désert, la plage... Ils sont partis au moment de la Montée des eaux, comme tout le monde, et ont suivi l'exode le long de la route 10. Vegas était la seule ville à tenir encore debout. La légende familiale raconte qu'ils sont allés tout droit au casino.

Il s'adossa à son siège et envoya à Nat un sourire crispé. Elle voyait qu'il souffrait toujours, mais qu'il tâchait de faire bonne figure.

– Qu'est-ce que c'est que ça ? intervint soudain Farouk.

Il désignait des lumières vacillantes, loin dans le noir, et ce qui ressemblait à des silhouettes distantes se déplaçant dans ce paysage de détritus congelés.

– Ne fais pas attention, lui répondit Wes, laconique. Il n'y a rien à voir par là-bas. Rien qu'on ait envie de voir, en tout cas.

Nat garda le silence en contemplant les ombres mouvantes, se demandant dans quelle mesure Wes avait préparé son équipe à ce qui les attendait.

Comment ça se présente, pour la seconde clôture ? s'enquit-il alors.

Zedric concentra toute son attention sur son portable, travaillant fébrilement. Le camion brinquebalait à fond de train sur la route accidentée, et la barrière suivante approchait rapidement. Il fallait qu'ils la désactivent, faute de quoi ils seraient grillés sur place.

– Il y a un code que je n'arrive pas à décrypter. Ça doit être un de ces codes allemands : ce sont les plus durs, grommela le jeune garçon.

– Ils ont dû le changer depuis notre dernière virée, ajouta Shakes.

– Des codes allemands ? s'étonna Nat.

– L'armée recycle des codes des anciennes guerres. Elle ne sait pas en inventer de nouveaux. Elle a eu de la chance de tomber sur ceux-là, lui expliqua Wes.

C'était toujours la même histoire. La génération qui avait inventé les combinaisons autochauffantes et découvert la fusion à froid n'était plus là depuis longtemps. Il restait bien quelques survivants de l'Avant, qui se souvenaient d'une époque différente, où le monde était encore vert et bleu, et qui s'étaient organisés pour survivre au froid en exploitant les ressources disponibles grâce à leurs connaissances. Mais les savants étaient rares, et les seuls livres encore accessibles étaient les ouvrages sur papier, qui dataient au plus tard du début du XXIe siècle.

– Je peux essayer ? demanda-t-elle à Farouk.

Il lui tendit l'appareil, un petit téléphone noir doté d'un minuscule clavier.

– Il communique avec une vieille machine Enigma, via un signal radio. La clôture réagit à une certaine transmission, mais je ne la trouve pas. Il faudrait que j'envoie un message au système de verrouillage, mais voilà ce qu'il me donne, lui expliqua-t-il en lui montrant son écran, couvert de chiffres.

Elle contempla la séquence, ses motifs, et tapa une réponse.

– Essaie, maintenant, dit-elle à Farouk.

Il étudia son travail, puis pressa la touche « envoi ».

– Aucune réaction, marmonna-t-il.

Mais quelques minutes plus tard, Shakes les appela avec excitation du siège conducteur.

– La clôture est désactivée ! s'écria-t-il joyeusement en consultant le détecteur d'ondes électromagnétiques.

– Comment tu as fait ? s'étonna Farouk.

– J'ai vu la solution, c'est tout, lâcha Nat avec un haussement d'épaules.

Elle était très à l'aise avec les chiffres, et elle percevait facilement les motifs récurrents. C'est ainsi qu'elle avait pu déchiffrer le code et lire sa demande simple. POUR OUVRIR DIRE BONJOUR. Elle avait tapé le mot « bonjour » en code, et les portes s'étaient ouvertes pour elle.

– Bien joué. Je pourrais presque t'embaucher dans mon équipe, plaisanta Wes. Eh ! lança-t-il ensuite, en remarquant que Daran et Zedric avaient ouvert les sacs de vivres. Vous avez intérêt à partager !

Zedric lui lança un objet enveloppé de papier aluminium, que Wes rattrapa avec adresse.

– Mmm, un burroti pizza-curry ! dit-il gaiement. Tu veux goûter, Nat ? Le meilleur McRoti de Vegas. Et je vois que les garçons ont pris des McRamen[1] aussi.

---

1. « Burroti » est une contraction de « burrito » et de « roti » (une sorte de galette indienne) et les *ramen* sont des nouilles chinoises.

– Non merci. Je n'ai pas faim.

– Je t'en garde un peu, au cas où tu changes d'avis.

Puis il lui tendit ses baguettes.

– Tire et fais un vœu, dit-il.

Elle saisit une des baguettes et celles-ci se séparèrent. Nat obtint le gros bout.

– C'est toi qui gagnes !

Wes était vraiment un enfant de Vegas, superstitieux et joueur en diable, au point d'utiliser des baguettes chinoises en guise d'os des vœux. Il commença à déballer son repas en sifflant une mélodie que Nat connaissait.

– Qu'est-ce que c'est ?

– Aucune idée. C'est ma mère qui chantait ça, expliqua-t-il avec une légère crispation.

– Dis-moi, je t'ai déjà vu quelque part... non ? J'ai l'impression qu'on s'est déjà rencontrés, lui dit-elle soudain.

Elle en était certaine, simplement elle n'arrivait pas à situer où ni quand, mais cela lui reviendrait. Cet air qu'il sifflotait... si seulement elle pouvait s'en souvenir ! Mais sa mémoire embrumée était aussi grise que ses lentilles ; elle arrivait à assembler des petits morceaux du puzzle, mais pas l'ensemble de sa vie.

– Bah, non, je ne fréquente pas les tables de jeu.

Il sourit malicieusement et prit une grosse bouchée de son burroti.

– Il ne joue que sa vie, précisa Shakes de sa place à l'avant. Bon, et moi, alors ?

Il leva la main, et Farouk lui passa son propre méli-mélo culinaire.

– Je pourrais jurer que je t'ai déjà vu, et je ne parle pas de l'autre jour au casino, insista Nat. (Soudain, il lui importait beaucoup de se rappeler pourquoi elle connaissait si bien son visage.) Mais je dois me tromper.

Wes la considéra d'un air songeur tout en mangeant. Nat finit par craindre qu'il ne pense – à tort, évidemment – qu'elle flirtait avec lui. D'ailleurs, se dit-elle en souriant intérieurement, si elle avait *vraiment* flirté avec lui, il n'aurait pas pu s'y tromper ! Elle allait ajouter quelque chose lorsque Shakes poussa un cri qui fit sursauter tout le monde.

– Qu'est-ce qu'il y a ? demanda Wes.

– Des drones. On nous envoie des traqueurs.

Le radar envoyait effectivement un signal sonore. Shakes secoua la tête en observant, à travers le pare-brise, un petit avion noir qui décrivait des cercles à l'horizon.

– Où est-il passé ? s'enquit Wes, la tête sortie par la fenêtre.

– Je ne sais pas, j'ai perdu son signal.

– Très bien, on va prendre les routes secondaires. Les traqueurs ne s'écartent pas de l'autoroute principale. Il faudra qu'on fasse un détour, qui nous amènera pas loin de MacArthur, mais ça va aller. On devrait pouvoir s'en débarrasser une fois qu'on...

Wes n'acheva pas sa phrase, car une violente bouffée d'air froid les frappa soudain et un nuage de flocons d'argent envahit l'habitacle.

– Qu'est-ce qu'il y a, encore ? s'époumona Daran tandis que les flocons lui emplissaient le nez.

Il y en avait partout. Une nouvelle rafale envoya encore plus de neige par les ouvertures. Les garçons poussaient des cris et Nat battait des bras pour chasser les flocons qu'elle sentait tomber dans ses yeux, dans ses oreilles, partout.

– L'alarme s'est déclenchée, dit Wes d'une voix tendue.

Il lui expliqua que le nuage argenté n'était pas fait de fumée ni de neige. Leur franchissement de la clôture avait déclenché l'envoi de nanos : des machines pas plus grosses qu'un grain de poussière qui captaient et analysaient les phéromones humaines. La nanotechnologie était une technique ancienne, tout comme les batteries à fusion ; elle datait de la dernière guerre mondiale, avant que tout ne commence à s'effondrer. L'armée ne savait plus comment améliorer le système, mais elle le maintenait en état de marche.

– Les nanos sont comme des robots chiens de chasse, ajouta fiévreusement Farouk. Ils captent ton odeur et la transmettent au réseau de la défense.

Wes lui cogna l'épaule.

– Et ça te met en joie ?

– Je n'en avais jamais vu, c'est tout, se justifia le jeune garçon. De nuage de nanos, je veux dire.

Wes indiqua du geste le paysage jonché d'ordures.

– Les gens d'ici appellent ça des canettes. Des bombes, généralement cachées dans de vieilles canettes de soda. Le Dépotoir en est littéralement couvert.

– Mais comment ça marche ? voulut savoir Farouk.

– Ça pète, intervint Shakes. Si tu t'approches d'une de ces canettes assez près pour qu'elle te renifle, et si ton odeur correspond aux phéromones que les nanos ont transmises à tout le système, elles te dispersent façon puzzle.

– On n'avait jamais été fichés dans le système, se plaignit Daran. Je n'ai pas signé pour ça, moi. Je ne vais quand même pas perdre un bras ou une jambe à cause d'une canette de soda !

Nat frémit tandis que Wes contemplait le paysage enneigé.

– Écoute, je ne t'en voudrais pas si tu voulais faire demi-tour, lui dit-il. On t'a fait sortir de la ville, on peut t'y ramener. Tu peux reprendre tes crédits, moins un pourcentage pour nos efforts, bien sûr.

– Je ne ferai pas demi-tour, affirma-t-elle, contrariée.

Était-ce sa manière de lui faire peur pour qu'elle renonce au voyage ? De la pousser à se raviser ? Les canettes lui faisaient moins peur que ses cauchemars.

– Tu es sûre ? insista-t-il d'une voix douce.

Elle comprit, alors, qu'il ne cherchait pas à se défiler, mais qu'il se montrait simplement correct ; elle éprouva une bouffée d'affection renouvelée pour ce beau garçon impulsif.

Elle lui agrippa le bras et hocha vigoureusement la tête.

– Je n'ai pas peur. J'aime mieux prendre des risques avec ce qu'il y a ici que retourner là-bas.

– Alors d'accord, soupira Wes, qui posa une main sur la sienne et la tint fermement. Et il n'y a pas de honte à avoir la trouille, tu sais. J'ai vu beaucoup de choses qui m'ont fait peur, moi, de ce côté-ci de la barrière.

Elle hocha la tête. La main du garçon était chaude sur la sienne, et elle savoura son contact avant qu'il ne la retire. Elle ne savait pas lequel d'eux deux était le plus gêné par cet instant de tendresse.

Il se racla la gorge et s'adressa à toute son équipe.

– Je prends le volant. On passe par les petites routes. Il y a cinq jours de voyage jusqu'à la côte, mais une fois arrivés au Pacifique on avancera plus vite, et on sera de retour pour Noël. OK ?

Il attendit que quelqu'un proteste.

Personne ne le fit, mais personne n'avait l'air très convaincu non plus.

12

Ils filaient tout droit dans la nuit, s'enfonçant dans le Dépotoir. Quand vint le jour, le ciel était d'un gris plus clair. Sous la neige, serpentant entre les tas d'ordures, Nat aperçut des éclats colorés : des lianes vertes, parsemées d'improbables fleurettes blanches. Le temps qu'elle cligne des yeux, la vision avait disparu. Elle tourna son regard vers les garçons pour voir si quelqu'un avait remarqué la même chose. Mais la moitié de l'équipe dormait à l'arrière tandis qu'à l'avant Farouk conduisait et Wes scrutait son écran d'un air soucieux.

Le jeune homme lui parut si sérieux qu'elle ressentit soudain l'impulsion de lui passer la main dans les cheveux et de lui dire que tout allait s'arranger. Conscient de son regard sur lui, il se retourna. Il lui sourit, elle fit de même, et l'espace d'un instant ils ne furent plus qu'un garçon et une fille à bord d'un camion. Il n'y avait plus ni passeur ni cliente, ni mercenaire ni voleuse, et Nat entraperçut ce qu'ils auraient pu vivre dans une situation normale. La voix dans sa tête se taisait et, pour une fois dans sa vie, elle se sentit semblable à tout le monde.

Leur véhicule sauta sur une bosse et le charme fut rompu. Wes retourna à ce qu'il faisait et Nat tourna son attention vers le paysage, sans trop savoir ce qu'elle éprouvait. *Il est beau et courageux, et n'importe quelle fille dotée d'un pouls serait attirée par lui*, pensa-t-elle. *Mais il n'est rien pour moi. Un flirt, à la rigueur, quelqu'un avec qui passer le temps, histoire de rendre le voyage plus intéressant. Rappelle-toi ce que te disait le commandant. « N'oublie jamais ce que tu es. »*

Les ordures amoncelées des deux côtés de la route leur donnaient l'impression d'avancer dans un tunnel. Les tas étaient hauts comme des gratte-ciel, mais le terrain s'aplanissait, comme si la route avait été récemment damée.

– Attendez une minute, dit Farouk avec un sursaut. Si la neige est damée, ça veut dire que des gens vivent ici.

– Évidemment que des gens vivent ici, s'impatienta Nat.

Qu'est-ce que c'était que cette équipe, qui n'était même pas au courant d'un fait aussi élémentaire ? Mais elle se souvint alors que le gamin n'avait jamais franchi la barrière auparavant.

– Faut pas croire tout ce qu'on te raconte, Farouk, le railla Wes depuis le siège passager.

Nul n'était autorisé à se rendre dans le Grand Dépotoir. Il n'y avait là que mort et pourriture, c'était du moins ce qui était dit à la population. Mais ils savaient que ce n'était pas tout. Le gouvernement mentait. Il mentait sur toute la ligne.

La hauteur des tas s'amoindrit à mesure qu'ils cheminaient, et ils roulèrent pendant quelques heures dans un silence morose.

– Qu'est-ce que c'est que ça ? demanda soudain Farouk en désignant une falaise monumentale qui dominait les alentours. Je croyais que le barrage Hoover était de l'autre côté.

– Et tu avais raison, dit Wes.

Nat sentit la voix dans sa tête s'éveiller en grondant pour l'avertir d'un danger. Elle était partie en sachant qu'il était possible que son périple la fasse passer devant cet endroit, mais n'était pas préparée à le revoir si tôt. C'est d'une voix tendue qu'elle parla.

– Ce n'est pas le barrage Hoover.

– Non, bien sûr que non, dit Wes. Tu es déjà venue ici ? s'enquit-il alors, comme en passant.

Elle se rembrunit et ne répondit pas. Son corps se couvrait de chair de poule. Ne s'était-elle évadée que pour être renvoyée ici ? Tout compte fait, elle ignorait presque tout de Wes et de ses intentions. *La plupart des passeurs te revendent aussitôt sortis de New Vegas, balancent leur cargaison, te volent tes crédits.* Peut-être était-il du côté des gentils, mais peut-être pas.

Farouk n'avait pas tort, cela ressemblait bien aux vieilles photos qu'elle avait vues du barrage Hoover, avec ses gigantesques murailles de béton dominant la vallée, retenant la pression énorme de la rivière amassée derrière. À mesure qu'ils approchaient de la haute falaise, il devint évident que ce n'était pas du tout de la pierre, mais du béton peint à l'imitation de la pierre, épais de plusieurs pieds, et qu'il ne s'agissait pas d'un barrage mais d'un édifice, dressé vers le ciel, avec une rangée de fenêtres tout en haut – dont une vitre avait récemment été changée, mais cela, Nat était la seule à le savoir. Le bâtiment était ceint d'un haut mur surmonté de lames de rasoir.

– Tirons-nous d'ici, dit Shakes. Cet endroit me fiche toujours les jetons. C'est pour ça que je déteste prendre les petites routes. Tant pis pour les traqueurs.

Nat souffla lentement, soulagée d'apprendre que leur présence ici n'était qu'une coïncidence. Le camion prenait de la vitesse, lorsqu'un panache de fumée noire passa en un éclair devant le pare-brise.

– Qu'est-ce que c'était ? demanda Farouk d'un ton inquiet.

– Je vais aller voir ça, dit Wes qui sortit aussitôt la tête par le toit, lunettes de vision nocturne sur les yeux. Il se passe quelque chose.

Il y eut encore une bouffée de noir, des nuages de fumée, une volée de craquements qui déferla sur les congères. De loin, Wes vit trois silhouettes partir en courant. Il se rassit dans son siège.

– Une évasion. On dirait que quelques prisonniers essaient de se faire la belle ce soir.

– Une évasion ? Parce que c'est une prison ? s'étonna Farouk.

– Non, crétin, c'est un hosto, se moqua Daran. T'as jamais entendu parler de l'hôpital MacArthur ?

– Tu veux parler du centre de traitement ? Pour les Marqués ?

– Tout juste, fit Zedric avec un sourire cruel.

Wes se remit debout, la tête sortie, pour observer les environs.

– Deux patrouilles à leurs trousses, une de chaque côté de nous, en parallèle. On est pris en sandwich.

– On n'a qu'à avancer entre les deux, proposa Shakes.

Wes acquiesça.

– Qu'est-ce que tu fais ? demanda Nat qui se tordait les mains d'angoisse.

– On va faire semblant d'être des leurs. À cette distance, on peut passer pour une patrouille. S'ils ne s'approchent pas trop, ça ira. Détends-toi.

Des coups de feu résonnèrent au loin, ainsi que des clameurs et des hurlements. Les frères Slaine prirent leurs places à côté des fenêtres, fusils pointés sur l'horizon.

Wes se rassit et tapa sur l'épaule de Shakes.

– Conduis lentement : laissons-nous distancer l'air de rien.

Le camion poursuivit à petite vitesse. À l'intérieur, l'ambiance était tendue. Des patrouilles les flanquaient toujours des deux côtés lorsqu'ils passèrent devant la forteresse. Soudain, Wes poussa une exclamation, et tous virent pourquoi.

Devant eux, les murailles qui cernaient le périmètre se rapprochaient autour d'un barrage de contrôle ; le chemin qu'ils avaient pris les menait tout droit vers la guérite.

– Demi-tour, Shakes, demi-tour !

– Ça nous fait repartir très loin, objecta Nat. Est-ce que ça n'aura pas l'air suspect ?

– Si, mais on n'a pas le choix ! Shakes, demi-tour, je te dis.

En changeant de direction, les roues du gros véhicule patinèrent dans une bouillasse de terre à moitié gelée et soulevèrent des gerbes de neige sale. Les coups de feu se rapprochèrent. L'équipe entendit un hurlement et vit un nouveau panache de fumée noircir le ciel : leur retraite précipitée les dirigeait vers les fugitifs.

Un choc sourd secoua le véhicule, suivi d'un bruit de pas rapides sur le toit. Par la fenêtre, Nat vit un trio d'évadés courir s'abriter derrière la congère la plus proche. Tous trois portaient le pyjama gris qu'elle connaissait bien. Puis l'un d'eux tomba de tout son long, face contre terre : il avait reçu une balle dans le dos.

– Ne tirez pas ! ordonna Wes à ses gars.

– C'est pas nous ! s'écria Zedric.

– Il faut qu'on les aide, souffla Nat. (Elle regarda Wes dans les yeux.) Je t'en prie.

Mais le garçon cracha avec mépris :

– Les aider ? À moins que tu n'aies une tonne de crédits chaleur à me donner, tu es la seule cargaison que j'embarque. (Il l'observa de plus près.) Et puis qu'est-ce que ça peut te faire, à toi ?

Nat se détourna pour cacher les larmes qui lui montaient aux yeux. Elle en avait déjà trop révélé. Elle ne répéterait pas l'erreur. Pour l'instant, il ne savait rien d'elle, et elle se jura qu'il n'apprendrait rien de plus.

Ne désespère pas. Ils trouveront leur propre chemin, murmura la voix, mais Nat avait l'estomac noué : elle était là, en sûreté dans le camion, pendant que dehors, ses amis... ses amis mouraient. Des gens comme elle, traqués et abattus.

– Shakes... fonce dans la barrière... regarde, il y a un trou là-bas... on va passer en force, ordonna Wes.

Le Hummer défonça donc la barrière dans un atroce grincement de métal déchiré, et bientôt ils furent de retour sur la route, filant à vive allure.

Nat ne jeta pas un regard en arrière.

13

Les petites routes se révélèrent bien plus difficiles à négocier que Wes ne l'aurait cru. Le paysage lissé par la neige dissimulait de nombreux obstacles : troncs, piquets, talus, fossés. Impossible de les anticiper : il ne détectait leur présence qu'au moment où les roues les heurtaient, ou lorsque des débris cachés cognaient dans les flancs du camion. Il avait proposé à Nat de la ramener en ville afin de montrer aux gars qu'il se souciait de leur sort, mais aussi parce qu'il voulait lui faire prendre conscience de la nature des dangers qu'ils allaient affronter. La nuit avait apporté dans son sillage un nouveau blizzard, et ils voyageaient dans le noir presque complet : seul le faisceau des phares leur montrait le chemin.

Il s'interrogeait sur la fille assise à côté de lui. À l'évidence, elle connaissait l'hôpital MacArthur et les habitants de la friche. Elle n'en était donc pas à son premier rodéo. Elle avait probablement déjà tenté de quitter le pays. En plus d'être une voleuse, c'était une menteuse. Wes l'avait bien cernée depuis l'instant où elle l'avait engagé, mais il ne pouvait s'empêcher de l'admirer quand même.

Mais non, c'est juste que tu la trouves jolie, se gronda-t-il. *À part ça, elle n'a rien d'extraordinaire. Et les belles filles, ce n'est pas ce qui manque à New Veg'.* Sa Jules l'était aussi, bien sûr, mais les souvenirs qu'il avait d'elle – ses cheveux épais, châtains, presque fauves, ses yeux gris fumée – s'estompaient un peu. Il ne pensait plus qu'à Nat, en ce moment. La manière dont ils s'étaient souri tout à l'heure, dont elle lui avait posé la main sur le bras...

D'ailleurs, si elle l'appréciait, ou au moins s'il lui plaisait physiquement, il tenait peut-être là une ouverture. Une situation qu'il pourrait tourner à son avantage. Car c'était décidément tentant de s'approprier cette pierre que Nat portait au cou. Tout était embrouillé : elle lui plaisait, et il avait *envie* de lui plaire, oui, mais uniquement dans le but de retourner cette séduction contre elle par la suite. Pas de doute, c'était tordu. Mais avait-il le choix ?

Elle avait volé les jetons sans se soucier de ce qui lui arriverait, à lui. Parviendrait-il à lui rendre la monnaie de sa pièce ? Il le faudrait bien, à un moment ou à un autre.

– Allez, laisse-moi prendre mon tour, proposa-t-elle. Tu n'es pas encore remis de cette balle que tu as prise dans la poitrine.

– Comme tu voudras, concéda-t-il en changeant de place avec elle. Au fait, merci, ajouta-t-il par politesse tout en se massant l'épaule.

Il nota qu'une certaine distance s'était de nouveau installée entre eux, et en fut soulagé.

Nat conduisit pendant que Wes continuait de guetter des drones dans le ciel ou tout autre signe d'une équipe de traqueurs. Il se réjouissait de cette diversion : cela l'empêchait de penser à elle, vu qu'il y songeait déjà trop. Mais bientôt, il dut constater qu'il n'était pas taillé non plus pour le silence. Les frères Slaine ne lui parlaient pas : ils boudaient pour bien faire comprendre qu'ils n'avaient pas apprécié le cafouillage de l'hôpital MacArthur ni sa décision d'éviter la grand-route. Shakes dormait, et Farouk rêvassait.

– Difficile de croire que tout ceci a été un désert brûlant autrefois, dit-il, ayant conclu qu'un peu de conversation ne ferait pas de mal.

– Un désert ? Qu'est-ce que c'est ? plaisanta Nat. J'ai grandi à Ashes[1], tu sais.

Il poussa un gémissement. Cette ville reculée était une des plus glaciales du pays.

– Tu as déjà vu, en photo, à quoi ça ressemblait avant ? Les dunes, les cactus ? s'enquit-elle. Tu sais comment ma ville natale s'appelait autrefois, n'est-ce pas ?

– Phoenix, répondit-il. Mais le phénix n'est plus, et il ne reste que ses cendres. *Ashes.*

– Quel poète !

– Je te l'ai déjà dit, je gagne à être connu, fit-il avec un sourire.

Il flirtait de nouveau, malgré lui.

– Ah oui ? Combien, au juste ? Ça ne doit pas aller chercher bien loin, répliqua-t-elle finement.

---

1. *Ashes* signifie « cendres ».

– Tu veux le découvrir ? s'enquit-il sur le même ton enjoué.

– Peut-être.

À ces mots, l'estomac de Wes fit un petit bond. Mais elle changea de sujet.

– Tu as déjà vu des photos d'Avant ? On dirait une autre planète. Tu peux imaginer ce que c'est d'avoir trop chaud ?

– Ah non, ça, sûrement pas. Sortir sans être frigorifié, c'est inimaginable pour moi. Mais il paraît qu'il existe encore des déserts chauds quelque part. Pas ici, évidemment, mais sous les dômes, se hâta-t-il d'ajouter en voyant sa tête, craignant qu'elle ne le prenne pour un idiot.

– Des déserts sous cloche ? reprit-elle, sarcastique.

– Eh oui. C'est tordu, hein ? De vrais gouffres énergétiques, évidemment. Il paraît qu'il y a même des plages, là-bas. Artificielles, bien sûr. Je suis allé à la plage une fois. Quand on était cantonnés à Santonio, il en restait un petit bout, à Galveston. Mais on ne peut pas se baigner. Enfin, sauf si on veut avoir des gosses à trois jambes.

– C'était comment, le Texas ?

– Glacial, lâcha Wes, laconique. Comme partout.

Soudain, il n'avait plus envie d'en parler. Il ignorait même pourquoi il avait mentionné le Texas ; jamais il ne raconterait ce qui s'était passé là-bas.

– Tu as vu du pays, pas vrai ?

La voix de Nat était chaleureuse, et, assis à côté d'elle à l'avant du camion, Wes avait l'impression qu'ils étaient seuls au monde, qu'il ne restait plus qu'eux deux sur terre.

Il vit que c'était sa chance, le moment de se livrer un peu, de gagner la confiance de cette fille. Peut-être qu'il n'avait pas besoin de flirter avec elle, qu'il lui suffirait de s'attirer son amitié. Peut-être cela suffirait-il pour qu'elle lui révèle ce qu'elle allait chercher en Nouvelle-Crète, et ce que le vieux Joe lui avait donné avant de disparaître. Peut-être lui en dirait-elle suffisamment pour qu'il puisse le lui prendre.

– J'en ai vu bien assez, répondit-il. À la mort de mes parents, je me suis engagé dans l'armée. On m'a envoyé partout. Cite-moi n'importe quel endroit, tu peux être sûre que j'y ai patrouillé.

– Et ils étaient comment, tes parents ?

Les pneus crissaient sur la route verglacée.

– Pas mal, enfin tu vois, quoi, pour des parents.

Il n'ajouta rien.

– Est-ce qu'ils te manquent ? Pardon, c'est une question idiote. Évidemment qu'ils te manquent.

– Ça va. Oui, ils me manquent. J'essaie de ne pas y penser parce que c'est trop dur, mais enfin c'est comme ça. J'avais une sœur, aussi, ajouta-t-il après coup.

– Plus petite ? Plus grande ?

Après un long silence, il finit par répondre.

– Une petite sœur.

– Et que lui est-il arrivé ?

Il haussa les épaules. Dehors, le blizzard avait cessé et la visibilité était redevenue bonne. Wes tripota le lecteur de musique, zappant jusqu'à trouver un morceau qu'il aimait.

– Je ne sais pas trop. Ils l'ont emmenée.

C'était un sujet trop difficile à aborder.

Du coin de l'œil, il vit que Nat contemplait la succession infinie de tas d'ordures enfouis sous une couche de neige fraîche.

– Emmenée ? Qui ça ?

– Une famille de militaires, des hauts gradés, soupira-t-il. Ils ont dit que c'était mieux pour elle. Mes parents n'avaient pas de permis pour avoir un deuxième enfant. Alors ils sont venus la chercher.

Le souvenir de ce jour atroce était gravé au fer rouge dans sa mémoire. Il n'était pas prêt à lui dire la vérité sur Eliza. Pas encore. Il monta un peu le volume de la musique et l'habitacle s'emplit d'un son de guitares et d'une voix aiguë accompagnée par un harmonica.

Nat fredonna avec la musique pendant un petit moment, puis reprit la parole.

– Bon, au moins, elle est dans une famille ; c'est plus que ce que peuvent espérer beaucoup d'entre nous.

– Et toi, tu es orpheline ?

– Tu t'es renseigné sur moi, l'accusa-t-elle.

Il haussa les épaules.

– C'est la procédure standard.

– Alors tu dois connaître mon histoire.

– Pas grand-chose, non.

– Je croyais qu'on avait dit : « Pas de questions. »

– C'est vrai, j'ai dit ça, hein ? T'inquiète, je te faisais juste un peu la conversation.

Il n'insista pas. *Un jour à la fois*, pensa-t-il.

Il serait patient.

La zone intermédiaire jonchée d'ordures céda la place à un cimetière de bateaux et de camions que la grande Montée des eaux avait balayés à l'intérieur des terres plus de cent ans auparavant. Les monstrueuses coques d'acier, squelettes de paquebots de croisière et de vaisseaux militaires, dressaient leurs hautes silhouettes sur le terrain enneigé ; d'épaisses lianes noires sortaient de ces machines mortes et serpentaient dans les carcasses. C'étaient des rampantes hivernales : une espèce végétale parfaitement adaptée au climat de la toundra. Wes les regarda avec attention. Il aurait pu jurer que ces branches étaient iridescentes, presque scintillantes. Mais c'était un effet de son imagination, pas vrai ? Lorsqu'il regarda de nouveau, elles avaient retrouvé leur couleur terne. Leurs pousses hirsutes tissaient un réseau serré dans lequel s'entremêlaient ferraille, mobile homes et voitures éventrées sur le tapis de neige. Les eaux noires avaient transporté les débris presque jusqu'à Vegas avant de se retirer. En se rapprochant de la côte, ils purent voir les digues inutiles et les barrages de fortune que l'armée et quelques civils désespérés avaient élevés dans l'espoir futile d'arrêter la catastrophe.

Pour leur deuxième journée sur la route, Shakes reprit le volant, Zedric assurant la navigation. Wes et Nat partageaient la banquette du milieu, chacun de son côté, le plus loin possible l'un de l'autre. À l'arrière, les jeunes garçons, bien réveillés, chahutaient entre eux ; Daran, exaspéré par les facéties de Farouk, lui tira son bonnet sur les yeux.

– Elles courent aux abris en te voyant arriver ! s'esclaffait Farouk, hoquetant de rire. Un an d'autorisations nuptiales en une semaine ! Tu tiens le record mondial !

– Daran apprécie la gent féminine, expliqua Wes.

Daran prit un petit air supérieur et fit un geste grossier.

– Et je ne doute pas que la gent féminine l'apprécie ! commenta Nat, narquoise.

Il faut dire que Daran était plutôt sexy, avec ses pommettes saillantes et ses cheveux bruns brillants.

Wes pouffa de rire, même si pendant un instant la réplique de Nat lui avait arraché une grimace. Il existait deux types de mariages : des autorisations journalières pour les unions temporaires – afin que l'on puisse louer une chambre dans un *love hotel* –, et les vrais mariages à la chapelle. Les autorisations à la journée permettaient de lutter contre les MST : il n'y avait pas d'activité sexuelle sans permis. D'ailleurs, il fallait un permis pour tout. Wes trouvait que cela nuisait beaucoup au romantisme de l'équation : faire la queue dans une administration, remplir les formulaires, attendre le résultat de l'analyse sanguine avant de pouvoir ne serait-ce qu'embrasser une fille...

– Alors comme ça, Daran te plaît ? demanda-t-il.

– Je n'ai pas dit ça.

– Tu en as déjà rempli ? s'enquit-il alors avec un regard oblique.

– Quoi... des formulaires pour un permis de mariage ?

Elle avait l'air offensée.

– Ben oui, pourquoi pas ? Quel est le problème, pas assez d'offres ? la taquina-t-il.

– C'est exactement le contraire, mon ami, rétorqua-t-elle avec hauteur. Trop de propositions pour que je les cite toutes.

– C'est bien ce qui m'inquiète.

Voyant son sourire malicieux, elle lui jeta une serviette en papier chiffonnée à la figure.

– Dans tes rêves ! le rembarra-t-elle.

– Et comment ! dit-il sans cesser de sourire.

– Sache, mon cher, que j'ai décliné toutes les demandes en mariage.

– Toutes ?

– Mais tais-toi, à la fin ! fit-elle en s'étranglant de rire. Je n'ai pas à te répondre.

Elle n'était pas la seule que l'on taquinait sur le sujet. À l'arrière, Farouk n'épargnait pas Daran.

– C'est un miracle que tu aies réussi à passer les contrôles, vu les filles que tu ramènes de Ho Ho City !

Zedric, à l'avant, en rajouta une couche.

– Ça c'est vrai, frangin, t'es tellement tordu ! Je suis sûr que la dernière était une saleté de Drau.

Comme Daran bourrait Farouk de coups de poing et menaçait son frère, Wes finit par leur crier à tous les trois de se calmer : ils lui donnaient mal à la tête.

– Arrête ! Attends ! Qu'est-ce que c'est que ça ? s'écria alors Farouk sous les poings de Daran.

– Quoi, ça ? s'enquit Wes en scrutant la forêt de métal noirci et de lianes enchevêtrées.

Soudain, il comprit. Des formes se mouvaient dans le paysage dévasté. Même les branches semblaient bouger. Les silhouettes se multipliaient au loin.

– Des Thrillers, jura-t-il. Espérons qu'on ne va pas croiser leur chemin.

Il prit les jumelles pour mieux voir. Les créatures, vêtues de haillons, marmonnaient et titubaient avec d'étranges mouvements saccadés. Certaines n'étaient pas plus grandes que des enfants tandis que d'autres évoquaient de hautes apparitions fantomatiques, avec leurs cheveux couleur de paille. Et il ne perdait pas la tête : les lianes bougeaient vraiment, ondulant de leur propre volonté.

– Des Thrillers ? répéta Farouk.

Shakes se mit à fredonner un air.

– Tu sais, cette vieille chanson... *Thriller, thriller night.*

Il dodelina de la tête et remua grotesquement les bras de droite à gauche, au grand amusement des frères Slaine.

– Oui, bon, on a compris, grommela Wes.

– Les lumières qu'on voit la nuit... C'est d'eux qu'elles proviennent ? s'inquiéta Farouk.

Wes mit très longtemps à répondre.

– Nul ne le sait. Peut-être.

– Mais qu'est-ce qui les a rendus comme ça ? insista le gamin.

Toute l'équipe scrutait ces étranges et effrayantes créatures au loin.

Une fois de plus, Wes observa un long silence avant de répondre.

– L'armée fait pas mal de tests chimiques par ici. Ils sont peut-être victimes des retombées, mais les autorités refusent de confirmer ou d'infirmer la moindre théorie. En tout cas, je sais une chose, c'est qu'ils fichent une trouille d'enfer à tous ceux qui ont la malchance de tomber sur eux. On raconte que c'est pour ça que l'armée a déployé des nanorobots, au départ : les Thrillers effrayaient trop les troupes. C'est pour ça qu'il y a très peu de traqueurs dans cette région.

L'explication officielle de l'interdiction de circuler dans le Grand Dépotoir, expliqua-t-il, était que les toxines vous rendaient schizophrène. Les produits chimiques déposés dans le sol par la montée des eaux empoisonnées conduisaient les hommes à la folie. Mais il n'existait aucune mention officielle des créatures horrifiques qui rôdaient d'un pas traînant dans les ordures. Quelques années après l'inondation, l'armée avait mis au point le système de défense robotisé. Les bombes et les robots, au moins, ne faisaient jamais de cauchemars et ne hurlaient pas à la vue d'un Thriller.

– Mauvaise nouvelle, chef, dit Shakes en relevant les yeux du tableau de bord. On a une fuite de carburant. Une balle a dû percer le réservoir. On n'ira pas jusqu'à la côte avec ce qui nous reste dans les bidons.

Wes savait qu'ils avaient déjà eu de la chance d'arriver si loin avec ce qu'ils avaient.

– Il nous reste combien ?

– De quoi parcourir encore quelques kilomètres, au maximum.

Wes soupira.

– Bon, ce n'était pas mon intention, mais il va falloir faire un détour pour aller refaire le plein dans une zone habitée. K-Town n'est pas trop loin, on va aller là-bas.

– Yessss ! Yessss ! K-Town ! s'exclama Zedric, qui lança son pistolet en l'air et le rattrapa.

– Qu'est-ce qu'il y a, à K-Town ? s'enquit Nat.

Wes sourit. Il restait donc au moins quelques endroits dont elle ignorait tout.

– Tu verras. Si tu trouvais que ça bougeait à New Vegas, attends d'avoir vu les lumières de K-Town.

14

Pour atteindre K-Town, ils allaient devoir couper à travers l'ancienne Los Angeles. La mégalopole autrefois baignée de soleil avait été une des plus durement touchées par la Montée des eaux : elle avait été presque entièrement submergée. Le camion dut avancer lentement sur les collines enneigées qui longeaient la mer.

Zedric monta le volume de l'enceinte reliée au lecteur de Daran, et un bruyant hybride de dub-reggae, le « Bob Marley Death-Metal Experience », emplit le véhicule. C'était un son agressif et violent, qui contrastait avec la douceur des paroles. *Could you be loved ?* Bonne question, songea Nat. Pouvait-on être aimé ? Pouvait-*elle* être aimée ? Son regard se posa sur Wes, et elle détourna les yeux. Pendant un instant, elle s'était imaginée remplissant avec lui des formulaires de mariage journalier, tous deux gloussant de rire, échangeant des taquineries, anticipant une nuit d'intimité. Elle chassa l'image de sa tête, contrariée que ses pensées retournent sans cesse vers lui. D'ailleurs, elle n'avait pas de sentiments pour lui et n'en aurait jamais. Si elle avait un peu flirté, c'était uniquement parce que s'il l'appréciait, il y réfléchirait peut-être à deux fois avant de la jeter par-dessus bord.

Alors qu'ils avançaient toujours dans la toundra, Nat allégea quelque peu son anxiété en s'émerveillant de l'opiniâtreté de cet environnement congelé : de la neige, rien que de la neige et encore de la neige, sur des kilomètres et des kilomètres. Elle avait lu dans un vieux livre que les Inuits n'avaient pas moins de cent mots pour la désigner. Elle regretta qu'ils ne soient pas là pour voir ceci : tant de neiges différentes. La neige vierge et poudreuse déposée sur les toits contrastait avec la dure glace du sol. Le tapis blanc se déroulait sans interruption sur les toitures et les autos, formant une vaste étendue immaculée, une sorte de néant visible. Ici et là, on apercevait des traces, sans doute laissées par des animaux. Certaines, toutefois, étaient trop grandes et trop rectilignes pour ne pas être humaines. Nat repensa aux Thrillers qu'ils avaient laissés derrière eux dans le désert blanc et frissonna. Wes avait raison d'espérer qu'ils n'en croiseraient pas.

Lorsqu'elle allait encore à l'école, elle avait entendu parler d'une ville d'Ukraine appelée Tchernobyl, où un réacteur nucléaire avait explosé. L'endroit était tellement radioactif qu'il ne serait plus habitable pendant plusieurs siècles, et d'ailleurs il était encore prohibé à l'heure actuelle. Toute la zone avait été interdite d'accès : c'était une terre évacuée où personne n'avait le droit d'habiter. Et pourtant, la zone d'exclusion de Tchernobyl débordait de vie. L'absence d'humanité avait permis à la nature sauvage de prospérer, et ce paysage empoisonné était devenu une sorte de réserve de faune. En voyant ces traces, elle se demanda s'il en allait de même dans le Grand Dépotoir. Et aussi, quel genre de vie prospérait en ces lieux.

Elle n'eut pas à s'interroger longtemps, car un ours polaire se matérialisa dans la neige, déplaçant son robuste corps blanc à la vitesse de l'éclair. Elle réprima un cri de surprise : elle n'avait jamais vu un animal de près.

Presque au même instant, le camion dérapa brusquement avant de s'arrêter.

– Qu'est-ce qui se passe ? demanda Wes.

Shakes grommela des jurons en coupant le moteur, puis sauta dehors avec Wes pour aller voir. Nat les suivit et observa Shakes : en chassant à coups de pied un amas de neige de la roue avant gauche, il révéla un gros fer à béton fourchu planté dans le pneu.

– Farouk ! Zed ! Dar ! appela Wes. Venez, on a besoin de bras.

Pendant que les garçons sortaient des pelles du coffre et se mettaient au travail pour dégager la roue, Nat recula un peu. Où était passé l'ours ?

Elle scruta l'horizon, mais ne vit rien.

Derrière elle s'élevèrent des imprécations mêlées à un gémissement de métal broyé. Elle se retourna : l'équipe au complet s'était rassemblée autour de la roue coincée. Farouk, Daran et Zedric pelletaient de la neige tandis que Shakes tirait sur la barre métallique.

Nat prit cette fois les jumelles pour tenter de repérer l'ours. Là ! Elle sourit, éblouie par tant de splendeur, lorsque l'animal bondit par-dessus un grand tas de neige. Il s'arrêta, regarda autour de lui, frémit nerveusement. Wes la mit en garde.

– Tu ferais mieux de rester dans la voiture.

Elle n'en fit rien.

– Juste une minute, je n'en ai jamais vu en vrai.

Elle commença à s'approcher de l'ours.

Sans avertissement, la puissante bête blanche pivota sur elle-même et fonça en avant. Nat resta pétrifiée, les yeux écarquillés, fascinée par la créature, jusqu'à ce qu'il soit trop tard : elle se rendit soudain compte que l'ours filait droit vers elle. Soulevant des gerbes de neige devant lui, il chargeait à grands bonds, la gueule ouverte, la langue pendante, les crocs découverts. Il poussa un rugissement à vous glacer le sang. Nat était paralysée, incapable du moindre geste. Elle regardait la mort en face.

– Nat ! hurla Wes.

Une détonation roula sur la neige comme un coup de tonnerre. L'ours, emporté par son élan, glissa jusqu'à la jeune fille, et son museau rouge et tiède lui heurta le pied tandis qu'un flot écarlate coulait de sa tête, maculant son beau pelage de gros caillots sanguinolents.

Mort.

Elle était sauvée.

Elle pivota vers Wes, mais vit avec étonnement qu'il n'avait pas sorti son arme ; le reste de l'équipe s'acharnait toujours sur le pneu. Aucun d'entre eux n'avait tiré.

Deux silhouettes blanches et encapuchonnées apparurent alors au loin. Les inconnus portaient d'épaisses lunettes – de type militaire, à lentilles thermiques et infrarouges. Ils étaient encore à quatre cents mètres, au moins. L'un d'eux lâcha son fusil et brandit le poing en l'air. Était-ce un geste de réjouissance ? Que se passait-il donc ?

Elle se tourna vers Wes.

– Des traqueurs ?

– Non, des chasseurs.

Il s'agenouilla pour se cacher à leur vue, et elle l'imita.

– Tu as de la chance de ne pas avoir pris de balle perdue, reprit-il. Il faut qu'on s'en aille avant qu'ils viennent chercher l'ours. Shakes ! Dégage-moi cette roue tout de suite ! Faut qu'on bouge.

Le fer à béton était toujours enfoncé dans le pneu.

Nat se retourna vers les chasseurs. Une seconde détonation résonna au loin : ils avaient abattu une deuxième bête, plus près d'eux, presque à leurs pieds. Ils se précipitèrent sur sa dépouille pendant qu'un troisième prenait des photos.

– Ce sont des chasseurs ou des touristes ? s'étrangla Nat, abasourdie.

– Un peu des deux : il y a une société qui organise des safaris dans les ordures, par ici. C'est illégal, mais tu sais ce que c'est... certaines choses sont plus interdites que d'autres. (Il lui tapota l'épaule.) Je pense que tu devrais retourner dans le camion, maintenant.

Les chasseurs achevèrent de traîner le second ours jusqu'à leur Jeep des neiges. Nat, de son côté, regagna le Hummer. Avant d'y monter, elle s'arrêta pour regarder Shakes enfoncer le manche d'une pelle sous le fer à béton et faire levier. La barre métallique rouillée ploya un peu, puis s'éjecta enfin du pneu. Au même moment, les chasseurs tournèrent leur attention vers le premier ours, celui qui avait failli bondir sur Nat. Leurs grosses lunettes se braquèrent sur elle.

Elle remonta en silence dans le véhicule, suivie par les garçons.

– Wes, ils m'ont vue... il faut qu'on parte.

– Et on essaie de faire quoi, là, à ton avis ? Allez, Shakes, fonce !

Portière encore ouverte, Shakes écrasa l'accélérateur tout en sautant sur le siège conducteur. Wes venait à peine de claquer sa propre portière lorsque le véhicule se mit en mouvement. Le camion fit une embardée, suivie d'un brusque coup d'arrêt.

Nat se cogna la tête contre le dossier du siège devant elle. Shakes, lui, fut projeté de côté et faillit être éjecté lorsque le véhicule partit en dérapage.

– La roue est encore bloquée.

Wes poussa un juron fort grossier. Il toucha le sol avant même que le véhicule se soit immobilisé.

Pendant ce temps, Nat chercha des yeux les chasseurs. Leur Jeep se dirigeait vers eux. Qu'allaient-ils faire ? Les dénoncer aux traqueurs ? Trois coups de feu claquèrent à l'avant, et elle sentit que le camion était secoué. C'était Wes, qui tirait directement sous la roue.

– Elle est prise dans du vieux bois ; je vais vous dégager tout ça, moi.

Sa voix était lointaine, étouffée par le blindage du Hummer. Encore deux détonations, et il fut de retour. Ils redémarrèrent, mais le camion ne roulait toujours pas. Shakes soupira.

– Pas encore dégagée, chef.

Ils n'allaient pas pouvoir s'enfuir. La caravane du safari avait atteint le premier ours, et les chasseurs, descendus des Jeep, s'approchaient d'eux.

Wes baissa la tête, résigné.

– J'espérais éviter ça, marmonna-t-il. Bon, descendez tous. Les garçons, ayez l'air aussi menaçants que possible. Nat, ne dis pas un mot, prends juste un air fâché.

Les chasseurs étaient à présent réunis autour de l'ours ; les touristes avaient retiré leurs lunettes et posaient avec leur proie pour les photos-souvenirs. Wes s'approcha du plus proche et le poussa sans ménagement.

– Non mais vous vous prenez pour qui ? Il était à elle, cet ours ! On a attendu toute la journée que la demoiselle puisse faire un joli carton, et vous, bande d'abrutis, vous le lui piquez sous le nez alors qu'elle était sur le point de l'abattre ! Je ne suis pas payé tant qu'elle n'aura pas réussi un coup, moi !

Le guide du safari sauta de la Jeep, fusil en main. Wes lui fit face.

– C'était le dernier ours à vingt clics à la ronde. Qu'est-ce que vous avez dans le crâne ? Il était à nous ! J'ai vérifié à la caméra thermique et par satellite. Il n'y a plus rien à chasser dans le coin, et vous en aviez déjà un !

Nat faillit pouffer de rire. Wes était extraordinairement convaincant, bien meilleur comédien qu'elle ne l'aurait cru. Allait-il y arriver ? Allait-il faire croire aux chasseurs que lui aussi promenait des touristes en mal de sensations fortes ? Elle le regarda pointer le doigt sous le nez du guide. Ce dernier était bâti comme le

Hummer, large et carré, et il était escorté d'autres types dans le même genre, au visage impassible, armés de fusils menaçants. Mais Wes ne céderait pas un pouce de terrain, même s'ils étaient supérieurs en nombre.

– Vous l'avez, votre peau d'ours ; prenez-la, et tirez-vous ! Celle-ci est à nous. Madame pourra toujours accrocher sa tête au mur et raconter à ses amis qu'elle s'est fait un grand blanc. Si vous la voulez, cette bête, il faudra me la payer, parce que ce n'est pas elle qui le fera !

Les guides observaient attentivement l'équipe de Wes. Les gars affichaient un large sourire inquiétant. Finalement, les touristes braillèrent des protestations tandis que leurs accompagnateurs les poussaient vers les Jeep.

Wes pivota vers Nat.

– Tu le veux, cet ours ?

Elle feignit de rire, mais la dépouille était un crève-cœur. Vivante, cette créature avait été réellement superbe.

– Tu crois qu'ils ont marché ? demanda-t-elle.

– Va savoir. J'ai fait ce genre de numéro tellement de fois que je ne m'inquiète plus pour ça.

Les gars enfouirent l'ours mort dans la neige afin de lui donner un semblant de sépulture, puis remontèrent dans le camion. Une fois la roue libérée et les chasseurs partis au loin, ils se remirent en route.

15

Shakes dut bientôt s'arrêter une fois de plus pour tenter de reboucher le trou du réservoir. Ils n'étaient plus très loin du quartier de Los Angeles autrefois appelé Korea-Town – principalement constitué, à l'époque, de barbecues coréens et d'ambassades étrangères –, mais ils risquaient de devoir faire le reste du chemin à pied s'ils ne parvenaient pas à arracher encore quelques kilomètres à leur véhicule. Comme la réparation promettait de prendre un bon bout de temps, Nat sortit un livre de son sac.

– Tu sais lire, remarqua Wes.

– Oui, répondit-elle avec un sourire gêné. Mrs Allen, la femme qui m'a élevée, m'a appris.

Ce livre était une de ses dernières possessions, un recueil de poésies anciennes.

– Veinarde, lui lança-t-il.

– Ça passe le temps, répondit-elle en tâchant de ne pas sembler y accorder trop d'importance.

Le taux d'alphabétisation était au plus bas. À vrai dire, il n'existait pratiquement plus de raisons de lire : l'information était relayée en images et en vidéo sur les réseaux, et dans les cas où la communication écrite était indispensable, la plupart des gens avaient recours à un amalgame de symboles et d'acronymes qui remplaçait le langage formel autrefois enseigné à l'école. Selon toute apparence, le langage SMS – que des intellectuels du temps jadis avaient comparé aux hiéroglyphes égyptiens – avait été inventé par une poignée de gamins avec leurs portables, peu avant le Grand Gel. Les DBL – divertissements basés sur la lecture – récents étaient tous composés en SMS, mais Nat avait du mal à s'intéresser à une histoire intitulée, par exemple, XCELT <3 LOOOL.

Les DBL qui arrivaient en tête des téléchargements, de toute manière, étaient tous des imports venus du Xian – d'ennuyeux romans dits « de travail » qui racontaient comment s'élever dans le monde, véritables tracts capitalistes à la gloire de l'entreprise toute-puissante. Les livres que Nat préférait lire étaient tous écrits par des gens disparus depuis longtemps. Il en allait de même pour la musique : les stars actuelles ne chantaient que des reprises, remâchant la musique d'une autre époque. On aurait dit que l'imagination s'était envolée avec l'arrivée de la glace.

Wes regarda la couverture du livre par-dessus l'épaule de la jeune fille.

– C'est qui, William Morris ?

– C'était un poète.

– Lis-moi un passage.

Nat doutait qu'il soit sensible à la poésie ; néanmoins, elle feuilleta l'ouvrage et se racla la gorge avant de se décider pour un extrait.

– C'est l'histoire... d'un dragon... et d'un héros, lui expliqua-t-elle.

– Et qu'est-ce qui se passe ?

Elle haussa les épaules.

– Comme d'habitude. Le héros tue le dragon.

Wes sourit et s'en alla aider Shakes à bricoler le réservoir. Partout sur la neige, Nat avait l'impression de voir éclore des fleurettes blanches. C'était forcément une illusion : les fleurs ne poussaient pas dans la neige et les ordures. Elle se rapprocha d'une congère, certaine que l'illusion se dissiperait, mais ce ne fut pas le cas. Elle se baissa pour cueillir quelques corolles.

– Regarde, dit-elle à Wes en lui en tendant une.

– Comment est-ce possible ? s'émerveilla-t-il.

Elle secoua la tête et, une fois de plus, ils partagèrent un bref sourire timide.

Un fracas de tonnerre leur fit lâcher les fleurs et les oublier momentanément. Ils filèrent s'abriter derrière le camion.

– Qu'est-ce que c'est ?

Les patrouilles les avaient-elles finalement rattrapés ? Nat avait entendu trop d'explosifs au cours de sa vie pour ne pas reconnaître la détonation d'un obus.

– Tu crois que les traqueurs nous ont retrouvés ?

– J'espère que non, dit Wes alors qu'une seconde explosion secouait le véhicule. Shakes aurait repéré leur présence avec notre scanneur, en principe.

Ils étaient garés au sommet d'une colline, sur une route sinueuse – « Mulholland Drive », indiquait un ancien panneau à peine lisible. Les maisons, à cet endroit, étaient encore intactes, à ceci près qu'elles étaient enfouies dans la neige jusqu'au toit. Au moins, il n'y avait pas de lianes noires par ici : l'air était plus frais, et un manteau blanc couvrait le sol.

Une troisième explosion, aussi forte qu'un coup de canon, fit trembler le coteau.

– Minute, dit Wes. On dirait l'un des nôtres...

– Qu'est-ce que tu fais ? demanda Nat alors qu'il longeait le camion en marmonnant le nom de Zedric.

Une fois de plus, la terre trembla. Nat se plaqua au sol pour se protéger d'un déluge de neige tombant des arbres.

– Mais arrête ! Qu'est-ce que tu fabriques ? cria Wes, sortant à découvert.

En se levant, elle vit où il allait. Zedric était juché sur le toit d'une vieille Bentley noire. La voiture avait les pneus à plat, plus la moindre vitre, quelqu'un en avait retiré les sièges, et il n'y avait plus de moteur non plus. Le gamin rit en tâchant de garder son équilibre sur la carcasse qui s'affaissait lentement sous lui.

– Mate un peu ça !

Et il braqua son lance-roquettes sur une paire de poutres en bois et acier qui soutenaient une grosse maison accrochée à la colline escarpée, un peu plus loin. La longue façade de verre avait dû être superbe à une époque, mais elle était à présent saccagée, et la ligne du toit ondulait comme une nouille chinoise. Les maisons du voisinage étaient toutes appuyées comme celle-ci sur de fins poteaux de soutènement.

Un claquement de gifle interrompit soudain les pensées de Nat. Wes avait fait sauter le fusil des mains de

Zedric et lui avait accidentellement cogné le nez au passage.

– Ça va pas, non ? s'époumonait-il.

Zedric le foudroya du regard.

– Ben quoi ? On peut s'amuser un peu, non ?

Nat crut un instant que le jeune garçon allait frapper Wes, mais il eut la sagesse de n'en rien faire.

On entendit alors un nouveau fracas, mais d'un genre différent. Tous pivotèrent juste à temps pour voir la longue maison blanche glisser dans la pente pour aller s'effondrer dans un tas d'ordures, tout en bas.

– C'est toi qui as flingué les piliers, pas vrai ? dit Wes.

– C'était pour m'amuser, répéta Zedric, qui se baissa pour ramasser son fusil, le nez en sang.

– Félicitations. Tu viens d'indiquer notre position précise aux traqueurs. Où est ton frère ? Il faut qu'on se tire d'ici en vitesse.

Zedric haussa les épaules, mais ils savaient tous où chercher.

– Quand on est un charognard, c'est pour la vie, grommela Wes.

Nat comprit alors que Daran n'avait pas résisté à la tentation. Le rire de hyène de Zedric retentit dans le vallon au moment où une seconde maison dégringolait dans la pente.

– Ne me dis pas que tu es assez idiot pour tirer dans la maison où se trouvait ton frère ! enragea Wes.

Zedric lui lança un regard mauvais, le nez pissant toujours le sang.

– Mais c'est quoi, ton problème ? maugréa-t-il. Je fais de mal à personne !

– Écoute, va le chercher.

– Daran ! appela Zedric.

– Daran ! lança à son tour Shakes, suivi de Farouk.

Nat fit de même.

Quelques minutes plus tard, Daran sortit de la maison, d'un pas lent et lourd, les bras chargés de bric-à-brac : des grille-pain, un ventilateur électrique, peut-être un fragment de robot-mixeur. Il pressa le pas en direction du camion.

– Shakes, on peut repartir ? s'enquit Wes.

– Quand tu veux.

Wes aboya alors ses ordres.

– Tout le monde en voiture ! Tout de suite !

– Pourquoi se presser ? demanda Farouk en regardant Daran patauger dans la neige, hors d'haleine, pour les rejoindre.

– Ces maisons sont bourrées de canettes, toutes autant qu'elles sont. Tout le monde sait ça. Daran aurait dû réfléchir, il n'est quand même pas si bête, s'énerva Wes. ALLEZ !

– Il est coincé, fit observer Nat.

Daran s'agitait toujours dans la poudreuse. Mais alors qu'elle s'avançait pour l'aider, Wes la tira en arrière.

Il y eut une nouvelle explosion. Celle-ci ne venait pas du gros fusil ni d'une maison s'effondrant. Wes et Nat furent projetés en arrière, et l'air s'emplit d'un mélange de poudre blanche et de fumée noire.

– Une canette, dit Wes en shootant dans une boîte rouillée sur laquelle Nat avait marché sans y prendre garde. Elle est vieille, c'est pour ça qu'elle n'a pas explosé tout de suite quand tu l'as touchée.

Nat le fixait du regard, hébétée, trop secouée pour prononcer un mot.

– Tu me remercieras plus tard. DARAN, GROUILLE ! Et Zedric, va aider ton frère.

Zedric resta immobile à dévisager Wes. Lui aussi avait les yeux agrandis par la peur.

– On ne va pas vous abandonner là, les gars. Tu m'entends ? Va sortir ton crétin de frère de ce trou. Tout de suite !

Mais Zedric ne bougeait toujours pas.

– Les canettes sont équipées d'un détonateur de proximité, expliqua-t-il à Nat. Quand un de ces machins explose, il envoie un signal aux autres. La vallée entière pourrait s'écrouler. Tout ça pour que Daran puisse se payer un coup d'oxy à K-Town !

Comme par un fait exprès, une nouvelle explosion pulvérisa la maison qui se trouvait derrière eux. Wes jura : le souffle avait projeté Daran en l'air, et celui-ci était maintenant fiché la tête la première dans la neige noircie.

– Masque ! hurla Wes – et Shakes lui jeta un masque à gaz. Si tu entends encore une canette sauter, fonce ! Je vous retrouverai à K-Town !

Il enfila le masque et s'élança dans la neige et la fumée en direction du jeune homme à terre.

– Allez viens, dit Zedric, en poussant Nat dans le véhicule. Toutes les canettes à plus d'un kilomètre à la ronde vont sauter d'ici quelques minutes !

Mais cette fois, ce fut elle qui refusa de bouger.

– On ne peut pas partir sans eux. Shakes ! On ne peut pas les laisser ici, souffla-t-elle fiévreusement.

– T'en fais pas, on les a pas encore perdus, promit Shakes.

Une troisième explosion en déclencha une quatrième. Nat savait qu'ils devaient partir incessamment, sous peine d'y laisser leur peau.

Mais quelques minutes plus tard, Wes émergea de la fumée, le corps inerte de Daran sur l'épaule. Nat bondit aussitôt du camion pour l'aider à traîner le garçon dans la neige. Shakes, de son côté, alla ouvrir la porte arrière. Ils firent glisser Daran dans le coffre, puis dévalèrent la colline tandis que la vallée entière résonnait d'explosions.

16

Les versants escarpés du vallon s'écroulèrent derrière eux. La neige s'était remise à tomber, et tandis qu'elle commençait à couvrir le tapis de fleurs, les corolles se mirent à diffuser leur semence, remplissant l'atmosphère d'un nuage scintillant. Alors même qu'ils étaient en train de fuir, Wes se dit que c'était un des plus beaux spectacles qu'il avait jamais vus.

– Des nanos ! s'écria Farouk.

– Non, on ne dirait pas des nanos, le contredit Wes. C'est autre chose.

– Des graines... ce sont des graines ! lança Nat avec ardeur. Regardez !

Tous observèrent le pollen qui s'envolait dans le vent et se répandait au-dessus du paysage enneigé, étincelant et tourbillonnant : un nuage de vie, et non de mort.

Wes croisa le regard de Nat et sut qu'elle pensait la même chose que lui : c'était donc ainsi que les fleurs parvenaient à couvrir toute la zone ! Si incroyable que cela puisse paraître, quelque chose réussissait à pousser dans le Grand Dépotoir. La Terre était-elle en voie de guérison ? Existait-il donc un espoir pour le futur ? Un chemin pour sortir de cet enfer glacé ?

Pour le moment, la colline, littéralement liquéfiée par la succession d'explosions, n'était plus qu'une cascade de neige fondue et de débris. Wes secoua la tête. Quel gâchis, et comme c'était effrayant que tout ait été si facilement saccagé ! Il avait suffi d'un souffle pour que les maisons disparaissent, comme si elles eussent été en paille. C'était un miracle qu'eux-mêmes aient survécu jusque-là.

Alors qu'ils roulaient sur les vestiges de l'autoroute 101, Daran reprit connaissance, ennuyé d'avoir lâché son butin. Il ne lui restait pas grand-chose pour justifier ses douleurs : une montre en or et une cuiller en argent fourrées au fond de ses poches. Le métal avait une certaine valeur à K-Town, mais ce n'était pas le pactole, non plus. Il aurait mieux fait de se cramponner à la lampe à pétrole qu'il avait dénichée dans le garage. Il en était encore à se lamenter lorsqu'ils atteignirent leur destination, marmonnant entre ses dents et maudissant son petit frère amateur d'explosions.

– Oh, mais tais-toi un peu ! s'impatienta Shakes avec une agressivité qui ne lui ressemblait pas.

Wes, pour sa part, se contenta de regarder Daran en secouant la tête ; il était trop las pour se mettre en colère.

– Nat, tu saignes, dit-il soudain en indiquant sa tempe.

Elle porta une main à son crâne et s'étonna que ses cheveux soient effectivement poissés de sang.

– C'est bizarre, je n'ai rien senti.

– Shakes, arrête le camion, ordonna Wes. Zedric, pose un pansement à ton frère, cette coupure risque de s'infecter, et apporte-moi des antibios quand tu auras fini.

Ils s'arrêtèrent sur le parking abandonné d'un ancien centre commercial. Nat s'appuya contre le capot pendant que Wes nettoyait ses plaies à l'éponge.

– La canette a dû te blesser quand même, dit-il. Hum.

Il la regardait fixement.

– Quoi ?

– Ce n'est pas aussi grave que je le croyais. J'étais prêt à te recoudre, mais on dirait que c'est déjà presque refermé.

– Je te l'ai dit, je n'ai rien senti. Tout va bien.

Wes aurait pu jurer avoir vu une profonde plaie ouverte dans son cuir chevelu, mais quand il avait repoussé ses cheveux, il avait constaté que ce n'était rien, une simple égratignure qui ne saignait presque plus. Il ne voulait pas penser à ce que cela pouvait signifier, et décida de ne pas s'en préoccuper pour l'instant. Peut-être qu'elle n'avait pas été si gravement blessée. Peut-être.

– C'est une fine équipe que tu as là, dit-elle en indiquant les frères Slaine d'un air moqueur.

Daran couvrait Farouk d'injures et Shakes le retenait pendant que Zedric entourait son abdomen d'un bandage.

Wes secoua la tête et sa mâchoire se crispa. Pourquoi fallait-il qu'elle dise des choses pareilles ? Il n'aimait pas qu'on insulte ses hommes.

– Ce sont de bons gars. Pas mon premier choix, mais c'est un sale boulot que de faire traverser le Dépotoir à des inconnus, tu sais. Peu de gens sont prêts à le faire, répliqua-t-il avec un regard appuyé, comme pour lui dire : *S'ils n'étaient pas ici, tu n'y serais pas non plus, n'oublie pas.* Je ne peux engager que des exclus de l'armée.

– Bien sûr, concéda-t-elle. Désolée.

Il soupira.

– Tu sais comment c'est.

Il n'en était pas sûr, en fait, mais Nat avait passé assez de temps à Vegas pour savoir qu'être viré de l'armée c'était comme être exclu de la société. Pour les gens comme eux, la vie militaire était la seule issue. Et quand on n'en sortait pas avec les honneurs, les chances de trouver un emploi correct étaient bien minces.

– Ce n'est pas une partie de plaisir, de sortir de l'armée, continua-t-il. Alors quand ils se retrouvent avec moi, j'essaie de leur apprendre à être meilleurs soldats. Il n'y a pas de place pour les héros ni pour le chahut dans ce métier. Au bout du compte, le seul but d'un soldat est de rester en vie, ni plus ni moins. (Il fronça les sourcils et continua de nettoyer la plaie, tâchant sans succès d'ignorer l'étincelle qui flambait entre eux chaque fois que ses doigts touchaient son front.) Quand un gars se met à tirer au hasard, c'est mon devoir de le remettre à sa place. J'ai rendu service à Zed en lui cassant le nez. Ça lui sauvera peut-être la vie un jour, la prochaine fois qu'il lui viendra une idée stupide.

– Et toi, alors, pourquoi as-tu quitté le service ? demanda-t-elle. Shakes dit que tu as reçu la croix de guerre et la médaille d'honneur. Il dit que tu aurais pu devenir général, peut-être.

Il soupira et lui colla un pansement sur le front, appuyant bien pour qu'il tienne.

– Je ne me voyais pas faire carrière, je suppose. Disons que c'est ça. Et toi, où as-tu servi ? s'enquit-il innocemment.

– Je n'ai pas fait mon service.

– Ah, je vois, tu as eu une dispense pour études supérieures ?

– Non... (Elle n'en révéla pas davantage.) Je croyais que tu t'étais renseigné sur moi ?

Elle sourit, mais elle était visiblement sur ses gardes.

Il la regarda longuement.

– On a dit : « Pas de questions. »

– Merci pour ça, dit-elle en désignant son pansement.

– Pas de quoi.

– Chef, faut qu'on bouge, intervint Shakes en se rapprochant d'eux. Farouk a repéré un traqueur au radar. À deux clics vers la droite.

Wes hocha la tête, dissimulant la vague de nausée que cette nouvelle provoquait en lui.

– Allons-y, on pourra peut-être les semer.

Ils remontèrent en voiture et Wes reprit le volant. Il s'en tint aux petites routes, coupant parfois par les jardins et les terrains vagues, forçant la machine à rouler le plus vite possible. L'équipe demeurait plongée dans un silence tendu. Même les Slaine se taisaient :

ils savaient que Wes leur en voulait d'avoir révélé leur position.

– Que se passera-t-il si les traqueurs nous trouvent ? voulut savoir Nat.

– Espérons que ce ne sera pas le cas, fut la réponse de Wes.

– Tu dis toujours ça. Ils nous tueraient ?

– Il y a pire que se prendre une balle et mourir vite, dit-il sans desserrer les dents.

Inutile d'effrayer tout le monde à l'avance. Soit ils seraient pris, soit ils parviendraient à échapper à leurs poursuivants. La vie ou la mort. Mais n'en revenait-on pas toujours là ? Les prisons militaires étaient connues pour le traitement brutal qu'elles réservaient à leurs captifs, et Wes espérait bien qu'ils ne finiraient pas au trou. La chance avait été de leur côté jusqu'à présent ; peut-être cela durerait-il encore un peu.

– Si jamais on se retrouve sur le point d'être embarqués, flingue-moi, chef, OK ? lui glissa Shakes à l'oreille. Promets-le. Je préfère mourir de tes mains que des leurs.

– On n'en arrivera pas là, dit Wes avec une pointe d'irritation. Ça suffit, le défaitisme.

– Accélère, chuchota Nat derrière lui.

Le souffle de la fille était presque dans son oreille, et il sentit sa peau le picoter.

– Je suis au maximum, dit Wes.

– Je crois qu'on les a semés, annonça Farouk en relevant les yeux de son scanneur.

Nat poussa un soupir de soulagement, mais il apparut que le gamin avait parlé trop vite. Juste au moment où elle relevait la tête, Wes écrasa les freins et pila.

Deux véhicules tout-terrain camouflés en blanc bloquaient la route.

Les traqueurs avaient trouvé leur proie.

17

Il y a pire que se prendre une balle et mourir vite, avait dit Wes un peu plus tôt. Lui-même se devait d'admirer sa propre bravade. C'était une bonne réplique ! Il força sa peur à s'en aller. Peut-être y avait-il encore de l'espoir, puisque les véhicules militaires n'avaient pas tiré à vue.

– C'est bon, laisse-moi faire, dit-il à Nat en coupant le moteur.

Les bêtises explosives de Zedric dans les collines avaient guidé les traqueurs pile dans leur direction, comme l'avait prédit Wes, et l'incident du pneu et des chasseurs n'avait rien arrangé. Ils étaient faits comme des rats. Inutile de chercher à fuir : les camions étaient trop proches d'eux, et lourdement armés. Même s'il avait essayé, les deux drones qui décrivaient des cercles au-dessus d'eux auraient tiré sur ordre.

Un militaire portant des galons d'officier sur sa combinaison descendit du véhicule le plus proche, suivi d'une petite escouade. Tous avaient des fusils à l'épaule, mais aucun ne fit mine d'attaquer.

Daran agrippa la trappe du toit et sortit son arme. Shakes voulut le suivre, mais Wes les arrêta dans leur mouvement.

– Ne bougez pas, les gars, je m'en charge.

Il ouvrit sa portière d'un coup de pied et sauta sur la neige sale de la route.

– Qu'est-ce que tu fais ? protesta Shakes. Ce ne sont pas des crétins de guides touristiques que tu peux embobiner, là, ce sont les autorités en place, tu sais.

– Ouais, et j'en ai fait partie, moi aussi.

Le cœur de Wes battait à tout rompre dans sa poitrine, mais son pas, lorsqu'il s'approcha d'eux, était aussi tranquille et son sourire aussi désinvolte que toujours.

L'officier était appuyé contre la calandre du camion militaire. Le moteur qui ronronnait derrière lui faisait monter des nuages de vapeur au-dessus du capot.

– Bonjour, monsieur, dit Wes.

Pas de réponse. Le soldat se contenta de lever la tête vers le ciel couvert et blanc, et attendit que le jeune homme se rapproche.

J'espère que je ne me trompe pas. Wes garda son calme, s'approchant toujours des traqueurs. Il vit dans les deux véhicules de longs canons d'armes automatiques braqués sur sa tête, pivotant lentement pour suivre ses mouvements. Il remarqua aussi que les soldats qui se tenaient en retrait comptaient parmi eux un Marqué, un garçon de son âge, dont les yeux rougis étincelaient de haine ; sur son front, sa marque dessinait comme un troisième œil. Wes avait entendu dire que ceux qui avaient le troisième œil possédaient le don de lire dans les pensées. L'équipe de traqueurs s'était probablement servie de lui pour les localiser. Ces pratiques étaient censées avoir pris fin après Santonio, mais sachant comment les choses fonctionnaient, Wes n'aurait pas été surpris d'apprendre qu'elles étaient toujours d'actualité. Quoi qu'il en soit, il se força à neutraliser ses pensées.

L'officier brisa enfin le silence.

– Difficile de rater des explosions pareilles, dans le coin, fit-il d'une voix traînante. La prochaine fois, envoyez-nous simplement vos coordonnées par radio, ça nous simplifiera le travail.

– Désolé pour le boucan, dit Wes en souriant. Je ne voulais pas vous déranger.

– Vous n'avez pas mieux à faire de votre temps, que faire les gugusses dans les collines ?

– Ce ne sont que des gamins.

– Raison de plus pour ne pas les mettre en danger.

L'officier fixa Wes jusqu'à ce que celui-ci baisse les yeux.

Ça y est, c'est parti, pensa le garçon.

– Il paraît que vous, les passeurs, vous gagnez bien votre vie en faisant traverser le Dépotoir à des illégaux. Ça va chercher dans les combien, un voyage de ce genre, de nos jours ? Cinq, dix mille watts ?

Wes regarda le jeune soldat aux yeux rouges.

– Cinq.

C'était un mensonge, mais Wes se força à croire le contraire. Le Marqué ne fit aucune objection. Wes en fut soulagé ; peut-être avait-il réussi en gardant le visage impassible et l'esprit clair.

L'officier eut un sourire narquois.

– Qu'est-ce que vous attendez ? Donnez. J'ai froid et mes hommes ont envie de sortir de ce maudit Dépotoir. Ensuite, vous pourrez partir.

Wes sortit un jeton de sa poche et le tendit, à regret, au militaire.

– Vous êtes dur avec un honnête contrebandier, dit-il en secouant la tête.

L'officier fit un grand sourire en lui prenant le petit disque de platine.

– La prochaine fois, attendez-nous simplement à la barrière et on fera peut-être de meilleures affaires. On préfère ne pas avoir trop à se fatiguer, quand c'est possible.

Wes tenta de rire, mais toute cette histoire sentait mauvais. Il avait besoin de ces crédits, et ses gars aussi. Il envisagea d'envoyer un coup de poing à ce salopard et à son petit air content de lui, mais il n'oubliait pas les fusils. Les deux canons étaient toujours braqués sur sa tête, et le jeune Marqué ne le quittait pas des yeux. Ils pouvaient encore très bien le descendre, ou les coller tous dans une de leurs prisons.

Il tourna les talons, regagna son camion au petit trot et se glissa sur le siège conducteur.

– Qu'est-ce que je vous disais ? Tout va bien, dit-il en démarrant le moteur.

– C'est tout ? Ils nous laissent repartir, comme ça ? Mais alors, qu'est-ce qu'ils voulaient ? demanda Nat alors que les autres soufflaient enfin.

– Un petit droit de péage, se contenta de répondre Wes. Regardez, on arrive enfin à K-Town.

18

Il n’y avait rien au-delà de la barrière : c’était du moins ce que prétendait le gouvernement, ce qu’il voulait faire croire à la population. Pourtant, pendant que le camion descendait Wilshire Boulevard, Nat vit des signes de vie partout. Les immeubles étaient bien déneigés et couverts d’enseignes clignotantes en coréen et en SMS – deux écritures presque interchangeables. Les rues fourmillaient de gens de toutes sortes, débordaient d’une cacophonie de bruits et d’odeurs variées. C’était bien plus qu’un campement : si le Grand Dépotoir avait une capitale, c’est ici qu'elle se trouvait.

Wes posa une main sur le bras de Nat lorsqu’elle descendit du véhicule.

– Fais attention où tu marches, lui conseilla-t-il.

Elle lui indiqua d’un hochement de tête qu’elle comprenait. Il ne parlait pas simplement de là où elle posait les pieds, mais lui recommandait de se méfier en circulant dans les environs. C’était un lieu sans foi ni loi, peuplé de criminels de tout acabit : pilleurs, trafiquants d’esclaves, anciens combattants, réfugiés, clandestins.

Les frères Slaine et Farouk disparurent dans un bâtiment proche, dont la porte arborait une enseigne de pharmacien. Accros à l'oxygène. La folie de l'air pur.

– On déjeune ? suggéra Shakes.

– Tu ne penses qu'à manger, ou quoi ? le rabroua Wes.

– Parce que tu vois autre chose de plus important ?

C'était une bonne question. Nat prit conscience qu'elle était affamée ; elle n'avait pas avalé grand-chose depuis le soir où Wes avait frappé à sa porte. Elle se demandait à présent quand son absence allait commencer à être remarquée. Que deviendrait son appartement, qu'adviendrait-il des livres qu'elle avait poussés sous son lit ? Elle avait tout misé sur Wes et son équipe, sans regarder un instant en arrière ; désormais, elle ne pouvait plus qu'aller de l'avant.

Mais si Wes – et tous les autres – avait raison ? Si le Bleu n'existait pas ? Elle attendit les protestations de la voix dans sa tête... mais rien ne se passa. Peut-être parce que le monstre savait qu'il était trop tard pour faire demi-tour. Ils n'étaient plus très loin de la côte, et à condition de trouver du carburant, ils pourraient sans doute être sur le quai dès ce soir. Elle toucha la pierre qu'elle avait au cou, et songea qu'il n'y avait plus longtemps à attendre.

Shakes les emmena jusqu'à un bâtiment sombre où ils durent descendre en sous-sol pour entrer dans un restaurant *turo-turo*. Dans les *turo-turo* (Nat savait que cela signifiait « montrer-montrer » dans une langue oubliée), il suffisait au client de montrer du doigt ce qu'il désirait commander – ce qui était bien pratique, puisque presque plus personne ne savait lire une carte. Sur un long comptoir chauffant étaient disposés des plats d'origines ethniques variées. Mais à la différence des mélanges proposés par les grandes chaînes, les mets ici étaient singuliers, différents de tout ce qu'elle avait pu voir jusque-là.

Il y avait une marmite de soupe aux « boulettes de poisson », une concoction pâteuse qui ne ressemblait pas du tout à du poisson mais avait un goût délicieux ; de la viande grillée en brochettes (du porc fourni par des trafiquants qui travaillaient dans les enclos chauffés, presque impossible à trouver et incroyablement coûteux à New Vegas, mais disponible à volonté ici) ; des plats de riz odorant garnis de vrais légumes ; et des nouilles lardées d'ail et de gingembre frais, glissantes, fumantes et terriblement appétissantes.

– Tout cela vient des passeurs ? demanda-t-elle pendant qu'ils désignaient leur choix et recevaient de grandes assiettes pleines de victuailles.

– Pour l'essentiel, oui, confirma Wes. Mais une partie vient aussi de rations militaires que les camarades déchargent ici : ils échangent des stocks de nourriture contre des armes.

– Des rations militaires ! Mais ça voudrait dire que...

– K-Town n'existerait pas sans la tolérance de l'armée. Les militaires ont besoin de garder un œil sur le Grand Dépotoir, et ils trouvent ici un endroit où ils peuvent faire des affaires avec les trafiquants d'esclaves sans que personne ne le sache.

– Mais alors, les pénuries alimentaires ne sont pas réelles non plus, comprit Nat.

C'était pourtant à cause de la pénurie que tous les citoyens de Vegas recevaient une carte d'alimentation. À part pour les riches qui pouvaient se nourrir dans le minuscule mais luxueux secteur privé, la nourriture était rationnée, et distribuée au compte-gouttes.

– J'en sais rien. En tout cas il y en a pour tous les goûts ici, dit Wes.

– Pendant que nous, là-bas, on crevait de faim à manger de la bouillasse, soupira Shakes.

– Cinq centavos, réclama la caissière derrière son comptoir.

Nat remarqua avec étonnement que la fille avait les yeux couleur bordeaux intense, et celle-ci lui rendit son regard avec une expression languide, presque lasse.

Wes paya leurs repas avec une pièce en argent véritable.

– Ils ne prennent pas les watts, ici : ils n'acceptent que les monnaies d'Avant.

Mais Nat était toujours fascinée par la caissière. Elle n'arrivait pas à se faire à l'idée qu'une Marquée puisse s'exhiber si librement, sans que personne ne la remarque ou ne s'en soucie.

– Beaucoup de réfugiés marqués restent coincés à K-Town, expliqua Wes en lui poussant légèrement le coude pour la faire avancer. Ils économisent assez de watts pour franchir la barrière et traverser le Dépotoir, mais quand ils arrivent ici ils sont à sec. Alors ils travaillent, en espérant gagner de quoi pouvoir se tirer un jour. La plupart n'y arrivent jamais.

– Et tout le monde s'en fiche ?

Nat observait à présent quelques militaires dispersés dans le restaurant.

– Ici, en tout cas, oui.

Ils s'installèrent à une table. Nat s'émerveilla de la texture de son repas : jamais de sa vie elle n'avait mangé de légumes comme ceux-là, jamais non plus de viande qui ne fût pas complètement trafiquée, quand ce n'était pas du tofu aromatisé. C'était une révélation. En revanche, tout le monde buvait du Nutri, comme à New Vegas. L'eau non polluée était rare, même à K-Town.

Wes but une gorgée, puis fit signe à un homme barbu assis à côté d'eux.

– Howie, tu sais si Rat tient toujours une table ? demanda-t-il en s'essuyant la bouche sur sa serviette. Ça dure encore, cette partie ? Et Slob, il est dans le coin ? Ou un autre gars de Jolly ?

– Normalement, oui. Ça change pas. Tu joues ?

Nat repoussa son assiette. Elle se sentait pleine comme une outre.

– Il y a un casino ? demanda-t-elle, titillée par son instinct de joueuse.

– Encore mieux : il y a un tournoi de poker à gros enjeux, lui répondit Wes.

Elle haussa les sourcils. Les choses commençaient à devenir sacrément intéressantes.

– Qu'est-ce que tu avais en tête ? demanda-t-elle.

– Déjà, il faut que je récupère mon bateau.

Hein ? Venait-il vraiment de dire ce qu'il avait dit ?

– Comment ça, récupérer ton bateau ? Tu n'as pas de bateau ? Et comment est-ce que tu comptes nous faire traverser l'océan ?

– Du calme, va. J'ai bien un bateau... mais pas en ce moment, c'est tout. Ce sera bientôt rectifié.

Les yeux ronds comme des soucoupes, elle se tourna vers Shakes.

– Tu savais qu'il n'avait pas de bateau ? Et vous avez accepté le job quand même ?

Pour sa défense, il faut dire que Shakes avait l'air assez penaud.

– Je croyais que tu ne touchais pas aux jeux de hasard ! lança-t-elle à Wes d'un ton accusateur.

Il lui envoya un sourire énigmatique, tel le chat du Cheshire.

– Que te dire ? Ça va, ça vient, tout ça.

Shakes pouffa de rire.

– Et comment comptes-tu t'y prendre ? dit-il. Dès que Slob va te voir, il quittera la table. Il saura tout de suite que tu veux le bateau. Il ne va pas prendre le risque de devoir te le rendre, surtout que tu le lui avais déjà piqué aux cartes la première fois.

– Je ne vais pas jouer, répondit tranquillement Wes.

Puis il montra Nat du doigt.

– C'est *elle* qui va le gagner.

19

L'endroit n'était pas réellement un casino. Ce n'était une fois de plus qu'une pièce en sous-sol bondée, avec quelques tables de roulette, quelques tables de poker, une table de craps et un bar. Nat se sentit écrasée par le bruit et l'odeur de sueur et de fumée lorsqu'elle entra, un peu vacillante sur ses hauts talons. Elle était déguisée en *taï-taï*, une de ces belles épouses qu'exhibaient fièrement les milliardaires du Xian de passage à K-Town avant de rejoindre Macao.

Grâce à l'aide d'un blog vidéo et de quelques pièces d'argent issues de la réserve de Wes, elle avait pu dégoter un costume approprié. Elle portait une étroite robe *qipao* rouge, et ses longs cheveux bruns étaient retenus en chignon par deux baguettes rutilantes. La pierre bleue, toujours accrochée en pendentif à son cou, passait pour un bijou fantaisie. Farouk avait équipé la robe d'une fausse batterie chauffante à fusion qui clignotait en rouge dans son col. Elle avait eu beau seriner sur tous les tons qu'elle mourrait de froid avant même d'avoir franchi la porte, Wes était resté catégorique : les *taï-taï* ne portaient pas de vêtements épais. Elles déambulaient en ville de leur pas glissant, exhibant leurs jambes nues en signe de richesse.

– Tu es magnifique, l'avait rassurée Wes avant qu'elle ne quitte leur abri. Tu crois que tu vas y arriver ?

– Regarde-moi faire, avait-elle rétorqué.

Même si elle était stressée, il était trop tard pour reculer, et il le savait bien. Et puis, s'il y avait une chose au monde qu'elle savait faire, c'était jouer au poker.

Les frères Slaine, revêtus d'uniformes de chauffeurs, joueraient le rôle de ses gardes du corps. En cas d'incident, ils se chargeraient de la sortir de là en un seul morceau. Elle ignorait si elle pouvait vraiment confier sa vie à Zedric et à Daran, mais, une fois de plus, elle n'avait pas le choix. Sans bateau, autant rentrer tout de suite chez elle.

– La salle VIP ? demanda-t-elle au videur qui gardait la porte, à côté du bar.

– Empreintes digitales, grogna-t-il en désignant un lecteur. Et pas de gorilles à l'intérieur, ajouta-t-il en barrant la route à ses compagnons.

Il pointa alors une lampe crayon pour inspecter ses pupilles.

Wes l'avait avertie qu'elle risquait de devoir jouer la partie seule, mais si elle était entrée sans garde rapprochée, personne n'aurait cru à son personnage.

– T'inquiète, je ne serai pas loin, lui glissa Daran avec un clin d'œil.

Elle les congédia en agitant vaguement ses doigts manucurés et sourit au videur en remettant ses lunettes noires de grande marque sur son nez. Puis elle posa sa main sur le lecteur d'empreintes. Farouk avait introduit sa photo et son faux profil dans le système. Elle était présentement Lila Casey-Lio, seize ans, jeune épouse d'un magnat du téléphone moléculaire.

Nat allait devoir faire bien plus que convaincre un videur ; elle devrait surtout faire illusion face à Slob, un des trafiquants d'esclaves les plus redoutés du Pacifique. Son vrai nom était Slavomir Hubik, mais tout le monde l'appelait Slav, ou Le Slave, ou SLB – son pseudo en langage SMS, qui était devenu Slob. Il ne ressemblait pourtant pas à son surnom[1] : c'était un pirate svelte et soigné de quatre-vingt-dix ans, originaire de quelque part en Nouvelle-Thrace, le plus renommé des territoires hors la loi. Et il était un des chefs d'une terrifiante armada de charognards qui croisait sur les eaux noires pour fournir des esclaves aux usines textiles du Xian, des drogues à New Vegas, et des garçons et filles de plaisir à quiconque voulait bien en payer le prix. Certaines rumeurs prétendaient même que les esclavagistes ne faisaient pas que vendre de la main-d'œuvre à bas prix : on racontait qu'ils n'hésitaient pas à fourguer à des bouchers sans scrupules les cargaisons humaines qui leur restaient sur les bras.

Slob avait une balafre au-dessus du sourcil droit, des cheveux décolorés en blond-blanc qui le faisaient ressembler à un Drau, et il portait ce soir-là un survêtement en velours vintage – en vrai synthétique, pas comme les peaux de bête que préféraient les autres trafiquants. Son visage, tout en angles aigus, était beau

1. Un *slob*, en anglais, est un personnage rustaud et négligé.

mais inquiétant. Il ne leva pas la tête lorsque Nat arriva à la table.

– Carte, dit Nat en s'asseyant à côté du croupier (la place traditionnellement considérée comme la plus chanceuse). Cent mille, ajouta-t-elle avec un sourire éclatant en lui glissant une carte de crédits chaleur falsifiée.

Farouk lui avait assuré que cette carte tromperait le scanneur de la pièce, mais qu'aussitôt hors de sa portée elle ne vaudrait plus rien.

– Vous vous sentez en veine, ce soir ? demanda-t-elle aux autres joueurs.

Slob n'était pas le seul trafiquant d'esclaves présent à la table ; elle reconnaissait les autres à leurs visages tatoués. Il y avait aussi une fille, à peu près de son âge, semblablement bijoutée et pomponnée, qui lui fit un signe de tête en la voyant approcher.

– J'adore vos chaussures, roucoula-t-elle.

Nat joua la sécurité au début, s'autorisant juste à gagner quelques tours mais pas suffisamment pour attirer l'attention. Wes lui avait recommandé de ferrer sa proie et de la sortir de l'eau lentement. *Ce n'est pas un bleu... il ne s'attendra pas à ce que tu sois une pro... les taï-taï viennent surtout pour le frisson... les trafiquants les laissent jouer parce qu'elles apportent de grosses sommes à la table. Mais si tu as du répondant, ça lui plaira. Donne-lui quand même un peu de fil à retordre.*

Le moment était venu. Nat gagna la partie suivante, et encore celle d'après. À la troisième, sa mise fut quintuplée.

– Un gros gain pour une petite dame, commenta le pirate avec son accent saccadé.

– Bah, fit Nat d'un ton dédaigneux.

– Vous vous ennuyez ?

– Rendons les choses plus intéressantes, voulez-vous ? proposa-t-elle, les yeux brillants.

L'homme haussa les épaules.

– Pas de refus. Qu'est-ce que vous voulez ?

– Il paraît que vous avez un bateau très rapide.

Le brigand parut amusé.

– Vous n'aurez pas l'*Alby*. C'est hors de question.

– Vous avez trop peur de perdre, Slob ?

Nat vit un éclair de rage passer fugacement dans ses yeux. Personne ne l'appelait Slob en face. Mais elle savait qu'elle pouvait se le permettre : elle avait vu comment il regardait ses jambes. Elle laissa échapper un petit rire en cascade, pour lui faire comprendre qu'elle flirtait. Elle jouait son rôle.

Le trafiquant lui adressa un sourire crispé.

– Je vous en prie, appelez-moi Avo.

– Avo, d'accord.

Si je mets le bateau en jeu, que miserez-vous de votre côté ? demanda-t-il en se penchant vers elle avec un sourire de loup. Cette pierre que vous avez au cou ?

– Ça ? C'est une broutille, répondit-elle en glissant la pierre sous son col, regrettant qu'il l'ait remarquée, irritée de l'avoir gardée sur elle. Le vrai trésor, c'est ceci.

Elle posa une petite bourse en velours sur la table, tira sur les cordons et lui montra ce qu'il y avait à l'intérieur. De minuscules cristaux qui étincelaient comme des diamants sous les lampes.

C'était de la fleur de sel. Du vrai sel, pas du synthétique – qui était à la fois trop et pas assez salé –, de l'authentique, d'avant les inondations, de quand le monde était encore complet. Le dernier sel de la Terre, récolté avant que les océans ne soient empoisonnés. Un souvenir du centre de traitement, qu'elle avait chipé dans la cuisine du directeur et conservé pour s'en servir au bon moment. Wes ne lui avait pas demandé où elle avait déniché un tel trésor. Il lui avait seulement dit que ce n'était pas suffisant pour acheter un bateau, mais que cela pourrait peut-être lui permettre d'en regagner un. À condition de jouer fin.

Avo Hubik la lorgna par-dessous.

– Vous avez une idée de la valeur que ça a ?

– Oui, dit-elle d'une voix égale.

– J'en doute ; sinon vous ne le montreriez pas si facilement, répondit-il en prenant ses cartes.

– À New Kong, nous nous baignons dedans, lâcha-t-elle.

Elle s'éventa avec ses cartes. Les autres joueurs se couchèrent, puis regardèrent les deux adversaires se tourner autour – c'était comme une parade nuptiale... de celles qui précèdent une mise à mort.

– Pourquoi convoitez-vous tellement l'*Alby* ? s'enquit le pirate.

– J'ai un hobby. J'aime prendre aux gens ce à quoi ils tiennent le plus. C'est un moyen comme un autre de ne pas trop s'ennuyer dans la vie.

Elle bâilla.

– Vous n'aurez pas le bateau.

– C'est ce que nous verrons, susurra-t-elle.

– Très bien. Montrez-moi encore ce sel.

Il l'éleva à hauteur de ses yeux, puis jeta la bourse à la belle fille aux cheveux orange vif et aux yeux dorés qui se tenait derrière sa chaise. Une Sylphe, peut-être ? Nat n'aurait su le dire avec certitude. Sur sa joue, une marque en forme de serpent la désignait comme une guérisseuse.

– Vérifie-moi ça, dit l'homme.

– C'est du vrai, confirma la fille après en avoir goûté un peu sur le bout de son doigt, les yeux brillants de convoitise.

Nat regarda ailleurs, légèrement perturbée.

– Pour voir, dit-elle en posant ses cartes. Couleur.

Cette fois, le trafiquant sourit largement.

– Full !

Et il se hâta de rafler le sel sur la table.

– Mon mari va me tuer, marmonna-t-elle.

– Écoutez, je veux bien vous aider. Si vous gagnez la prochaine, je vous laisse le bateau, proposa-t-il avec bonne humeur, maintenant qu'il avait les moyens de se montrer généreux. C'est que je suis un gentleman, voyez-vous.

Et il jeta les clés de l'*Alby* sur la table.

Nat hocha la tête. Elle était prête. Les conseils de Wes lui résonnaient aux oreilles. *Il va devenir arrogant, il ne va pas pouvoir s'empêcher de frimer… et à ce moment-là…*

C'était sa chance. Depuis le début, elle avait observé attentivement la partie et compté les cartes. Le croupier posa les deux premières cartes du flop. Roi de trèfle. Dame de carreau.

Avo Hubik eut un sourire satisfait.

La suivante : deux de cœur.

Le brigand observa son jeu d'un air renfrogné.

Une image surgit spontanément dans la tête de Nat : Avo reprenant une carte et tirant un roi, ce qui lui donnerait une paire haute et la victoire, car elle-même avait un jeu pourri. L'image s'estompa. C'était une prémonition. Un avertissement. Elle comprit qu'elle ne pouvait pas laisser cela se produire, et commença à avoir peur. Il fallait faire quelque chose ! Mais quoi ? Elle n'avait aucun contrôle sur ses propres pouvoirs, elle ne pouvait rien faire... elle était paralysée, comme congelée...

Une bourrasque soudaine balaya les cartes du talon, qui s'éparpillèrent sur la table.

– Mais, que... ? lança le croupier.

La fille aux yeux d'or fixait sur Nat un regard incandescent.

Nat, qui n'osait pas relever la tête, fit mine de rester concentrée sur ses cartes.

Était-ce elle qui avait fait cela ? Comment était-ce arrivé ? Cela n'avait pas d'importance ; ce qui comptait, c'est que les cartes avaient été mélangées.

Avo ne semblait pas plus contrarié que ça. Il se débarrassa d'une carte et en demanda une nouvelle. À son tour, Nat en prit une, et avant même de l'avoir regardée elle sut qu'elle avait en main le jeu gagnant. Un deux de trèfle. Avec le deux de cœur déjà retourné, il formait une paire.

Le croupier retourna la rivière, la dernière carte : un neuf de trèfle.

Nat sentit sa peau la picoter.

Le brigand montra son jeu avec un grand sourire. As.

Nat montra le sien.

Elle avait gagné avec les cartes les plus faibles du jeu. Une paire de deux.

Le brigand blêmit.

Elle prit les clés sur la table.

– Je crois que c'est à moi, ça.

20

– C'est *ça* que j'ai gagné ? C'est ça, ton navire légendaire ? Autant le rendre à Slob !

Wes, sans écouter ses récriminations, sauta sur son bateau amarré à une jetée pourrissante, tout au bout de la ville. Un squelette de montagnes russes et une grande roue délabrée s'élevaient non loin d'eux, et une poignée d'embarcations flottaient sur l'eau, toutes à demi inondées, la coque pleine de trous, le moteur manquant. Le reste de l'équipe le suivit à bord, mais Nat demeura sur la jetée, les bras croisés, l'air furibond.

– Tu comptes rester là toute la journée, ou tu vas te décider à monter ? finit par lui demander Wes tout en aidant Shakes à retirer le taud.

– Pas question que je mette le pied sur ce rafiot... On dirait qu'il va couler d'une minute à l'autre !

– Comme tu voudras.

Wes continua de siffloter tandis que ses gars trouvaient chacun sa place et embarquaient le matériel nécessaire au voyage. Il roula la grande bâche, tout heureux d'être de retour à bord. Son bateau lui avait manqué, et le perdre avait été un coup plus dur qu'il ne voulait bien l'admettre. Il n'était pas un de ces idiots sentimentaux qui s'attachaient exagérément à leur véhicule. Une bagnole était une bagnole, un camion un camion. Mais il avait un faible pour ce navire, même si les injures de Nat l'amusaient plus qu'elles ne le vexaient. L'*Alby* était un ancien navire de gardes-côtes, un chalutier reconverti, vieux de plus de cent ans et construit pour durer, long de cinquante pieds, avec une coque cabossée, un pont constellé de trous et un emblème de pirates grossièrement peint sur le flanc tribord, tandis qu'on pouvait encore déchiffrer l'immatriculation ALB-187 sur le tableau arrière. Les bastingages avaient rouillé et la peinture était écaillée, ce qui lui donnait certes un petit air négligé, mais l'*Alby* en avait bien plus dans le buffet qu'il n'y paraissait. Ce que Nat ignorait encore, c'est que Shakes et Wes avaient entièrement rénové les moteurs – au point que le rafiot avait pratiquement des boosters de fusée en guise de propulsion. C'est dire s'il était rapide.

– Sérieusement, on a échangé un des biens les plus précieux qui restent sur cette planète – du sel – contre ça ? s'égosillait encore Nat. Je ne blague pas !

Wes releva la tête, et se retint de rouler des yeux. Il devait reconnaître à cette fille un sacré courage. Elle avait joué son rôle sans ciller. Sans elle, jamais il n'aurait récupéré son navire. Mais son numéro de princesse outrée, cela commençait à bien faire.

– Nous non plus, on ne blague pas, lui lança-t-il. Désolé que l'*Alby* ne soit pas une de ces belles baleines blanches qu'utilise l'armée. Si j'avais su que tu étais tellement snob, je t'aurais livrée aux autorités dès la barrière.

Il se remit à vaquer à ses occupations, mais elle ne bougea pas du quai.

– Bon, tu montes, ou quoi ? reprit-il d'une voix plus cassante.

C'est alors qu'il vit sa tête.

– Derrière toi, souffla-t-elle.

Wes renifla et soupira. Il connaissait bien cette puanteur, et sut immédiatement ce qui se trouvait derrière lui. D'un mouvement fluide et gracieux, il dégaina son pistolet et fit feu avant même de s'être retourné. Sa première balle s'enfonça dans le pont et la deuxième frôla l'oreille de la créature, lui arrachant un bout de lobe au passage. Le Thriller, un garçon cadavérique sans doute sorti de l'ombre du taud, tituba en arrière. Il avait forme humaine, mais sa peau ne renvoyait aucune lumière et ses yeux aveugles étaient d'un blanc vitreux. Wes vida le reste de son chargeur en l'air, ce qui suffit à faire plonger la créature dans l'eau noire.

Il souffla de soulagement, mais vit aussitôt que ce n'était pas son seul problème.

– Nat ! Je te dis de monter, nom de Dieu ! cria-t-il en tirant de nouveau.

La jeune fille regarda derrière elle et hurla. Un corps en décomposition tendait les mains vers elle. Cet être avait été une fillette, un jour, mais ne l'était plus ; la peau du visage pendait, la chair n'était plus qu'une masse gonflée, et les mains froides et mortes tentaient d'agripper Nat. Elle s'effondra au sol lorsque Wes lui logea une balle dans le genou.

– ALLEZ, VIENS !

Il tendit la main, et Nat la prit enfin.

Il y en avait partout : ils grouillaient sur la jetée, sortaient de l'ombre en traînant les pieds, surgissaient des baraques de foire moisies et du manège déglingué. Les Thrillers n'étaient pas privés de conscience, loin de là : ils se déplaçaient avec une intention, cherchant quelque chose à agripper avec leurs doigts crochus.

– Ils ne sont pas morts ! balbutia Nat d'une voix tremblante alors qu'il la hissait à bord.

– C'est pas un scoop, grommela Wes.

Mais il savait ce qu'elle voulait dire. Il avait vu l'horreur envahir ses traits à mesure qu'elle comprenait. Les Thrillers, contrairement à leur apparence, n'étaient pas des cadavres. Ils étaient tout à fait vivants, *conscients*, et leur désespoir n'en était que plus intense.

– SHAKES ! COUPE L'AMARRE ! ordonna-t-il en insérant sa clé dans le contact avant d'enclencher la marche avant.

Le navire était encore attaché à la jetée, et les deux cordages de bâbord rompirent net en fouettant l'air. Une troisième amarre, qui contournait la proue, se retrouva pressée contre l'étrave qu'elle sciait lentement. Le bruit était insupportable.

Nat tira un couteau de la ceinture de Wes et trancha la corde. Ses mains sur la taille du garçon le déconcentrèrent un instant, mais il se ressaisit rapidement et l'approuva d'un hochement de tête.

– Bon réflexe.

L'amarre grise, soudain libérée, s'envola au-dessus du pont pour aller frapper durement Daran dans le dos.

– Eh, oh, faites gaffe ! râla-t-il dans leur direction.

– Pardon ! lui cria Nat.

Voyant que la fille était à l'origine de l'incident, il grimaça et tâcha de sourire.

– C'est rien !

Le bateau était libre et ils filaient vers le large, enfin hors de danger... lorsqu'un coup de feu retentit sous le pont. Wes maudit le Slob et son équipage de fainéants. Ses gars et lui-même savaient protéger un navire d'une invasion de Thrillers. Apparemment, les trafiquants, eux, ne s'embarrassaient pas de précautions.

– Prends la barre, ordonna Wes en cédant sa place à Shakes.

– Je t'accompagne, décida Nat.

Il ne contesta pas, et tous deux descendirent dans le cockpit, suivis de Daran en renfort.

En bas, ils trouvèrent Zedric qui tenait en joue une de ces créatures. Le Thriller était touché à l'épaule. À la lumière électrique, Nat distinguait parfaitement son visage. C'était une fille, à la peau grise et tachetée, aux yeux violets aussi dénués de vie que le reste. Et elle portait un pyjama gris clair que Nat reconnut aussitôt.

– Aidez-moi, souffla-t-elle. Pitié.

Ses cheveux... Nat comprit que sous la boue, la poussière et la crasse, l'inconnue avait des cheveux couleur de soleil, d'un jaune vif éblouissant. C'était une Sylphe, ou du moins elle l'avait été un jour, et cette découverte lui glaça le sang. Que leur arrivait-il ? Pourquoi devenaient-ils ainsi ?

Daran leva son arme pour tirer, mais Wes l'empoigna par le canon.

– Laisse tomber, va, on va laisser celle-ci partir à la nage, dit-il en lui prenant le pistolet des mains.

La créature saisit sa chance et fila sans demander son reste. Elle monta sur le pont, et on entendit un bruit d'éclaboussures lorsqu'elle tomba dans l'océan.

Zedric donna un coup de pied dans la cloison, mais Daran le poussa hors du cockpit.

– Viens ! Elle ne t'a pas touché ? Tu es sûr ? cria-t-il à son frère.

– Pourquoi as-tu fait ça ? demanda Nat à Wes. Pourquoi l'as-tu laissée partir ?

Elle avait remarqué qu'il ne tirait jamais pour tuer.

Le garçon rangea son arme et monta retrouver les autres.

– Elle n'est pas notre premier passager clandestin. Ils veulent tous venir avec nous, se tirer par la mer.

– Les Thrillers ?

– Oui.

Nat tourna les yeux vers la jetée, où des centaines d'entre eux s'étaient rassemblés, gémissant et traînant des pieds, les mains tendues, suppliant, réclamant quelque chose. Il y avait là encore quelques Sylphes dont les cheveux brillaient sous la crasse, et aussi des êtres aux yeux blancs et aux cheveux gris argent. Des Draus. C'en étaient forcément, mais ceux-là ne faisaient pas peur du tout, ils étaient juste d'une tristesse indicible. C'était pour cela que Wes ne les abattait pas. Parce que les Thrillers ne les attaquaient pas : ils demandaient de l'aide.

Elle n'en avait jamais approché d'assez près pour les voir. En s'évadant, elle les avait aperçus de loin et avait réussi à les éviter, mais maintenant la vérité ne lui apparaissait que trop clairement.

Il y avait donc une chose à propos de laquelle le gouvernement n'avait pas menti. Ceux qui étaient marqués par la magie étaient voués à mourir.

Les Thrillers n'étaient pas victimes d'expériences chimiques ou de mutations nucléaires. C'étaient des gens. Des Marqués. Des individus dotés de pouvoirs surnaturels, que la Marque des mages faisait pourrir de l'intérieur, fondant leur chair, décomposant leur corps alors que leur esprit demeurait tragiquement alerte. L'armée les rassemblait dans des lieux sûrs et dans des centres de traitement pour les isoler du reste de la population. C'était pour cela aussi qu'elle surveillait activement les frontières. Et pour cela également que le personnel militaire de K-Town n'avait pas pris la peine d'arrêter la Marquée qui y travaillait comme caissière. Pour eux, elle était déjà à sa place. Elle était déjà au rebut, faisait déjà partie des déchets. Les Thrillers étaient des évadés de MacArthur, des réfugiés qui ne trouvaient pas de passage pour s'en aller et restaient à rôder dans le Grand Dépotoir, incapables de mourir.

Cherchant un refuge, espérant le Bleu.

Exactement comme elle.

Si elle restait, la magie qui était en elle la tuerait lentement, la viderait de sa vie sans qu'elle meure pour autant. Elle se retrouverait piégée dans une enveloppe physique pourrissante, tandis que son esprit demeurerait pleinement conscient de toute l'horreur de ce qui lui arriverait.

Elle observa la masse des Marqués agitant les bras sur la jetée, vit leur terreur, leur détresse et leur incapacité à s'échapper. *Emmenez-nous. Ramenez-nous chez nous.*

Wes la regarda.

– Prête pour le grand départ ?

Ils étaient déjà loin du port, dans les eaux libres.

Nat lui donna la réponse qu'elle lui avait déjà faite quelques jours plus tôt.

– Prête.

Si elle restait, elle pourrirait. Mais si elle partait...

Elle ferma les yeux. Il y avait un monstre en elle, un monstre qui faisait partie de son être, et plus elle y pensait, plus la voix obscure qui grondait dans sa tête ressemblait à la sienne.

Il y aurait du feu, de la fumée et du saccage dans son avenir. Elle serait le catalyseur d'un événement terrible. Elle sentait la puissance en elle, la force sauvage, incontrôlable et déchaînée qui avait la capacité de détruire des univers entiers.

Le monstre, c'est moi, songea-t-elle. *Sa voix est la mienne.*

Troisième partie

Le voyage intermédiaire

« Que Dieu te sauve, vieux marin, des démons qui te tourmentent ainsi ! Pourquoi me regardes-tu si étrangement ? – C'est qu'avec mon arbalète, je tuai l'Albatros. »

Samuel Taylor Coleridge,
« La Chanson du vieux marin »
(traduction A. Barbier)

21

Elle avait eu tort de se moquer du bateau – et elle en était un peu gênée –, car même son inexpérience ne l'empêchait pas de remarquer que, comme il avait fait avec le camion, Wes en avait amélioré la structure pour l'adapter à son environnement. Il avait renforcé la coque à l'aide de plaques d'acier et de fibre de carbone fixées sur la vieille étrave en aluminium, et le navire entier était repeint – ou plutôt barbouillé – dans des tons de gris et de noir, un camouflage idéal sur l'océan trouble et sombre.

La cabine réservée à l'équipage était équipée de couchettes qui n'étaient guère que des treillis métalliques rectangulaires accrochés aux cloisons et dotés chacun d'une couverture. Dans la pièce voisine, une grande table à pique-nique en plastique était solidement fixée au sol, à côté d'un gril à charbon noirci. Le plafond était ouvert au-dessus du gril afin que la fumée puisse s'échapper, et il y avait quelques caisses en bois empilées, pleines de vivres qu'ils avaient chargés à bord pour le périple.

Le bateau ne permettait aucune intimité et n'offrait qu'un confort minimal, mais cela n'avait rien de nouveau pour elle. Au centre de traitement, quand elle n'était pas à l'isolement, elle dormait sur un lit de camp au milieu d'une salle grande comme un gymnase. Elle se trouva une couchette d'angle qui ne semblait pas prise, et jeta son sac sur la couverture grossière. Puis elle regarda par le hublot sale. Dehors, on distinguait à peine le ciel gris des eaux du Pacifique. La mer toxique ne gelait jamais, mais regorgeait de substances empoisonnées dont les couleurs iridescentes miroitaient de temps en temps dans le demi-jour. Cela aurait pu être beau si ce n'avait pas été mortel, ces nuées orange et vertes qui tournoyaient dans les vaguelettes, ces flammèches qui dansaient parfois sur les vagues, toutes ces productions du cocktail chimique inconnu qui imprégnait l'océan.

Elle se hissa sur sa couchette et reposa ses pieds contre le fin grillage. Mais elle fut bientôt prise de claustrophobie et remonta se promener sur le pont. Elle trouva Wes accoudé au bastingage, le regard plongé dans les eaux sombres.

– T'as trouvé quelque chose ?

Il pointa du doigt un point distant, en pleine mer, entouré de larges taches d'encre noire.

– Qu'est-ce que c'est ? Des îlots ?

– Non. Ce sont des *trashbergs*.

– Oh... Comme des icebergs, tu veux dire ?

– Faits de détritus, oui. L'océan en est plein, ajouta-t-il avec un sourire.

Nat avait déjà vu, sur les réseaux, que les océans d'avant la Montée des eaux étaient entièrement plats, bleus et vides. Désormais, le Pacifique était couvert d'ordures, bourré de produits chimiques, encombré de déchets : un Grand Dépotoir flottant. Un lieu parfait où se cacher, l'idéal pour les trafiquants d'esclaves désirant être tranquilles afin de piller et enlever pèlerins et réfugiés.

– Tu crois qu'on va s'en sortir ? demanda-t-elle, presque sur un ton de défi.

– J'espère, en tout cas, répondit-il sans se départir de son éternel sourire. J'ai besoin de ces crédits, moi.

Cela la fit sourire, elle aussi.

– Pardon d'avoir critiqué le bateau tout à l'heure... J'étais juste... Enfin bref, ce n'était pas sympa de ma part.

– Y a pas de mal.

Il gratta la cicatrice qu'il avait sur le visage. Elle la remarquait pour la première fois : une mince ligne blanche, au-dessus de son sourcil droit.

Il ne put ignorer son regard insistant.

– Un souvenir du Texas. J'ai été pris dans une avalanche, et Shakes m'a donné un coup de piolet sans le faire exprès en me dégageant. J'ai bien cru qu'il allait me tuer au lieu de me sauver !

– Pas mal.

Elle souriait toujours. Elle aimait la manière dont cette balafre lui donnait l'air à la fois plus dangereux et plus vulnérable.

– J'ai l'impression que ça t'arrive souvent, continua-t-elle. Mais je parie que ça n'a pas fait rigoler ta copine.

Elle ne savait pas trop pourquoi elle disait cela, mais la remarque lui était venue sans qu'elle y pense.

Il haussa les sourcils et ses yeux sombres se plissèrent.

– Qui a dit que j'avais une copine ?

– Personne.

– Eh bien je n'en ai plus, au cas où ça intéresse quelqu'un.

– Et qui ça ?

– Toi, ça t'intéresse ?

Il la regardait droit dans les yeux.

– Je pourrais te demander la même chose, se rebiffa-t-elle.

– Et alors, si je l'étais ? Intéressé, je veux dire.

– Je ne serais pas étonnée, lâcha-t-elle. Je suis sûre que la moitié de l'équipage craque pour moi.

Elle leva les yeux au ciel. Elle ne savait toujours pas bien ce qu'elle faisait, mais c'était amusant de le faire un peu marcher. Alors comme ça, il s'intéressait à elle, hein ? Il était temps qu'il l'admette.

– La moitié seulement ?

– Bah, je n'aime pas me vanter, s'esclaffa-t-elle avec coquetterie.

Ils se regardaient toujours, et Nat ressentit toute l'attraction de ces yeux bruns si chaleureux, couleur de miel et d'ambre, enjoués et brillants. Wes et elle n'étaient plus qu'à quelques centimètres l'un de l'autre, face à face, leurs corps se touchant presque. Ils se trouvaient dehors par moins trente degrés, et pourtant jamais elle n'avait eu aussi chaud.

– Qu'est-ce que tu fais ? lui demanda-t-il finalement.

– La même chose que toi.

Il secoua la tête.

– Ne démarre jamais une histoire que tu ne peux pas arrêter, l'avertit-il.

– Qu'est-ce qui te dit que je voudrais l'arrêter ?

De nouveau, il la regarda au fond des yeux et un long silence tendu s'éternisa entre eux, au point que pendant un instant elle eut peur de respirer. Wes se baissa et rapprocha son visage si près qu'elle crut qu'il allait l'embrasser, mais il se ravisa. Il ne la regardait plus ; ce qu'il regardait, c'était la pierre qu'elle portait autour du cou.

Il s'écarta ensuite et se tourna vers les eaux agitées, où il jeta un caillou trouvé dans sa poche.

– Qu'est-ce que tu veux, Nat ? demanda-t-il.

– Je pourrais te retourner la question, répliqua-t-elle en tâchant de cacher son humiliation.

Était-il au courant pour la pierre ? Pourquoi l'avait-il reluquée ainsi ? *On ne peut pas se fier à un passeur. Ils sont capables de vous revendre pour un pauvre watt.*

Il fronça les sourcils.

– Écoute, reprenons depuis le début, tu veux bien ? Si tu me disais quelque chose sur toi, quelque chose qui ne figure pas dans les archives officielles, que Farouk ne peut pas dénicher ?

– Pour mieux faire connaissance, tu veux dire ? Pourquoi ?

– Et pourquoi pas ? Comme je te le disais, nous avons encore un long chemin devant nous.

Peut-être qu'il mentait et qu'il avait bien une copine à New Vegas. Et peut-être même plus d'une. Ou encore, peut-être ne recherchait-il rien de plus que son amitié. Nat n'aurait su dire laquelle de ces possibilités la dépitait le plus.

– Vas-y, raconte-moi quelque chose, insista-t-il. Raconte-moi ton premier séjour dans le Dépotoir, par exemple.

– Comment sais-tu... bon, d'accord. (Elle prit sa respiration.) Tu as raison. J'ai déjà essayé de m'enfuir. Ce n'est pas la première fois que je traverse le Dépotoir. J'étais orpheline, tu as bien deviné. Je vivais chez Mrs Allen, à l'époque – la femme qui m'a élevée. C'est elle qui a eu l'idée d'essayer de quitter le pays quand j'avais six ans. Elle aspirait à une vie meilleure pour nous deux, elle avait perdu sa foi dans les VSA.

Wes posa son menton sur ses mains.

– Et que s'est-il passé ?

– Le passeur qui avait pris toutes nos économies n'a pas suffisamment graissé la patte du garde au premier point de contrôle. Après nous avoir fait signe de passer, celui-ci a appelé la police des frontières et on s'est fait embarquer pour défaut de visa.

– Dans notre branche, on les appelle les ânes, ces types-là, commenta Wes. De pauvres types qui n'y connaissent rien.

– Ils l'ont emmenée, et je ne l'ai jamais revue, continua Nat à mi-voix.

Mrs Allen n'était pas sa mère, mais elle était la seule maman que la jeune fille ait jamais connue. Ses yeux se mouillèrent un peu.

– Mrs Allen m'a trouvée quand j'étais bébé. Elle disait que je faisais partie des APCD, ajouta Nat en serrant ses bras autour d'elle. Abandonnés pour cause de déploiement.

– Tes parents étaient soldats, donc.

– C'est ce qu'elle m'a dit.

La femme avait expliqué à Nat qu'il était fréquent que des gens abandonnent leurs enfants, ne souhaitant pas les emmener là où l'armée les envoyait, pensant que dans leur intérêt il valait mieux les laisser que les faire monter en première ligne ; l'abandon comme forme d'amour.

– Je suppose qu'en effet ils étaient militaires. Je n'en sais rien. J'ignore complètement qui ils étaient.

– Et ensuite, qu'est-ce que tu es devenue ?

Nat haussa les épaules.

– Comme tout le monde. Pupille de l'État. J'ai grandi dans un orphelinat.

Elle ne mentionna pas la véritable raison pour laquelle sa mère l'avait abandonnée. La raison pour laquelle Mrs Allen avait tenté de lui faire quitter le pays.

– Et moi qui trouvais l'histoire de Shakes tire-larmes, conclut Wes en souriant.

– Pire que la mienne ?

– Demande-lui, tu verras, c'est quelque chose, promit-il. Ça a dû être dur, une enfance pareille. Les orphelinats, ce n'est pas de la blague, ajouta-t-il avec compassion.

– Oui, bon. Au moins, c'est du passé.

L'attention du garçon la touchait, même si elle était certaine qu'il y avait un autre motif derrière, vu sa manière de souffler le chaud et le froid avec elle. Elle était joueuse, elle ne se laissait pas abuser.

– Et maintenant, à ton tour. Dis-moi, Wes, pourquoi as-tu accepté ce job ? Je ne te paie pas assez, par rapport aux risques qui nous attendent. Alors, qu'est-ce que tu as à y gagner ?

– Peut-être que moi aussi, j'ai envie de voir ce qu'il y a là-bas. Si le paradis existe, je ne veux pas passer à côté.

Mais Nat savait que son sourire cachait encore autre chose. Une chose à propos de laquelle il n'était pas honnête. Elle rentra la pierre bleue sous son col.

S'il ne voulait pas passer à côté du paradis, en tout cas, ils étaient deux.

22

Wes la regarda s'éloigner, puis se remit à contempler l'océan. Il se demandait dans quelle mesure son récit était vrai. Qui était-elle, au fond ? Elle prétendait l'avoir déjà vu quelque part. Se pouvait-il qu'elle ait raison et qu'il ait simplement oublié ? D'un autre côté, il était convaincu qu'il se serait souvenu de Nat. Il gratta de nouveau sa cicatrice. C'était drôle qu'elle se soit posé des questions dessus, exactement comme Juliette. Cette histoire avec Shakes et le piolet était une fable. Mais un jour, peut-être, il lui dirait la vérité. Celle qu'il n'avait jamais révélée à personne, pas même à sa Jules.

Lors de son premier rendez-vous avec Juliette Marie Devincenzi, cette histoire d'avalanche, suivie de plaisanteries sur le fait que pendant des années, ensuite, il avait pris un malin plaisir à chambrer Shakes à ce propos, avait bien fait rire la jeune fille.

Wes était encore sur le pont, les yeux rivés sur une photo qu'il avait sortie de son portefeuille, lorsque son second vint le retrouver.

– Range ça, dit ce dernier avec une grimace. Arrête de remuer le passé.

– Je sais, je sais.

– Écoute, chef, ta Jules était chouette, mais...

– Mais ?

– Mais tu sais quoi.

Shakes n'avait jamais beaucoup aimé Jules. Il la tenait pour responsable d'une partie de leurs ennuis.

Wes rangea la photo.

– Tu crois qu'elle est réellement morte au Loss ?

– C'est ce qu'on m'a dit. C'est quoi, le problème, chef ? Elle nous a laissés tomber après le gros coup au Dreamworks. Je veux dire, paix à son âme et tout, je n'aime pas dire du mal des morts, mais elle t'a bien planté.

– Non, mec. Ça ne s'est pas passé comme ça.

Il l'avait rencontrée juste en sortant de l'armée. Elle était déjà croupière à l'époque : une vraie pro. Elle avait besoin de gros bras, d'un chauffeur, d'une voiture de repli, et elle l'avait choisi pour ce boulot, ayant entendu dire qu'il s'était fait un nom comme jockey de la mort et qu'il connaissait New Vegas comme sa poche. Elle était âgée de quelques années de plus que lui. Entre eux, ça avait tout de suite collé.

Wes n'avait jamais été amoureux jusque-là, il ignorait tout de ce sentiment, jusqu'au moment où il s'y était retrouvé jusqu'au cou. Elle aussi l'aimait – cela, il ne l'oublierait jamais. À un moment donné, il aurait fait n'importe quoi pour elle, mais elle lui avait demandé une chose qu'il ne pouvait lui offrir.

– Je ne te l'ai jamais dit, mais elle voulait qu'on se marie, qu'on signe les papiers, tout le tralala, avoua Wes à Shakes. Et elle voulait partir, aussi. Elle parlait sans cesse de s'évader dans le Bleu. Elle y croyait. Mais aussi bien, elle était prête à se tirer n'importe où, à K-Town ou peut-être au Xian : elle avait des amis qui vivaient à Shangjing.

– Et vous ne l'avez pas fait ?

– Non. K-Town est invivable, et puisqu'on ne pouvait pas mériter de visas, je ne pensais pas que ce soit possible de s'incruster sans papiers au Xian.

Mais il y avait plus. Sa sœur Eliza était là, quelque part, et il ne pouvait pas partir sans découvrir ce qu'elle était devenue, sans savoir si elle était même encore en vie.

Jules avait dit qu'elle comprenait, elle n'avait pas insisté. Ils étaient donc restés à New Vegas, et, lentement, de manière imperceptible, l'amour qui avait existé entre eux avait commencé à pâlir. Ils s'étaient éloignés l'un de l'autre. Jules avait voulu s'en aller, et il avait déçu ses attentes. Wes s'était peu à peu rendu compte qu'il ne pouvait pas vivre avec la déception de son amoureuse, qui l'écrasait un peu plus chaque jour. Il ne pouvait pas choisir entre elles deux. Jules et Eliza. Cela le minait, détruisait son amour, le laissait furieux, dans l'impasse. Shakes se trompait : c'était Wes qui avait rompu, pas elle, juste avant leur numéro d'arnaqueurs au casino Dreamworks. Après cela, elle et lui ne s'étaient plus parlé et n'avaient plus jamais travaillé ensemble.

Il ressortit son portefeuille de sa poche et contempla de nouveau la photo. Après cette histoire, il n'avait plus voulu s'attacher à quiconque. L'équipe s'était mise à le traiter de curé et à plaisanter sur son célibat. Il s'en fichait. Il commençait à croire que les garçons avaient raison : qu'il avait renoncé à tout cela, qu'il n'était plus intéressé. Mais quelque chose en lui s'était réveillé lorsqu'il avait rencontré Nat, et il éprouvait le début d'un sentiment qu'il connaissait… ce n'était pas une simple attraction ; c'était plutôt comme si elle soufflait sur les braises d'une émotion longtemps réprimée.

Natasha Kestal.

Il ne pouvait pas recommencer une histoire avec une fille qui attendait tant de lui. Il n'avait rien à donner. Son cœur était aussi rafistolé que son bateau.

Nat.

Jules.

Lorsqu'il avait appris que Juliette était morte dans l'attentat, il n'avait pas voulu y croire, mais un an s'était écoulé sans qu'il la revoie. Une longue année de solitude.

Il se demanda ce qui se serait passé s'il avait embrassé Nat, s'il avait relevé le défi – il avait vu son regard, l'invite qui y brillait –, et surtout, s'il avait bien voulu accepter. Il était content de s'être retenu, de ne pas l'avoir laissée gagner ; elle jouait avec lui, il le savait, et il ne voulait pas être entraîné dans ce jeu. Cette fille avait ses propres objectifs, comme le lui rappela Shakes.

– Alors, chef, tu l'as questionnée sur cette pierre, ou pas encore ? dit ce dernier. Tu lui as demandé d'où elle la sort ? Ce que c'est ?

– Chaque chose en son temps, mon ami. Chaque chose en son temps.

Peut-être aurait-il dû l'embrasser. N'était-ce pas exactement ce qu'il voulait ? Qu'elle tombe amoureuse, pour qu'il puisse prendre ce qu'il convoitait ? Alors, pourquoi n'avoir rien fait ?

23

Depuis leur conversation de l'autre jour, ils évitaient de se retrouver seuls ensemble. Wes se faisait rare et prenait ses repas dans sa cabine, dont il sortait le moins possible. Nat, de son côté, s'efforçait de ne pas trop y penser, et même de ne pas se demander pourquoi elle avait provoqué ce presque-baiser. Elle avait voulu séduire le garçon afin qu'il ne lui fasse pas de mal, c'était tout. Alors, pourquoi était-elle si bouleversée ? Il n'était rien pour elle... et pourtant... elle avait eu envie de l'embrasser parce qu'elle avait eu envie de *lui*... Elle avait hâte d'arriver en Nouvelle-Crète pour être débarrassée de ce type, de son rafiot et de cette confusion !

Elle avait pris l'habitude de passer quelques heures à lire tous les après-midi à l'arrière du bateau. Ce jour-là, Daran et Zedric montèrent eux aussi sur le pont et vinrent s'asseoir à quelque distance d'elle, en laissant pendre leurs jambes sur le tableau arrière. Daran lui décocha son habituel sourire hypocrite et lui demanda si elle voulait les rejoindre, mais elle fit non de la tête et se replongea dans sa lecture.

Lorsque ses yeux se fatiguèrent, elle reposa l'ouvrage et contempla l'océan. Il était toujours aussi noir et huileux, mais en dessous... elle aperçut un miroitement... un éclair de couleur ? Qu'est-ce que c'était que ça ?

Une nageoire ?

Un poisson ?

Non, il n'y avait plus de poissons dans la mer, tout le monde le savait.

Pourtant, c'en était bien un. Il ne pouvait pas s'agir d'autre chose. Elle revit une tache écarlate filant entre deux eaux.

– Vous avez vu ça ? s'exclama-t-elle en pointant le doigt.

Daran plissa les paupières pour mieux voir.

– Une daurade rouge ! C'est forcément ça ! J'en ai vu en photo. C'est dingue ! Je croyais que rien ne respirait dans ces eaux !

– Non, c'est pas une daurade. C'est un serpent d'eau, affirma Zedric.

– Je te dis que c'est une daurade, andouille, pas un serpent. Un poisson. T'es complètement ophtalmique, ou quoi ?

Daran avait raison, il s'agissait bien d'un poisson. Il ressemblait aux photos de saumons qu'on voyait dans les restaurants de facsishimis.

Nat était émerveillée.

– Comment font-ils pour avoir cette couleur ?

– Ça, ça me dépasse, marmonna Daran.

– C'est du camouflage, les informa Zedric. À l'époque où l'eau était bleu-vert, les poissons l'étaient aussi, pour se fondre dans le décor, mais maintenant qu'elles ne sont plus bleues, eux non plus. Ils changent avec l'environnement.

Daran rit dans sa barbe.

– Je me demande où tu apprends tous ces trucs, frangin.

Tous trois restèrent assis dans un silence confortable. Nat en était soulagée ; les Slaine lui fichaient la trouille, surtout Daran. Elle s'apprêtait à redescendre à l'intérieur lorsqu'elle entendit Zedric pousser un petit cri. En se retournant, elle s'aperçut qu'un oiseau blanc était perché sur l'antenne du bateau.

– Qu'est-ce que c'est que ce truc ? demanda Zedric.

– Un oiseau.

Nat s'étonna, en son for intérieur, qu'il puisse connaître le nom d'un obscur poisson et n'avoir aucune idée de ce qu'était un oiseau.

– Il n'en a jamais vu, expliqua Daran, un peu gêné pour son frère.

– Moi non plus, souffla-t-elle.

En dehors des ours blancs, elle n'avait jamais observé d'animaux que dans les vieux documentaires sur les réseaux, ou dans les livres d'images rescapés des eaux. Les animaux de compagnie étaient un luxe, une rareté, et il n'y avait pas de zoo à New Vegas. Le gouvernement, disait-on, entretenait des animaux et des réserves naturelles dans les enclos chauffés, et y consacrait des dizaines de milliers de crédits chaleur alors que la population crevait de froid, mais elle ne s'y était jamais rendue.

Le petit oiseau blanc était une merveille, avec ses plumes délicates, lustrées, et son œil noir brillant de curiosité. Lorsqu'il étendit ses ailes, il changea subitement de couleur, déployant une symphonie de roses, jaunes, turquoises, véritable tourbillon chamarré sur le fond de brume grise. Magique. Il sauta sur le bras de Zedric et se mit à danser sur ses épaules. Nat sourit.

C'était un miracle de trouver un tel débordement de vie dans les ordures et les eaux grasses de cet océan sinistré. L'oiseau sauta de la main de Zedric à celle de Nat, à qui il donna un coup de bec amical. Puis il déploya ses ailes, gonfla son poitrail, et se mit à siffler un chant extraordinaire, qui se propagea sur les eaux.

C'était enchanteur, et Nat était aux anges. Mais les garçons, eux, réagirent très différemment. Ils plaquèrent les mains sur leurs oreilles et poussèrent des gémissements de douleur. Zedric était plié en deux, Daran était tout rouge.

– FAITES-LE TAIRE ! QU'IL ARRÊTE TOUT DE SUITE ! cria Daran, fou furieux. Il va attirer la Pleureuse !

Aussitôt dit, il dégaina son pistolet et visa l'animal.

– NON ! hurla Nat.

Elle tenta de s'interposer, mais c'était trop tard. La balle de Daran toucha sa cible, et l'oiseau tomba sur le pont avec un cri plaintif. Déjà, ses plumes blanches se teintaient de rouge.

Nat s'agenouilla pour lui venir en aide, mais le petit corps sans vie refroidissait déjà. Mort. Lui qui était si beau quelques instants plus tôt, il n'était plus. Relevant la tête, elle foudroya le jeune garçon du regard.

– Tu l'as tué !

– Mais..., balbutia Daran en reculant.

Nat était déjà sur lui. Elle avait seulement voulu le pousser un peu, mais sans même qu'elle l'ait touché, il vola à travers le pont et faillit dégringoler par-dessus bord.

– Daran ! brailla Zedric en retenant son frère qui reprit son équilibre, hors d'haleine. Qu'est-ce qui s'est passé ?

– C'est elle qui a fait ça !

Tous deux regardèrent Nat ; elle tenait toujours l'oiseau mort entre ses mains et lui parlait d'une voix très douce. *Reviens, allez, reviens-moi, petit ami.*

– En bas, tout de suite, cracha Daran entre ses dents.

Nat, relevant les yeux, se rendit compte que les deux frères la tenaient en joue.

– Et plus vite que ça ! s'écria Zedric.

Le plus doucement possible, Nat laissa tomber l'oiseau dans l'océan et descendit sous le pont. Elle se demandait comment elle allait se tirer de ce mauvais pas.

– Ne la touche pas ! dit Daran à son frère lorsqu'il la poussa dans la cabine de l'équipage et ferma la porte derrière lui.

– Calmez-vous, tous les deux, temporisa Nat, qui réfléchissait à toute vitesse. C'est un accident, je n'ai rien à voir avec ce qui s'est passé... c'est le bateau qui a tangué.

Elle ne s'était jamais trouvée seule avec eux, et Wes n'était visible nulle part. Où était-il, d'ailleurs ? Et Shakes, et Farouk ? Elle devina qu'ils étaient dans la salle des machines, d'où ils ne l'entendraient jamais.

– Je n'ai rien fait !

– Oh que si ! cracha Daran en brandissant son arme d'un geste menaçant. Je l'ai senti. Tu m'as poussé... mais par la pensée. J'aurais dû m'en douter.

– On n'aurait jamais dû se mêler à cet équipage. Tout le monde disait que Wes était fou, cinglé, siphonné ; maintenant, on en est sûrs ! renchérit Zedric, proche de l'hystérie. Qu'est-ce qu'on va faire ? On va tous mourir !

– La ferme ! le moucha Daran. Du calme, personne ne va mourir. Mais il faut qu'on soit certains.

– Certains de quoi ?

– Qu'elle est marquée.

– Je ne... Je le jure, je ne suis pas marquée, bredouilla Nat, horrifiée. Regardez mes yeux !

– Tu peux très bien porter des lentilles, objecta Zedric. J'en ai entendu parler, elles masquent les couleurs et font aux Marqués des yeux gris.

– Je n'en suis pas une !

– Prouve-le, dit alors Daran avec un regard mauvais. Montre-nous que tu n'es pas marquée.

– Comment ça ?

Nat sentait des frissons lui remonter le long de l'échine. Elle avait remarqué que Daran avait fermé la porte à clé ; elle était seule avec les deux frères, et Wes se trouvait à l'autre bout du bateau. Quelle idiote elle faisait ! C'était pourtant vrai, ce qu'elle avait dit : elle n'avait pas voulu pousser Daran, elle n'avait pas su contrôler son pouvoir. Elle n'était même pas certaine de pouvoir l'invoquer maintenant : la voix dans sa tête restait muette. Elle l'abandonnait, une fois de plus.

Daran était toujours aussi furieux.

– Je te dis de le prouver.

– Non. Non. Pas question. Vous plaisantez ? C'est une blague ?

– Allez... montre-nous que tu ne l'as pas, grogna-t-il en arrachant sa veste de ses épaules, ce qui fit largement sourire son frère.

Nat essaya une autre stratégie.

– Vous n'avez pas intérêt à faire ça. Vous savez ce qui se passe quand on touche une...

– Minute. Tiens donc, qu'est-ce que c'est que ça ? demanda Daran en observant attentivement ce qui était apparu sous la veste arrachée. Qu'est-ce qu'on a là ?

– Tu as entendu ce qu'a dit Shakes, intervint Zedric.

– Oh oui, tu penses. Ce vieux Shakes parle trop fort : on l'a entendu questionner Wesson à propos de la pierre. On entend tout ce qu'ils se disent, à côté de ce bastingage. Le vent porte les voix jusqu'à la poupe, pas vrai, Zed ? Qu'est-ce qu'il disait, ce vieux Shakes ? « Tu lui as demandé pour la pierre, chef ? », fit-il en imitant cruellement la voix de Shakes. Et nous savons tous de quelle pierre il s'agit, pas vrai ?

Daran était si proche que Nat sentait son haleine sur sa joue. Elle en frémit de dégoût.

– Oh, j'ai bien pigé, va ! reprit-il. Tu ne m'aimes pas, mais lui, tu lui donnerais tout, hein ? Tu t'offrirais sur un plateau à notre chef qui n'a peur de rien, hein ? (Il se rapprocha encore, sans quitter la pierre des yeux.) C'est tout Wesson, ça, de nous faire une fois de plus des cachotteries, pas vrai, Zed ? Qu'est-ce que c'est que ce chef, qui cache des choses à ses gars ? Alors qu'on pourrait être à Vegas en ce moment, riches comme des rois...

– Je ne sais pas de quoi vous parlez, dit Nat, qui recula d'un pas en couvrant la pierre d'un geste protecteur.

– Donne-moi ça, gronda Daran.

Il tendit la main vers la pierre...

– NE TOUCHE PAS ! hurla-t-elle.

En un instant, elle ne fut plus que feu et flammes, les yeux brillant en vert et or, consumant ses lentilles grises, tandis que Zedric poussait des cris et que Daran tenait devant lui sa main qui était en feu.

Quelqu'un enfonça la porte d'un coup de pied et Wes s'encadra dans l'ouverture.

– Qu'est-ce qui se passe, ici ?

Lorsqu'il eut observé la situation, il plaqua Daran contre le mur d'un geste puissant.

– Qu'est-ce que tu fous ? grogna-t-il d'une voix basse et menaçante.

– Je prends ce qui nous appartient, répliqua Daran, la main fumante et écarlate. Regarde ce qu'elle m'a fait ! REGARDE UN PEU CE QU'ELLE M'A FAIT !

– Elle est marquée ! C'est un monstre ! s'écriait Zedric qui tremblait dans un coin.

Daran marmonna quelque chose et Wes l'obligea à baisser les yeux, le regard étincelant d'une colère implacable. Il le plaqua de nouveau contre le mur. La rage l'empêchait de parler.

– Tu *savais* ce qu'elle était et tu l'as emmenée quand même, l'accusa Daran. Elle transporte un trésor plus puissant que Dieu le père, et toi tu le lui laisses !

fulmina-t-il. Tu n'as même pas essayé de le lui piquer ! Et tu te prends pour un passeur ?

Wes lui envoya un coup de poing et Daran s'écroula.

– ELLE EST EN TRAIN DE POURRIR ! brailla Zedric d'une voix stridente.

– TOI, LA FERME ! lui ordonna Wes.

Il se tourna vers Nat, qui avait retrouvé ses esprits et remis sa veste.

– Ça va ?

Elle fit oui de la tête. Il allait remonter, lorsque le bateau se mit à tanguer violemment. Des caisses glissèrent sur le sol métallique, les lampes s'agitèrent en tous sens.

– Ça doit être des trashbergs qui n'étaient pas sur la carte, croassa Daran par terre.

– Shakes ne peut pas tenir la barre tout seul, dit nerveusement Zedric en regardant son frère, qui haussa les épaules.

Wes observait ses hommes avec le plus grand mépris.

– Tirez-vous. Mais ce n'est pas fini, promit-il.

Les deux frères frôlèrent Nat pour aller rejoindre le pont.

24

– Est-ce que ça va ? lui demanda Wes en s'avançant lentement vers elle, tâchant de garder son équilibre tandis que le bateau s'inclinait brutalement vers tribord. Il ne t'a pas… fait de mal, au moins ?

– Non, lâcha-t-elle d'un ton amer. Ne t'en fais pas, jamais je ne l'aurais laissé me toucher.

– Ces gars n'ont pas d'éducation, ils ne connaissent que ce qu'ils ont vu sur les réseaux. Si je m'écoutais, je les balancerais tout de suite à la flotte… sauf qu'ils sont mon seul équipage. Je suis désolé de ne pas pouvoir faire plus, mais je te promets de veiller à ce qu'ils ne t'approchent plus de tout le voyage.

Elle le remercia d'un hochement de tête.

– Depuis combien de temps es-tu au courant de ce que je suis ? demanda-t-elle en remontant la fermeture éclair de sa veste, les doigts toujours un peu tremblants, et en s'assurant que la pierre était à nouveau cachée sous plusieurs épaisseurs de vêtements.

Il regarda au plafond.

– Je ne savais pas, mais je me doutais.

– Et ça ne te dérangeait pas ? Tu n'as pas peur de... de l'attraper ? Et de pourrir ?

Cette fois, elle referma sa veste jusqu'au cou.

– Non, dit-il à mi-voix. Toutes ces histoires, c'est n'importe quoi. La marque n'est pas contagieuse. Soit on l'a de naissance, soit non, pas vrai ? Ce n'est pas une maladie.

Elle tremblait encore de toute cette chaleur et de tout ce feu – elle aurait pu tuer Daran avec. Pire, elle avait eu *envie* de le tuer, n'avait plus eu d'autre idée en tête que de le cramer, et à présent elle avait honte de ce qu'elle était : un monstre. Elle ne parla pas de la pierre, bien que Wes fût au courant de son existence, cela au moins était clair. Daran avait raison, cela dit : pourquoi n'avait-il pas tenté de la lui prendre ?

– C'est pour ça que ton amie, Mrs Allen, a essayé de te faire quitter le pays, pas vrai ? Parce que tu étais marquée.

Nat, de ses yeux vert doré, chercha son regard sombre.

– J'avais trois ans quand j'ai compris que je faisais peur aux gens.

Elle raconta alors à Wes qu'elle jouait dans l'appartement de ses voisins ce jour-là ; Mrs Allen l'y laissait de temps en temps pour aller travailler. Nat n'aimait pas le garçon avec qui elle était censée jouer : il était plus grand qu'elle et méchant comme une teigne. Il lui pinçait le bras quand personne ne le regardait, faisait en sorte qu'elle n'ait jamais le biscuit qu'elle voulait, l'envoyait au coin sous le moindre prétexte. Elle le redoutait, et un jour il avait menti sans vergogne à sa mère, disant que c'était elle qui avait jeté le ballon par la fenêtre et laissé le froid entrer. Alors, aussitôt que la dame était sortie de la pièce, Nat l'avait poussé. Elle n'avait pas posé la main sur lui, mais elle l'avait poussé par la pensée... et il avait volé à travers la pièce, s'était cogné la tête contre le mur et s'était effondré au sol en braillant.

– C'est elle ! C'est elle qui a fait ça ! avait-il hurlé.

– Je ne l'ai pas touché !

– Est-ce qu'elle t'a poussé ? avait demandé la mère à son fils.

– Non, mais c'est elle qui a fait ça. (Il l'avait regardée de ses yeux noirs et méchants.) Elle est comme *eux*.

Après cet incident, Nat n'avait plus été la bienvenue chez eux, et lorsque Mrs Allen avait appris ce qui s'était passé, la vieille dame avait commencé à organiser leur fuite.

– Ils t'ont envoyée à MacArthur, n'est-ce pas ? Quand ils t'ont capturée à la barrière ? s'enquit Wes en relevant son menton du bout des doigts pour sécher d'un geste doux une larme sur sa joue.

Sa peau à lui était rêche contre son visage lisse, mais elle trouva du réconfort dans sa tendresse.

– C'est de là que tu viens. Tu t'es évadée.

– Oui.

Il émit un long sifflement.

– Désolé pour toi.

– Ce n'est pas ta faute. Ce n'est pas toi qui m'as envoyée là-bas.

– Alors c'est pour ça qu'on n'a rien trouvé sur ton passé. Farouk est pourtant doué avec les réseaux ; je trouvais ça bizarre, que tu n'aies pas de profil en ligne.

– On nous empêche de nous connecter. C'est plus facile de faire disparaître quelqu'un s'il n'a jamais existé, expliqua-t-elle.

– MacArthur est un hôpital militaire. Est-ce que tu as participé au programme d'exploitation des pouvoirs des Marqués ?

Elle le regarda, stupéfaite.

– Tu es au courant de ça ?

Il eut une grimace embarrassée.

– À vrai dire, je dirigeais une des premières équipes.

– On a pu travailler ensemble, alors.

– C'est pour ça que mon visage te dit quelque chose ?

Elle hésita.

– Possible. J'étais sous les ordres de Bradley. Il était mon commandant.

C'était maintenant Wes qui semblait mal à l'aise.

– Il était le mien aussi. Quel genre de travail faisais-tu pour lui ?

– Si seulement je pouvais m'en souvenir. Ils nous brouillent les idées, tu sais, pour que tout reste confidentiel, pour qu'on oublie... ils nous faisaient prendre des bains glacés, pour geler nos souvenirs ou je ne sais quoi. Je ne sais même pas qui je suis, quel est mon vrai nom, ajouta-t-elle avec amertume.

– J'aime bien « Nat », dit-il en souriant. Ça vaut autre chose.

– Alors, maintenant que tu es sûr de ce que je suis, qu'est-ce que tu vas faire ?

– T'emmener là où tu veux aller. Tu espères rejoindre le Bleu, pas vrai ? Tu peux l'avouer, maintenant.

Elle souffla longuement.

– Oui.

– Alors c'est là que nous irons. Je t'y mènerai, ou je mourrai en essayant. D'accord ?

– D'accord. Je vais mieux, maintenant, tu peux me laisser.

– Tu es sûre ?

– Je peux prendre soin de moi toute seule.

– Oui, tu n'arrêtes pas de me le rappeler. (Il soupira.) Écoute, le mieux serait peut-être que tu quittes la cabine de l'équipage... tu peux dormir dans la mienne, si tu préfères.

– Merci.

Sur une impulsion, elle se jeta maladroitement à son cou, ce qui les surprit autant l'un que l'autre. Elle pressa la joue contre son torse. Ce n'était pas comme l'autre jour, quand elle avait joué avec lui. Non, cette fois elle avait envie de le serrer dans ses bras parce que être contre lui la rassérénait. Elle ne s'était jamais rendu compte qu'il était si grand ; elle lui arrivait au menton, et elle entendait son cœur battre sous ses nombreuses épaisseurs de vêtements.

– Tu n'as pas besoin de me remercier, dit-il en lui tapotant le dos avec une certaine raideur. Je vais te prendre tes crédits, tu sais, ajouta-t-il pour plaisanter.

– Oui, tu n'arrêtes pas de me le rappeler.

Ils restèrent ainsi au milieu de la cabine, simplement accrochés l'un à l'autre, et elle trouva du réconfort dans la chaleur de ses bras.

– Tu le savais depuis le début, hein ? murmura-t-elle. Que j'étais marquée ?

– Et même si je le savais, est-ce que ça a une importance ? Tu n'as plus à te cacher. Du moins, pas sur mon bateau. Et puis c'est trop dommage qu'on ne voie pas tes yeux.

Elle perçut son souffle sur sa joue.

– Pourquoi ?

– Parce qu'ils sont magnifiques.

Leurs visages étaient tout proches, et elle tremblait dans ses bras. Il se pencha, elle ferma les yeux...

Alors, le bateau tangua brusquement par bâbord et ils furent projetés contre la cloison du fond. Ils entendirent un bruit insupportable – comme une craie grinçant sur un tableau noir –, un gémissement à vous vriller les tympans, suivi d'un affreux crissement de tôles broyées.

– Va, dit-elle en le repoussant. *Vas-y, vite !*

Wes quitta la cabine à toutes jambes pour aller voir ce qui arrivait à son navire.

25

Le bruit était de plus en plus fort, insoutenable. Wes colla ses paumes à ses oreilles et courut vers la passerelle de commandement. Il hésita un instant, paralysé, lorsqu'il vit ce qui s'était passé. C'était pire qu'il ne le croyait. Deux immenses amas d'ordures culminaient autour du bateau : des trashbergs jumeaux, constitués de machineries rouillées. Des souvenirs d'une civilisation morte et d'une existence différente : valises en cuir à logo répétitif à demi effacé, machines à expresso chromées avec toutes sortes de cadrans et de manettes, bouteilles de gel douche à étiquette française, lunettes noires de grande marque... nombre de choses dont Wes avait entendu parler mais qu'il n'avait jamais vues. Réduites à l'état de détritus. Les métaux avaient rouillé, le cuir s'était racorni, le papier avait moisi, même le plastique, pourtant conçu pour résister à tout, se fendait et fondait. Le tout emmêlé formait un paysage inédit, une montagne de déchets flottante.

D'abord Daran, et puis ceci... pouvait-on imaginer pire journée ? Ou bien était-il seulement irrité parce qu'il avait encore perdu une occasion d'embrasser

Nat ? Il lui avait parlé sincèrement, mais il s'étonnait de la profondeur de ses sentiments pour elle. Il s'était inquiété en ne la voyant plus lire sur le pont, et l'absence des frères Slaine l'avait également tracassé. Si bien qu'en entendant les cris il avait redouté le pire. Et la voir comme cela, sa veste arrachée des épaules... il aurait pu cogner la tête de Daran contre le sol jusqu'à ce que celui-ci ne bouge plus. Il en avait la nausée, il avait honte de son équipage, et il se demandait s'il avait bien fait d'engager ces garçons.

Farouk, debout à côté du poste de commandement, le regarda d'un air nerveux.

– Ils n'apparaissaient pas sur le radar, je te jure... Ils sont sortis du néant, se justifia-t-il.

– Quels sont les dégâts ? demanda Wes directement à Shakes, qui était aux commandes.

Shakes ne pouvait pas répondre : il tirait de toutes ses forces sur la roue pour virer vers tribord, flanqué de Daran et de Zedric, tous trois unissant leurs forces pour tenter de se dégager d'entre les deux trashbergs qui menaçaient de broyer l'*Alby*. Les tas d'acier tordu et de verre brisé creusaient une longue balafre le long de la coque, mordant dans l'épaisseur du métal.

– Pousse-toi, lui cria Wes en prenant la roue. Ce n'est pas comme ça qu'on va se tirer de là.

Il manœuvra les leviers de vitesse. Les deux moteurs étaient parallèles, et il songea que s'il en mettait un en marche arrière et l'autre en marche avant, ils obligeraient le navire à pivoter sur lui-même.

Mais la coque continuait de se déchirer. Wes poussa les gaz aussi fort qu'il l'osa.

– Ça va tenir, souffla-t-il. DOUCEMENT, MAINTENANT !

La proue commençait à tourner, obligeant la moitié du navire à s'enfoncer dans un amas d'ordures. Il se cramponna pour ne pas tomber lorsque le trashberg se mit à pousser par-dessous, soulevant l'avant de l'embarcation au-dessus du niveau de la mer.

– On va perdre le navire, avertit Shakes.

Wes regarda le gouvernail d'un air furieux.

– Pas sous mon commandement. ACCROCHEZ-VOUS !

Il poussa les deux moteurs en marche arrière, et la coque vibra tandis qu'il se battait pour reprendre le contrôle. Les grincements se firent plus stridents : le bateau poussait contre le colosse de détritus. L'eau derrière eux commença à bouillonner, agitée par les hélices qui tournaient follement, prises dans leur propre sillage. On avait l'impression que les montagnes d'ordures allaient engloutir le navire.

Shakes poussa un petit cri lorsqu'une vague de débris s'abattit sur le pont, mais le pire était derrière eux. Les deux moteurs ayant été récupérés sur d'anciens tankers militaires, ils déchiquetteraient le bateau en deux plutôt que de cesser de tourner. Mais Wes comprit qu'il pouvait tirer profit de leur puissance en bloquant celui de tribord en marche avant tandis que l'autre tournait au point mort. Par ce moyen, il pouvait forcer le passage pour s'extirper des trashbergs.

Ils regardèrent un éboulement de réfrigérateurs cassés, de grille-pain rouillés, de canapés trempés ainsi qu'une table basse privée de deux de ses pieds dégringoler du ciel et se fracasser sur le pont. Les meubles glissèrent ensuite ensemble, formant un living-room grotesque, avant d'être renvoyés à l'eau lorsque le navire s'inclina dans l'autre sens. Un gros fauteuil relax moisi, au cuir tout troué, resta fermement installé sur le pont.

Wes tint le gouvernail d'une poigne ferme, manœuvrant dans le clapot et s'éloignant des trashbergs jusqu'à retrouver des eaux relativement calmes.

Farouk lui donna une grande tape dans le dos.

– On s'en est sortis !

Wes hocha la tête et desserra les doigts.

– Prends la barre, dit-il à Shakes. Je vais évaluer les dégâts.

Une fois descendu sur le pont, il vit que Nat y était, en train d'aider les garçons à nettoyer. Les frères Slaine avaient la sagesse de rester à distance, nota-t-il avec aigreur. Il allait devoir s'occuper d'eux tout à l'heure. Leur inculquer un peu de terreur divine, s'ils croyaient pouvoir se comporter comme ils l'avaient fait alors qu'ils se trouvaient sous son autorité.

– C'est grave ? demanda Nat en enroulant une écharpe autour de son cou.

– On s'est empêtrés dans un champ d'ordures, soupira Wes. Il va falloir faire le tour. C'est dangereux de passer trop près : on risquerait de s'échouer, ou pire, d'être engloutis sous un tas de détritus.

– Formidable.

Wes s'essuya le front avec son gant et se pencha par-dessus le bastingage pour observer la longue balafre qui rayait le flanc du navire.

– Heureusement que la coque intérieure n'est pas touchée.

– Sinon ?

– Sinon on coulerait, tout simplement, répondit gaiement Shakes. Mais t'en fais pas, ce n'est encore jamais arrivé.

– Une chance pour toi que je ne me fasse pas payer au kilomètre, dit Wes à Nat avec un petit sourire en coin.

Elle éclata d'un rire qui se transforma bientôt en quinte de toux. Elle enfonça son visage dans le creux de son bras.

– En tout cas, ça ne sent pas la rose.

Wes soupira. C'était vrai, les trashbergs empestaient encore plus que l'océan, et poursuivre le voyage serait un défi pour tout le monde, mais il ne pouvait pas laisser cette perspective leur plomber le moral.

– C'est pas beau à voir, mais on peut arranger ça, pas vrai, Shakes ?

– On a l'habitude, confirma Shakes. Allez, on s'y met. (Il regarda Nat.) Eh... tu as quelque chose de changé, remarqua-t-il. Qu'est-ce que c'est ?

Il scrutait maintenant son visage.

– Mes yeux, souffla-t-elle timidement. Tu ne vois pas la différence ? Vraiment ?

– Notre ami Shakes est daltonien, fit Wes avec un clin d'œil. Pas grave, Farouk le mettra au parfum.

Le jeune garçon dévisageait ouvertement Nat, mais il ne dit rien.

– Allez, ça ne se fait pas de regarder les gens comme ça, dit Shakes en le tirant par le bras pour regagner la passerelle, laissant Wes et Nat sur le pont.

Comme le navire sortait lentement de l'ombre du trashberg le plus proche, tous purent voir l'ampleur de la montagne de débris.

– C'est sans fin, murmura Nat, fascinée par la gigantesque ziggourat de pourriture, de déchets et de décomposition qui s'élevait devant elle.

– Des continents d'ordures, ajouta Wes.

Nat secoua la tête, troublée par le spectacle de ce gâchis. Le monde était irrémédiablement brisé, rempli de détritus, du Grand Dépotoir aux océans empoisonnés, et le reste était une terre gelée inhabitable ; comment pouvait-on grandir dans un endroit pareil ? Dans quel monde étaient-ils nés ?

– Est-ce que c'est comme ça partout, sur toutes les mers ? Il doit bien exister des endroits où l'eau est claire, quand même ?

Wes plissa les paupières.

– Peut-être. À supposer que le Bleu existe.

Il sortit le GPS de sa poche et entreprit de demander un nouvel itinéraire à l'écran vert clignotant. Il avait piqué le téléphone satellite dans un blindé abandonné en plein Dépotoir, quelques années auparavant. C'était du matériel militaire, capable de calculer une trajectoire en temps réel à partir de données satellite. S'il était surpris à utiliser ou essayer de vendre un tel appareil, cela lui coûterait sa tête, mais il le gardait quand même pour les urgences.

– Il va falloir faire un détour énorme pour les éviter. Certains ont quinze ou vingt kilomètres de diamètre, et il y en a d'encore plus gros un peu partout.

Comme ils contournaient la montagne de détritus, la houle se creusa et des eaux noires immondes balayèrent à nouveau le pont.

– Allez, sortons de là, dit Wes, qui tendit la main pour aider Nat à ne pas tremper ses pieds dans l'écume corrosive.

Elle prit la main tendue, et tous deux descendirent prudemment jusqu'aux cabines.

– Je vais accepter ta proposition, si ça ne te dérange pas, dit-elle en le lâchant une fois arrivée en bas. De déménager, je veux dire.

– Bien sûr.

Elle l'observa en silence, se demandant ce qui se serait passé si le bateau n'avait pas heurté cet obstacle... s'ils avaient réussi à... s'il avait... bah, quelle différence ? Au moins, il ne l'avait pas jetée par-dessus bord lorsqu'il avait découvert la vérité sur elle. N'était-ce pas suffisant ? Qu'attendait-elle de lui, de toute manière ? Elle ne pouvait pas se permettre d'avoir des sentiments pour lui, même si elle en avait parfois envie.

Quoi qu'il en soit, elle transporta son maigre bagage dans sa cabine à lui. Il n'y avait qu'un lit. Un lit étroit.

– Hum, Wes ?

– Oui ?

Il retira ses bottes, puis son pull : son tee-shirt fut soulevé au-dessus de sa ceinture, et pendant un bref instant elle aperçut son ventre ferme.

– Non, rien.

Elle rangea ses affaires puis grimpa sur le lit, en prenant soin de se coller tout au bord, au point qu'elle tombait presque.

– Je ne vais rien tenter, si c'est ce qui t'inquiète, dit-il sur un ton amusé.

– Qu'est-ce qui te dit que ça m'inquiète ? répliqua-t-elle tandis qu'il s'installait à côté d'elle.

Leurs corps étaient maintenant tout proches, et lorsqu'elle se tourna vers lui, leurs visages se touchaient presque.

– Bonne nuit, chuchota Nat.

– Dors bien.

Elle sourit et ferma les yeux. Ils étaient protégés des vagues toxiques, mais ici, en bas, le tangage était encore plus prononcé que sur le pont ; elle se pencha hors du lit et eut un spasme sec de nausée. Si jamais une idée de romance avait plané entre eux deux, voilà qu'elle passait par le hublot.

– Tiens, dit Wes en lui donnant un bracelet métallique. Enfile ça. C'est bon contre le mal de mer.

Nat s'essuya la bouche et accepta l'offre avec reconnaissance. Elle avait des palpitations dans le ventre, qui n'avaient toutefois rien à voir avec les mouvements de la houle.

– Merci.

– Il n'est pas aussi joli que ce porte-bonheur que tu as au cou, mais ça devrait marcher.

Quel porte-bonheur ?

Il parlait de la pierre. Elle ne souffla mot, mais elle était troublée. Wes n'était pas Daran, mais elle ne pouvait pas être sûre... voulait-il vraiment la protéger ? Ou bien convoitait-il simplement la pierre ?

26

Naviguer lentement dans cette eau bourbeuse s'apparentait à patauger dans un goudron collant et mousseux, et cela dans une odeur permanente de vieille poubelle. Les journées étaient aussi longues que des semaines, chacune identique à la précédente : un ciel gris, de l'eau noire, et le murmure régulier des vagues léchant les flancs du navire.

Les membres de l'équipage passaient le temps en jouant avec leurs portables et en buvant trop d'alcool de contrebande, écoutant leur reggae-metal à fond, las et désœuvrés. Nat évitait les frères qui, d'ailleurs, restaient entre eux et traînaient dans les coins isolés du bateau en discutant à voix basse. De temps en temps, elle les entendait pousser des exclamations joyeuses et se demandait ce qu'ils fabriquaient. Elle remarqua que Zedric lui envoyait des regards penauds par-ci par-là, tandis que Daran était un fantôme ; elle ignorait ce que Wes lui avait dit, mais ça avait marché. Elle ne pouvait même pas regarder dans sa direction. Elle se réjouissait de voir qu'il avait encore la main bandée. *Brûlée.*

Elle supposait que Wes avait parlé d'elle à Shakes et à Farouk, puisqu'ils ne lui posaient aucune question. Ou peut-être que, comme leur capitaine, ils se fichaient qu'elle soit marquée. C'était du moins ce qu'elle espérait ; elle croyait comprendre qu'ils étaient trop occupés à maintenir le navire en état de marche pour se préoccuper de cela. Wes ne disait plus rien sur sa pierre, et elle n'abordait pas le sujet. Les gars occupaient leurs journées à rafistoler la coque, à boucher le trou en soudant des plaques d'acier que Wes gardait en réserve justement pour ce genre d'éventualités.

Nat ne savait plus où s'installer : en bas, dans les cabines, le tangage et le roulis la rendaient malade, et quand elle montait sur le pont, l'odeur la prenait à la gorge. L'équipage prit le pli de porter un foulard sur le nez, ce qui leur donnait à tous l'air de bandits de grand chemin, et Nat se félicitait d'avoir pensé à prendre son écharpe en soie : celle-ci gardait encore un peu du parfum qu'elle avait laissé sur sa coiffeuse – même si Nat ignorait si cela arrangeait réellement les choses, car au bout d'un moment elle se mit à associer l'odeur entêtante du jasmin à la puanteur de la pourriture.

L'ambiance était morose, maintenant que la joie d'avoir sauvé le navire retombait. L'équipage se montrait grognon et susceptible : Daran et Zedric boudaient toujours, et même Shakes, un garçon pourtant si gai, était souvent nerveux et irritable. Comme le périple allait prendre deux fois plus de temps que prévu, leurs rations étaient encore plus chiches que ce qu'ils avaient anticipé. Tout le monde avait le mal de mer et l'estomac vide, et au bout de quelques jours, Nat apprit à vivre avec une migraine permanente ainsi que des vertiges.

Un matin, elle trouva Shakes dans le coin cuisine, en train de mâchonner un morceau de bois.

– Je peux en avoir un bout ? lui demanda-t-elle.

Il fit oui de la tête et lui tendit une brindille.

– Ça aide à supporter la faim.

Un peu plus tôt, Wes avait accordé à chacun un quart de wrap-pancake-steak-œufs pour le petit déjeuner. Il avait coupé la chose en six et l'avait laissée tiédir sur le capot du moteur pendant une demi-heure avant de la servir. C'était tout. Pendant qu'ils mangeaient, Nat leur avait raconté qu'avant la Montée des eaux être gras était un signe de pauvreté, et que les riches exhibaient leur statut en suivant des régimes extrêmes à base de « cures de détox » et de séjours dans des spas, où ils payaient pour le privilège de ne pas manger. Personne ne l'avait crue.

Elle écrasa le morceau de bois entre ses dents et recracha aussitôt.

– Comment peux-tu manger ça ? s'étrangla-t-elle.

Shakes sourit.

– Tout est bon pour survivre.

Il reprit son bâtonnet. Ses mains tremblaient un peu.

Nat ouvrit une canette de Nutri. Il y en avait pour des siècles dans la réserve. Elle en prit une gorgée, savourant le liquide fade et tiède.

Elle observa la main de Shakes qui tremblait, agitée de tics nerveux, comme des ailes de colibri.

– Tu te soignes ? s'enquit-elle. Il paraît qu'il existe un nouveau médicament contre les tremblements d'ophtalmie.

– Ah, ça ? fit Shakes en levant sa main pour la regarder. Non, je ne suis pas ophtalmique comme le chef. J'ai ça depuis que je suis tout petit.

– Comment... tu dis que Wes est ophtalmique ?

– Bah oui, tu n'as pas remarqué ? Ses yeux l'embêtent quelquefois.

– Non, je n'avais pas remarqué.

Elle en souffrait pour Wes, maintenant qu'elle savait. « Ce n'est pas une maladie », avait-il dit à propos de son statut de Marquée. Non, pas comme ce qu'il avait, lui.

– Désolée d'avoir cru que tu étais malade, murmura-t-elle gênée.

– Pas de quoi. C'est normal que tu te sois trompée.

– Qu'est-ce qui t'est arrivé ? Wes m'a dit que ton histoire était très dure.

– À faire pleurer dans les chaumières ! Il t'a raconté que j'avais un frère ?

– Non.

– Eh bien si. J'ai un grand frère. Patrick. Nos parents étaient des gens bien. De bons citoyens respectueux des lois, pas comme nous, ajouta-t-il en souriant. Ils avaient une licence pour leurs deux enfants. Ils ne voulaient pas d'un fils unique. C'était cher, mais ils avaient les moyens, et ils tenaient à ce que Pat ait un frère ou une sœur avec qui jouer. Un jour, on a frappé à la porte. Il s'avérait que maman avait mal rempli le formulaire : l'autorisation d'avoir un second enfant lui était refusée. J'étais illégal, et je n'avais plus aucun droit à la citoyenneté. Tu sais comment ça se passe : quand les autorités ont du mal à remplir les quotas, elles commencent à chercher des excuses pour faire leur collecte.

Qui sait même si ma mère avait vraiment commis une erreur ? En tout cas, ça ne comptait plus : le service du Contrôle de la population était sur le coup. J'avais peut-être trois ou quatre mois, je ne sais pas au juste. Enfin bref, l'agent m'a attrapé et il est reparti vers la porte. Alors, maman m'a agrippé par la jambe et tous les deux se sont battus pour moi sur le balcon. Ils ont tiré, poussé, et à un moment, je ne sais pas comment, le type m'a lâché. Je suis tombé la tête la première sur le béton, *bam* !

Nat se couvrit la bouche, horrifiée, mais Shakes souriait toujours. Visiblement, il n'était pas mécontent de son petit effet.

– Sur ce, je fais une crise de convulsions et l'agent panique. Les VSA peuvent revendre les bébés au marché noir pour un bon paquet de fric, histoire d'entretenir les rouages de la machine de guerre, mais personne ne va s'encombrer d'un moutard défectueux. Ils ne veulent plus de moi, disent-ils à mes parents. Ils ne s'excusent même pas, et ils leur collent la facture de l'hôpital, en plus.

– Aïe.

– Mes parents s'en fichaient. Ils étaient contents, ils pouvaient me garder. Bien sûr, ça les a ruinés, c'est pourquoi j'ai dû m'engager dans l'armée.

– C'est horrible, dit Nat à mi-voix.

– C'est la vie. (Il ne semblait pas trop perturbé.) Parfois je m'évanouis, et parfois j'ai à nouveau des crises ; mais les gens prennent ça pour de l'ophtalmie, comme ça je passe pour normal.

– Pas sûre que « normal » soit le mot juste pour te décrire, le taquina-t-elle.

Il eut un petit rire.

– Beaucoup de gens seraient d'accord avec toi, là.

– Et tes parents, ils sont toujours en vie ?

– Seulement mon père.

– Vous êtes proches ?

Nat savait que c'était indiscret, mais les gens qui avaient encore des parents excitaient sa curiosité.

– On ne peut pas dire ça, répondit Shakes avec une grimace. On ne l'a jamais été, vu qu'il n'a jamais pardonné à ma mère.

– De t'avoir laissé tomber par terre ?

– De m'avoir *eu*. Il n'est pas méchant, mais enfin, tu sais ce que c'est.

Elle ne savait pas, non, mais elle hocha la tête avec compassion.

– Alors comme ça, ils ont essayé de t'emmener. Comme la sœur de Wes.

– La sœur de Wes ?

– Il m'a raconté qu'elle avait été enlevée parce que ses parents n'avaient pas demandé de licence pour leur second enfant.

– C'est ce qu'il t'a dit sur Eliza ?

– Eh bien oui.

Shakes n'ajouta rien. Il avait seulement l'air perplexe.

– Mais je croyais...

– Tu croyais quoi ?

– Qu'ils avaient été épargnés. Tu sais, la loi fait une exception dans leur cas. Parce que Eliza et Wes... ils étaient jumeaux.

– Tiens donc.

Elle ne savait que faire de cette nouvelle.

– Il m'a toujours dit que...

– Que quoi ?

Shakes jeta son écorce à la poubelle.

– Rien. Oublie que j'en ai parlé, souffla-t-il, l'air mal à l'aise.

Voyant son inconfort, elle changea de sujet.

– Et qu'est-ce que vous allez faire, après ?

– Une fois qu'on t'aura déposée à destination ? On rentre travailler avec les vigiles du casino, je suppose. Peut-être que d'ici là ils auront pardonné à ce vieux Wesson.

Nat sourit.

– Merci pour le bout de bois.

– Quand tu veux.

Et il la salua bien bas.

27

Daran essayait de prendre la pierre et elle se débattait, mais cette fois, pas moyen de lui échapper, et il se moquait d'elle, il riait, et elle avait froid, si froid, elle ne pouvait rien y faire, le feu refusait de s'allumer, et l'oiseau blanc était mort, et il n'y avait personne pour lui venir en aide, personne pour enfoncer la porte, elle était toute seule, il allait lui prendre la pierre et ensuite il la tuerait en la jetant à la mer, et elle était en colère, tellement en colère, mais il n'y avait rien, rien qu'elle puisse faire, et elle était faible et sans défense, furieuse et effrayée, et elle appelait... elle criait... et il y avait un bruit terrible, grinçant...

Des pleurs...

Elle fut réveillée par un vacarme strident qui traversait les cloisons de la cabine. Luttant contre la brume du sommeil, elle vit Wes debout, pétrifié au milieu de la pièce, torse nu et en bas de pyjama, l'oreille aux aguets.

– Qu'est-ce qui se passe ? souffla-t-elle.

C'était un long hurlement, un cri fantomatique, irréel, comme dans son rêve. Et elle avait froid, si froid, comme en rêve également.

Wes enfila un pull, et elle le suivit lorsqu'il sortit de la cabine. Ils trouvèrent les autres membres de l'équipage immobiles devant leurs quartiers, écoutant eux aussi ce bruit aussi étrange qu'horrible.

– Une Pleureuse, conclut Zedric d'une voix qui se brisa.

Le hurlement continuait toujours, et Nat pensa que Zedric n'avait pas tort, il y avait quelque chose de plaintif dans ce cri qui évoquait le chagrin – plus tard, elle l'associerait à la peine d'une mère qui a perdu son enfant –, c'était un gémissement, le son d'une douleur convulsive.

– Une Pleureuse. Comme les pleureuses d'enterrement, dit Nat.

Elle pensait aux rites funéraires élaborés qui étaient devenus la norme pour quiconque en avait les moyens, dans lesquels des pleureuses professionnelles étaient embauchées pour se lamenter, se tirer les cheveux et exprimer le degré de richesse autant que la profondeur de l'affliction de la famille. Plus le spectacle de la douleur était sophistiqué, plus c'était cher. Comme tout de nos jours, c'était une tradition venue du Xian, qui s'était répandue ensuite dans le reste du monde, ou ce qu'il en subsistait.

Nat avait travaillé une fois comme pleureuse, paradant devant le cercueil d'un grand patron de casino. Elle avait appris toutes les astuces pour simuler les pleurs : quelques gouttes de Nutri dans les yeux pour déclencher les larmes, puis un peu d'imagination, et elle n'avait pas tardé à sangloter. Ce n'était pas si difficile de faire remonter la douleur qu'elle portait en elle.

Le chef de table qui l'avait embauchée, impressionné, lui avait offert un emploi stable de pleureuse, mais elle n'en avait pas voulu. L'expérience l'avait épuisée émotionnellement, lui avait essoré l'âme, et cela pour un patron qui imposait à ses employés de payer leurs propres uniformes et leur logement sur leur minuscule salaire.

– Elle est là, quelque part, répéta Zedric en se signant. Elle vient nous chercher...

Daran donna une claque derrière le crâne de son frère.

– Reprends-toi ! (Il se tourna vers Nat avec colère.) Je l'avais dit ! Je t'avais dit que cet oiseau allait l'appeler ! Cette bestiole était un mauvais présage !

Même Shakes et Farouk avaient l'air effrayés, mais Wes fit une grimace de dédain.

– Les Pleureuses, ce n'est qu'une histoire de croque-mitaines inventée pour dissuader les gens d'aller sur l'eau.

– Ce n'est pas parce que personne n'en a vu qu'elles n'existent pas, murmura Zedric, renfrogné.

– Tu as raison, les gens ont seulement entendu leurs cris, renchérit Wes. La Pleureuse est un mythe aussi vieux que cette mer morte.

– Qu'est-ce que c'est ? s'enquit Nat.

– Une sorte d'animal, dit-on, comme un dinosaure, un monstre du Loch Ness, même si ce serait un miracle que quoi que ce soit survive dans cet océan. (Wes mima le geste de boire un verre d'eau.) Si tu avalais une pinte de cette flotte empoisonnée tous les jours, tu crierais sûrement aussi.

Le bruit prenait encore du volume, et Nat eut l'impression de distinguer des mots. Il lui sembla que ces pleurs avaient un sens, que leur auteur communiquait, diffusait un message à travers l'océan. Puis il se tut, et la jeune fille retint son souffle, espérant qu'il ne reviendrait pas.

Elle connaissait ce bruit...

– Et si ce n'est pas un animal, alors qu'est-ce que c'est ? demanda-t-elle.

– Des gens. Des morts, expliqua Wes. Certains disent que la Pleureuse est le fantôme de tous ceux qui ont été emportés par les eaux noires. Les pèlerins que les trafiquants d'esclaves ont trompés et abandonnés, les esclaves qui ont été jetés par-dessus bord lorsqu'ils n'étaient plus utiles à leurs maîtres, ou qu'ils n'avaient pas assez de valeur marchande. On raconte qu'ils sont emprisonnés ensemble, condamnés à hanter les océans morts pour l'éternité.

Nat frémit à cette idée. La Pleureuse était donc une sorte de Thriller – mais de Thriller qui savait nager. Alors, pourquoi avait-elle en ce moment l'impression de la comprendre, presque de ressentir sa douleur ? Elle se mit à trembler violemment, à claquer des dents, et crut qu'elle allait s'évanouir.

– Nat... Qu'est-ce qui t'arrive ? lui demanda Wes en la soutenant, lui frictionnant les bras puis l'enveloppant dans les siens. Tu trembles... tu devrais retourner dormir.

Ils se raidirent lorsque l'air s'emplit à nouveau de longs gémissements graves qui rebondissaient sur l'eau froide. Leur volume augmenta : cette fois ils étaient proches, tout proches.

– Elle est ici ! cracha Zedric entre ses dents.

Au même instant, il y eut un gros « boum » au plafond.

– Quelque chose nous a heurtés ! glapit Farouk.

– Qu'est-ce qu'il y a, encore ? grommela Wes.

Il lâcha Nat pour courir vers les marches menant au pont, mais fut rejeté en arrière tandis qu'un nouveau choc ébranlait la cabine, suivi d'un bruit de déchirement – un arrachement, horrible, bruyant, agressif – comme si le navire était mis en pièces.

– MAIS QUE... ?

Il y eut un brusque coup d'arrêt lorsque le premier moteur s'arrêta, et le bateau partit de travers, décrivant un large arc de cercle et gîtant violemment, entraîné dans une spirale incontrôlée par le second moteur. Un instant plus tard, celui-ci se tut à son tour.

– Les moteurs ! s'écria Shakes.

Cette fois, Wes se précipita dans l'escalier, mais Farouk le tira en arrière.

– Attends ! On ne sait pas ce qu'il y a là-haut.

– Lâche-moi !

Il repoussa le gamin. Nat lui emboîta le pas.

– Reste en bas ! lui cria-t-il.

– Non. S'il y a quelque chose là-haut... je pourrai peut-être me rendre utile.

Il soupira mais ne discuta plus.

Tous deux gagnèrent le pont ensemble et regardèrent vers la poupe. Le gros capot du moteur de bâbord était renversé sur le flanc, telle une carapace de tortue. Quant à l'autre moteur, il coulait rapidement dans l'eau noire. Il ne restait que des trous là où les capots avaient été arrachés : vis et écrous avaient sauté. À la place du moteur tribord, il n'y avait plus qu'un vide noir et fumant. Un tuyau rompu déversait de l'eau et du carburant dans le creux qu'il avait laissé. Le fond du navire était troué, là où l'hélice avait été arrachée, et l'eau s'y engouffrait. Le moteur bâbord était encore à sa place, mais détruit. Son épais carénage d'acier avait fondu, comme s'il était passé dans un haut-fourneau. Des débris gisaient partout sur le pont. Un moteur avait été délibérément arraché du navire, l'autre entièrement brûlé.

– Là ! lança Nat.

Elle désignait un point où les ténèbres se coagulaient en une énorme silhouette cornue, dressée au-dessus de l'eau.

– Où ça ?

– J'ai cru voir quelque chose...

Mais lorsqu'elle regarda de nouveau, une mince lueur perçait les nuages, et la chose, quelle qu'elle fût, avait disparu. Nat cligna des yeux... avait-elle été victime d'un simple jeu de lumière ?

Les autres arrivèrent un à un sur le pont. Daran shoota dans les vestiges du moteur tandis que Zedric marmottait des prières vaudou.

– C'est la Pleureuse qui a fait ça... nous sommes maudits, murmura-t-il.

Shakes soupira.

– Tant pis pour les trashbergs.

Les montagnes d'ordures étaient désormais le cadet de leurs soucis.

– On est coincés ! gémit Farouk. Sans moteur, on est fichus.

– On dirait bien, dit Wes, les sourcils froncés.

Nat garda le silence pendant que l'équipage contemplait le dernier désastre en date.

Ils étaient à la dérive sur un vaste océan glacial et toxique.

28

Personne ne dormit. Lorsque le jour se leva enfin, Nat trouva les autres réunis sur le pont. Wes leur avait dit d'aller se coucher pendant la nuit, les frères Slaine avaient grommelé et rouspété, et Farouk avait un peu chougné contre la perte catastrophique de leurs moteurs. Seuls Shakes et Wes demeuraient imperturbables.

– Ce n'est rien, ça, dit Shakes d'un ton léger. Quand on était au Texas, on a passé un mois sans manger, pas vrai, chef ?

Wes soupira.

– Pas maintenant, Shakes.

– OK.

Les garçons étaient en train de travailler sur le gréement, et Nat regarda Wes passer un pied-de-biche sous une plaque au centre du pont pour la soulever. Zedric souleva deux autres panneaux de la même manière.

– Des compartiments secrets ? se renseigna-t-elle.

– Hé hé, c'est un bateau de passeur ! lui répondit Wes.

Nat, regardant dans l'ouverture, aperçut un entrecroisement de traverses métalliques et repéra une grande toile tachée d'eau, enroulée autour d'un mât en acier.

Une voile.

– Tu avais prévu ce qui nous arrive ? s'étonna-t-elle.

– Non, mais je me prépare à tout. Il ne faut jamais partir en mer sans voile. Mais pour tout te dire, je n'aurais pas cru avoir à m'en servir un jour. Jamais imaginé l'*Alby* transformé en caravelle du XVe siècle. Allez, les gars, hissez haut !

Shakes sourit à Nat.

– Tu vois ? On n'est jamais à court de solutions.

– Ouais, on n'est pas encore noyés, intervint Farouk. Allez, Nat, donne-nous de bonnes cartes.

– Farouk, cesse de flirter avec la demoiselle et viens m'aider, grogna Wes.

Les gars se mirent en devoir de hisser la voile de fortune.

– Joli travail, commenta Nat en posant la main sur le bras de Wes – un geste affectueux qu'il ne manqua pas de remarquer.

Et qui n'échappa pas non plus au reste de l'équipage. Elle sentit le garçon se raidir lorsqu'elle le toucha, comme si une décharge électrique était passée entre eux.

– Et qui est-ce qui flirte avec la demoiselle, maintenant ? s'esclaffa Shakes.

Nat rougit et le sourire de Wes s'élargit.

Pendant un moment, toute l'équipe fut unie dans la solidarité, et Nat sentit qu'après l'horreur des derniers événements les conflits s'apaisaient. Le voile prenait le vent, et pour l'instant, tout allait bien.

Ce soir-là, Nat se retira dans la cabine de Wes. Il dormait déjà dans le lit, un bras posé sur les yeux. *Comme un enfant*, pensa-t-elle en le regardant avec affection. Le navire voguait en silence, le tangage avait cessé, et Nat en était soulagée. Elle lui tourna le dos, passa rapidement un tee-shirt et alla se coucher auprès de lui.

– Bonne nuit, lui dit-il tout bas.

Nat sourit pour elle-même. Elle ne se trompait donc pas sur toute la ligne. Elle se demanda s'il l'avait regardée se changer, s'il l'avait vue sans ses vêtements, et se rendit compte que cette idée ne la dérangeait pas. Elle était même sacrément intriguée... tout ce qu'elle avait à faire, c'était se retourner et l'entourer de ses bras... Mais elle s'en abstint et préféra jouer avec sa pierre. Celle-ci attrapa un rayon de lune, qui projeta un arc-en-ciel de couleurs dans toute la petite cabine.

– Qu'est-ce que c'est que ça ? chuchota Wes dans le noir.

Nat prit une grande inspiration.

– Je pense que tu le sais... elle était à Joe.

– Il te l'a donnée ?

– Je la lui ai demandée.

Elle le sentit remuer dans le noir, à côté d'elle, et voilà qu'il s'assit, les yeux rivés sur la pierre.

– Est-ce que tu sais ce que c'est ? souffla-t-il.

Nat sentit une inhibition inattendue en elle ; la voix dans sa tête lui intima de garder le silence, mais elle désobéit.

– Oui, je sais ce que c'est. C'est la carte d'Anaximandre.

Les contrebandiers et les marchands lui avaient donné ce nom en hommage au philosophe de la Grèce antique qui avait, le premier, cartographié les mers. Mais dans la rue, on l'appelait juste « la carte du Bleu ». Les pèlerins étaient convaincus non seulement que le Bleu existait, mais qu'il avait toujours fait partie de ce monde, simplement caché à la vue et affublé de noms variés au cours de l'histoire – l'Atlantide et Avalon, entre autres. Ils juraient que les récits qui avaient filtré à travers les âges – considérés comme des mythes et des contes de fées – étaient vrais.

Nat regarda Wes digérer la nouvelle. Elle avait toujours supposé qu'il savait qu'elle possédait cette carte, et que c'était la raison véritable pour laquelle il avait accepté ce contrat. Les passeurs tels que Wes savaient tout ce qu'il y avait à savoir sur tout, à New Vegas. Il était peut-être sympa, mais il n'était pas idiot.

– Tu connais l'histoire, n'est-ce pas ? lui demanda-t-il. Tu sais comment Joe l'a gagnée aux cartes.

– En fait, non.

– On dit que le type à qui il l'a gagnée s'est pris une balle dans la tête sur le Strip le lendemain.

Nat resta muette.

– À ton avis, pourquoi l'a-t-il gardée si longtemps ? continua Wes.

– Sans rien en faire, tu veux dire ?

– Oui.

– Aucune idée.

– Tu crois qu'elle est vraie ?

– Il a tout de même atteint un âge très avancé ; tu sais ce qu'on raconte, qu'elle est censée être... euh, donner la jeunesse éternelle, quelque chose dans le genre. Enfin bon, regarde toi-même, lui dit-elle.

Elle retira son pendentif et le lui tendit. Wes prit la pierre et la tint avec précaution entre son pouce et son index.

– Comment ça, regarder ?

– Tiens-la en l'air et regarde par le trou. Tu vois ?

Il s'exécuta, inspira brusquement, et Nat sut qu'il avait vu.

– Joe, lui, ne le voyait pas. Quand il regardait dans le trou, il ne distinguait rien de particulier. Peut-être que la carte, pour une raison inconnue, refusait de se révéler à lui. C'est pour ça qu'il ne s'en est jamais servi : il ne savait pas quoi en faire.

– C'est incroyable.

– On est encore loin du but ?

– Encore dix jours de voyage, je pense, dit Wes en étudiant l'itinéraire. À peu près.

Il lui expliqua que, comme l'avaient deviné la plupart des passeurs, la Nouvelle-Crète était le port le plus proche, mais que de nombreux navires s'étaient échoués ou perdus dans les eaux périlleuses de l'Hellespont. Il fallait prendre une route cachée et sinueuse dans des eaux non cartographiées, menant à une île au centre d'un archipel. Il y avait là une centaine d'îlots minuscules ; nul ne savait quel était celui qui menait au Bleu. Mais cette carte, elle, l'indiquait.

Il la lui rendit.

– Tu n'en veux pas ? demanda-t-elle, presque provocante.

– Qu'est-ce que j'en ferais ? répliqua-t-il d'une voix douce.

– Tu es sûr ?

Pendant un long moment, Wes ne répondit pas. Nat crut même qu'il s'était rendormi. Enfin, elle entendit sa voix.

– Je l'ai voulue, à une époque. Mais plus maintenant. Maintenant, je veux seulement t'emmener là où tu as besoin d'aller. Mais rends-moi service, veux-tu ?

– Tout ce que tu voudras, répondit-elle, de nouveau envahie par un picotement chaud.

Il était si proche qu'elle pouvait facilement le toucher si elle le voulait, et elle en avait envie, tellement envie...

– Si jamais Shakes te questionne sur cette pierre... dis-lui que tu l'as eue dans une boutique de gadgets à deux balles.

Elle éclata de rire avec lui, mais tous deux se figèrent lorsque le cri de la Pleureuse éclata une fois de plus sur les eaux – ce hurlement affreux, horrible, cette plainte brisée, ce besoin, ce manque, résonnant sur les vagues, emplissant les airs...

Cette chose, quelle qu'elle fût, était encore là. Ils n'étaient pas seuls.

Quatrième partie

Camarades et corsaires

Ils étaient quinze sur le coffre du mort,
Yo ho ho et une bouteille de rhum
La boisson et le diable avaient réglé leur compte aux autres
Yo ho ho et une bouteille de rhum !

Chanson de pirates traditionnelle

29

Une fois les voiles en place, le voyage se fit par à-coups : tantôt ils prenaient de la vitesse et avalaient des milles, tantôt ils faisaient du surplace, l'embarcation étant à la merci du vent. Wes était monté dans le nid-de-pie, au sommet du mât. Il plissa les yeux. Une faible lueur émergeait de la brume. Elle grandit et se rapprocha, et Wes ne tarda pas à entendre des voix.

Un navire !

Du secours !

Il avait beau ne pas être du genre à croire aux miracles, il commença tout de même à espérer un peu. Si c'était un vaisseau de mercenaires, il parviendrait peut-être à négocier quelque chose ; il espérait seulement que ce n'était pas un navire militaire ou de trafiquants d'esclaves. En ce cas, l'*Alby* serait coulé à coup sûr. Mais si c'étaient des mercenaires, comme eux... Wes croyait à un code d'honneur entre voleurs, entre les marchands, anciens combattants et passeurs tels que lui qui travaillaient à la marge. D'accord, ils étaient des vautours et des vendus, des ratés et des joueurs, mais ils étaient obligés de s'entraider, faute de quoi ils seraient embarqués les uns après les autres soit par l'armée, qui les jetterait au trou ou tirerait à vue, soit par les esclavagistes, qui étaient encore bien plus dangereux et ne répondaient à aucune autorité.

Il n'avait pas relaté à Shakes les révélations de Nat à propos de la pierre. Il ne lui avait pas raconté que la jeune fille avait confirmé qu'il s'agissait bien de ce qu'ils pensaient depuis le début, et qu'elle la lui avait même proposée. Pourquoi avait-il refusé cette pierre ? Il était censé la lui prendre – la lui *voler*, même – et leur flirt n'était qu'un jeu pour voir qui gagnerait, qui céderait le premier. Et à ce jeu, il était en train de gagner. Mais en ce cas, d'où lui venait cette sensation d'être le perdant ?

Elle se fiait à lui, comme il l'avait voulu. Alors, qu'est-ce qui le rendait si mélancolique ? Était-ce la peur de décevoir Shakes, alors que Wes lui devait la vie, et même davantage ? Non. Ce n'était pas ça. Était-ce alors parce que s'il avait accepté la pierre et l'avait revendue à Bradley, leur avenir aurait été assuré, ils auraient été récompensés, accueillis, fêtés comme des rois à New Vegas ? Non plus. Bradley pouvait bien sauter d'une falaise, en ce qui concernait Wes, et pour ce qui était de la fortune, un repas correct et un endroit où dormir suffisaient à son bonheur. Non, s'il était de mauvaise humeur, c'était parce qu'ils étaient plus proches que jamais de leur destination. Plus que dix jours, et une fois qu'ils seraient arrivés, il ne la reverrait jamais.

C'était cela qui l'attristait.

Il ne pouvait rien y changer, rien faire pour la convaincre de rester. Il n'avait pas prévu d'être encombré de ces sentiments, mais voilà, c'était ainsi. Bah, il aurait sans doute l'occasion de se racheter auprès de Shakes. Aujourd'hui était peut-être leur jour de chance : il y avait un navire à l'horizon.

– Tu le vois ? demanda-t-il en allant rejoindre son second, qui était déjà au bastingage avec ses jumelles.

– Ouais. Un bateau.

– Quel genre ?

– Difficile à dire.

Shakes lui passa les jumelles tout en grattant sa barbe de trois jours.

– Jette un œil.

Ce que fit Wes, et son cœur se serra. C'était bien un navire de mercenaires, ça oui, mais il était bien plus mal en point que le leur : il n'avait ni moteur ni voile. Un autre équipage malchanceux, peut-être encore plus mal loti qu'eux. On voyait un gros trou dans la coque, mais la leur n'était même pas rafistolée et l'eau noire envahissait rapidement le pont. Le navire sombrait, et semblait sur le point de chavirer. C'était l'autre équipage qui avait de la chance de tomber sur eux.

Wes fit le point sur la petite troupe rassemblée sur le pont. À travers les lentilles vertes, il vit une famille avec des enfants en bas âge. Ces gens agitaient frénétiquement les bras. Wes rendit ses jumelles à Shakes, calculant les risques, les probabilités. Encore cinq bouches à nourrir, dont deux enfants, compta-t-il. Eux-mêmes avaient déjà si peu de réserves qu'ils ne pouvaient pas partager davantage : les gars en étaient réduits à mâcher des bouts de bois. Qu'avaient-ils à offrir à cette famille ?

Les garçons étaient tous sur le pont, attendant les ordres. L'autre embarcation s'était rapprochée en dérivant, et ils pouvaient à présent voir qui était à bord et ce qui se jouait. Wes savait déjà ce que voteraient les frères Slaine, et Farouk se rangerait probablement à leur avis, même si l'aventure ne tournait pas comme il l'avait espéré. Ils étaient tous gelés, affamés, et perdus. Mais Shakes était déjà prêt, un cordage en main, et Nat le regardait avec espoir.

– On ne peut pas rester les bras croisés, dit-elle.

Elle mettait presque Wes au défi de la contredire.

– Quand on sauve une vie, on en est responsable ensuite, soupira-t-il.

Mais, en dépit de ses réticences, il empoigna le filin et le lança à l'autre bateau, où quelqu'un le rattrapa. *On ferait sans doute mieux de les laisser se noyer*, songeait-il. *Ce serait leur rendre service*. Mais s'il avait été ce genre de garçon, ils seraient déjà en route pour retrouver Bradley, la carte d'Anaximandre en main, et Nat enfermée à fond de cale.

Shakes et lui unirent leurs forces pour haler l'autre navire jusqu'au leur, après quoi les gars aidèrent la petite famille à monter à bord. La première à y poser le pied fut une jeune femme drapée dans un grand habit noir. Son corps entier et son visage étaient voilés : on ne voyait que ses yeux.

– Merci, dit-elle d'une voix éraillée en prenant la main tendue de Shakes. Nous pensions que personne ne nous retrouverait jamais.

C'est alors qu'elle remarqua son treillis militaire. Elle frissonna.

– Oh, mon Dieu…

– Ne vous en faites pas, nous ne sommes plus dans l'armée, la rassura Shakes.

Elle fut suivie par une mère, un père et deux enfants. Tous se blottirent ensemble sous une grande couverture. Les parents étaient malades, à l'article de la mort, le visage blafard, les traits tirés, souffrant visiblement de malnutrition extrême, et Wes devina qu'ils dérivaient depuis plusieurs semaines avec très peu d'eau et de nourriture, qui avaient été données en priorité aux enfants.

– Où est le capitaine ? s'enquit-il en lovant son cordage.

La jeune fille et sa famille devaient être des passagers ; ils avaient l'air de pèlerins cherchant à rejoindre le Bleu. C'était forcément un navire de mercenaires, mais où était donc l'équipage ?

Toujours muni du cordage, il fit mine de rejoindre l'épave en train de couler. Puisqu'il avait décidé de les aider, mieux valait qu'il soit au courant de tout.

– Non, revenez, l'avertit la jeune fille en noir. C'est…

Trop tard : Wes était déjà à bord et descendait dans les cabines pour chercher l'équipage. En bas, les pièces désertes étaient remplies d'eau jusqu'à hauteur de la taille. Il remonta sur le pont, puis sur la passerelle, et c'est là qu'il découvrit la réponse. Deux matelots, morts – d'une balle dans la tête, selon toute apparence. Le capitaine était à la barre, effondré en avant, froid et mort lui aussi, un impact de balle au milieu du front. La passerelle était vitrée sur toutes ses faces. Wes distinguait les trous d'entrée et de sortie des projectiles. Ceux-ci avaient été tirés d'un autre navire, et les blessures nettes des défunts racontaient le reste de l'histoire. Si leur bateau avait été pris d'assaut par des esclavagistes, les navigateurs les auraient vus venir et auraient tenté d'éviter les balles. Mais cet équipage-là n'avait rien vu venir du tout. Seul un professionnel entraîné avait pu faire mouche à presque un clic de distance. Les pauvres diables n'avaient même jamais eu conscience d'être des cibles. Leur assassin n'avait pas pris la peine de monter à bord pour chercher des passagers : une fois les marins morts et la coque percée, l'océan engloutirait à coup sûr ceux qui restaient. Il n'y avait que le gouvernement pour laisser ses citoyens se noyer et mourir de faim, en châtiment pour avoir tenté de traverser l'océan interdit.

Donc, la marine patrouillait. Il allait falloir redoubler de prudence, veiller à ce que ni les gars ni Nat ne s'attardent sur le pont pendant la journée ; l'équipage allait détester cela, personne n'aimait être confiné dans les cabines, mais si des tireurs d'élite rôdaient dans les parages...

Le bateau s'inclina dangereusement et Wes descendit en hâte l'échelle étroite qui menait sur le pont. Il faillit trébucher sur le dernier échelon. Quelque chose avait changé, les parois bougeaient, le navire prenait l'eau encore plus rapidement. Il y avait trois voies d'eau béantes, et peut-être encore d'autres impacts de balles permettant à la mer d'entrer, accélérant la chute vers le fond. Wes atteignit le pont trop tard ; un côté du navire s'était pris dans le bout d'un trashberg et l'autre était déjà submergé. La coque se déchira soudain, et l'océan afflua tout autour du garçon.

Wes remonta en courant sur la passerelle où reposaient les trois morts. Leurs yeux vitreux l'observaient fixement, où qu'il tourne la tête. L'eau noire le suivait d'un échelon au suivant. Plus qu'un instant, et le bateau serait entièrement sous l'eau. Il arracha le siège du capitaine et le précipita dans la verrière. La vitre fracassée s'écroula et le fauteuil sombra. Wes sortit et se coupa en cherchant à atteindre le toit.

Il bondit de l'épave vers le cordage toujours accroché à l'*Alby*, mais la distance était trop grande. Avec de grands moulinets des bras, il tomba à l'eau.

Son regard croisa celui de Daran – qui tenait le filin, les yeux calmes et froids. Où était Shakes ?

– Lance-moi le bout ! hurla-t-il.

Daran demeura impassible, et Wes sut ce qu'il pensait. Sans Wes, il n'aurait plus que le second du navire à affronter, et ce ne serait pas trop difficile ; il ferait en sorte de se débarrasser de Shakes et de Nat, les jetterait à l'eau avec cette famille idiote d'affamés aussitôt que Wes se serait noyé, puis il prendrait les commandes et rentrerait dare-dare à Vegas.

– LANCE-LE-MOI, JE TE DIS !

Mais Daran haussa les épaules et ne fit plus un geste. Il regardait l'eau monter, sans le moindre remords.

Wes hurla et fut englouti un instant. Il tâcha de fermer hermétiquement les yeux et la bouche, mais tout se passa trop vite. Le liquide sombre le brûlait comme de l'alcool. Il serra ses paupières, espérant épargner ses cornées. Ses bras s'agitaient dans ce fluide étrange et lisse. Mais ses jambes battaient de toutes leurs forces, et il parvint à crever la surface, cherchant de l'air. Il regarda autour de lui, mais sa vue était brouillée et il n'aperçut qu'un ciel gris et de l'eau. Le cordage avait disparu.

Nat..., s'écria-t-il dans sa tête, *est-ce que tu m'entends ?*

Des vagues glaciales se fracassaient sur sa tête. Il ferma les yeux et fut de nouveau submergé. Quelque chose lui heurta la colonne vertébrale. Peut-être une pièce du navire, peut-être un débris quelconque. En tout cas, ça faisait mal, et il ouvrit la bouche sans le vouloir. L'eau sale lui emplit les poumons. Il se noyait. Il allait mourir.

Mais à l'instant où il prenait son dernier souffle, il sentit une force chaude et puissante le soulever hors de l'eau et le projeter vers la corde. Dans un ultime effort, il l'attrapa, et Shakes et Nat le hissèrent vers son salut. Il retomba à quatre pattes sur le pont et ses camarades l'aidèrent à se relever. Nat l'entoura de ses bras.

– Ça va, chef ? demanda Shakes en lui tapotant le dos. Je vais te chercher un Nutri, je reviens.

– Merci, dit-il en prenant la main de Nat.

Il ressentait la délicieuse chaleur de sa peau, si semblable à l'étrange chaleur qui l'avait sauvé d'une mort certaine. Il aurait dû embrasser cette fille l'autre jour. Il en avait envie, maintenant.

– Nat... regarde-moi. Qu'est-ce qui ne va pas ?

Elle baissa la tête.

– Ne pleure pas.

– Ce n'est rien, dit-elle en se dégageant de son étreinte.

Il la lâcha, en proie à un tourbillon d'émotions. Elle avait entendu son appel. Ils ne pouvaient plus nier ce qui se passait entre eux. Elle en était effrayée – tout comme lui. Mais il était heureux aussi, plus qu'il ne l'avait jamais été de sa vie. Il regrettait qu'elle se soit dégagée ainsi. Il ressentait un vide soudain, comme si elle avait répondu à sa question sans qu'il l'ait posée... et la réponse, hélas, était non. Cette histoire ne devait pas être.

– Qu'est-ce qui s'est passé ? demanda Farouk.

– Elle l'a sorti de la flotte, cracha Daran.

– Comment elle a fait ?

– Elle peut faire ce genre de choses parce qu'elle est marquée, crétin. T'es aveugle comme Shakes, ou quoi ?

– Elle est marquée... c'est vrai... j'avais oublié...

– Et elle n'est pas la seule, ajouta Zedric en désignant la fille drapée de noir.

30

C'est d'un pas chancelant que Nat s'éloigna du petit groupe rassemblé près du bastingage. Elle avait entendu l'appel de Wes. Elle avait clairement vu sa détresse, son visage dans l'eau noire, sa bouche ouverte sur un hurlement muet. Avant même de savoir ce qu'elle faisait, elle avait réussi à concentrer son pouvoir comme jamais auparavant, et à projeter sa force pour le sauver. Il débloquait en elle des choses qu'elle n'avait jamais su faire jusque-là, et c'était terrifiant. La voix dans sa tête restait muette, mais Nat sentait sa présence réprobatrice. Wes était en train de succomber, lui aussi, et c'était mal de l'encourager. Jusqu'à présent, il n'y avait eu entre eux qu'un flirt inoffensif, mais désormais... désormais c'était différent. La manière dont il l'avait regardée ! Il ne devait pas éprouver cela pour elle. Cela ne pouvait lui faire que du mal. Elle, Nat, ne pouvait que lui faire mal. Elle était comme ça. Elle faisait du mal aux gens.

Feu et douleur.

Rage et ruine.

Daran avec sa main brûlée, ensanglantée.

Elle prit la résolution de rejeter ses avances. Elle ferait en sorte qu'il l'oublie. C'était déjà une faute de lui avoir donné de faux espoirs... de lui avoir fait croire qu'elle pourrait un jour voir en lui autre chose qu'un employé à son service.

Une fois qu'elle se fut ressaisie, elle se retourna pour voir ce que l'équipage observait : la fille en longue robe noire, à la tête encapuchonnée, au cou et à la bouche masqués par un foulard, aux mains dissimulées par de longs gants noirs. Ses yeux d'un violet intense et ses cheveux dorés brillaient dans l'ombre de son capuchon.

– Je sais ce que tu es, lui dit méchamment Daran en la menaçant de son arme.

– Fiche-lui la paix, intervint Shakes en s'approchant de lui et en armant son propre pistolet.

Mais Daran ne voulait pas s'arrêter, ou bien c'était plus fort que lui. Nat se rendit compte qu'il ne se maîtrisait plus. Avant ce moment, il était déjà à la limite, mais là, il l'avait bel et bien franchie. Nat eut peur pour la fille. Daran avait montré son jeu, dévoilé ses cartes : il avait déjà essayé de faire du mal à Nat et, quelques instants plus tôt, il avait même tenté de se débarrasser de Wes. Il était dangereux comme un baril de poudre n'attendant plus qu'une étincelle.

– De quoi tu as l'air, sous ton rideau ? D'un cadavre couleur bonbon ? Ou d'un squelette peinturluré ?

Zedric recula prudemment.

– Elle est notre hôte, protesta Wes d'une voix autoritaire. Et ce bateau est encore le mien, que je sache. Pose ce flingue, Daran. Je ne te le demanderai pas deux fois.

Il y eut un silence terrible, durant lequel personne ne fit un geste. Nat en oubliait même de respirer. Daran fit passer son poids d'un pied sur l'autre et Wes se prépara à le neutraliser, mais le garçon braquait déjà son arme. Il était ivre de triomphe.

– Je ne veux pas d'une saleté de Sylphe près de...

– POSE CE FLINGUE ! tonna Wes en le mettant en joue.

Il tira. Sa balle égratigna le coude de Daran, mais trop tard. Daran aussi avait tiré, à bout portant, sur la jeune fille voilée.

– NOOON ! hurla Nat tandis que Shakes plongeait devant la victime.

C'était inutile : la balle avait disparu comme par magie. En un instant, le ciel s'assombrit et le tonnerre gronda. Puis les nuages s'écartèrent et la lumière étrange de la nuit précédente réapparut. Alors, le hurlement de la Pleureuse s'éleva des ténèbres. En un clin d'œil, Daran fut soulevé du pont et happé par une main invisible.

– QU'EST-CE QUI SE PASSE ? OÙ EST-IL PASSÉ ? cria Zedric en pivotant sur lui-même, pointant son pistolet dans toutes les directions.

Une clameur résonna sur l'eau, colérique et victorieuse. La chose voulait du sang, elle en avait eu : Nat ressentit son exultation comme si c'était une partie d'elle-même. Furieuse et excitée, exactement comme dans ses rêves. Feu et douleur, rage et ruine, une incontrôlable force sombre attendant de se déchaîner. Meurtrière, vengeresse et pleine de haine, elle avait saisi Daran en un instant, l'avait balayé du pont tel un jouet. Nat recula d'un pas, incertaine. Elle ne comprenait pas bien ce qui s'était passé. Était-ce donc elle qui avait fait cela ? Non. Ce n'était pas possible. La Pleureuse n'était pas réelle, si ? Et qu'était devenue la voix, où était passé le monstre dans sa tête ? Elle ne pouvait plus l'atteindre. Elle ne l'entendait plus. Elle commençait à paniquer. Que se passait-il, au juste ?

– Le voilà ! lança Farouk avec ardeur. Là, dans l'eau ! Là-bas !

Wes s'approcha du bastingage, jumelles en main. Il distingua la petite silhouette de Daran qui flottait au-dessus des vagues en agitant les bras. Ce qui l'avait emporté l'avait rejeté à un demi-mille de distance en quelques secondes.

– Ramenez-le ! s'époumona Zedric tout en visant la jeune fille voilée.

Mais ce fut peine perdue. Il y eut un choc et le garçon s'effondra. Shakes, debout derrière lui, venait de l'assommer d'un coup de crosse. Il tremblait un peu, mais avait le sourire aux lèvres.

– Désolé, dit-il. Il va vraiment falloir que je leur apprenne les bonnes manières, à ces garçons.

L'inconnue sourit, elle aussi.

– Je m'appelle Liannan de la Montagne-Blanche, se présenta-t-elle.

– Vincent Valez, dit-il timidement.

– Peux-tu le ramener ? s'impatienta Wes en montrant Daran, qui s'agitait dans l'eau et dont les cris de fureur leur parvenaient clairement.

Liannan secoua la tête.

– Non. Le Drakon l'a emporté, et seul le Drakon peut désormais décider de son sort.

– Bon... il va falloir qu'on le sorte de là. C'est un crétin, mais il fait quand même partie de mes hommes.

Avec l'aide de Shakes et de Farouk, Wes voulut mettre une chaloupe à la mer, mais une puissante bourrasque les renversa sur le pont. L'horrible gémissement revint, et Wes sentit quelque chose de brûlant et tranchant lui racler le dos, arrachant ses couches de vêtements pour atteindre la peau.

Il fit brusquement volte-face, mais ne vit rien. Shakes, lui aussi, avait l'air hébété.

– Qu'est-ce que c'était que ça ? s'étonna Farouk d'une voix pleine d'angoisse.

– Le Drakon ne souffrira pas qu'il vive, annonça Liannan, placide. Ne le contrariez pas, de crainte de décupler sa colère.

– On risque nos vies pour aider cet abruti, argua Farouk. Allez, chef, laisse-le se noyer.

Mais Wes refusa catégoriquement.

– Pas question. Aide-moi à mettre ce canot à l'eau. Je ne laisserai personne en arrière.

– Il a tué le messager, s'en est pris à un ami. Le Drakon réclame une vie pour une autre, murmura Liannan. Je dois vous conseiller de ne pas aller contre sa volonté.

Ils firent une nouvelle tentative, mais cette fois encore le vent les arrêta et le navire s'inclina dangereusement du côté tribord.

– Accrochez-vous ! mugit Wes.

Nat roula vers l'avant et il la rattrapa *in extremis*. Alors que tout le monde cherchait à se raccrocher, Zedric glissa vers le bord, mais Farouk l'agrippa et il réussit à se cramponner à la base du mât.

– Shakes ! cria Nat en voyant que c'était lui, à présent, qui dégringolait dans l'eau.

– Rattrape-le ! lança Wes à Farouk, en vain.

– Hissez-moi ! balbutia Shakes en buvant la tasse. À l'aide !

Mais le vent paralysait tout le monde et ils restaient accrochés au bastingage, incapables de tenter quoi que ce soit. Shakes allait se noyer. Ils étaient en train de le perdre, Nat le sentait. *Épargnez-le. Pitié*, pria-t-elle sans même savoir à qui elle adressait sa supplique. *Pitié, pas lui. Pas Shakes. C'est mon ami.*

Nat, relevant la tête, vit que la fille en robe noire l'observait fixement. Les yeux de Liannan émettaient un véritable arc-en-ciel de couleurs d'une luminosité inouïe. Elle contemplait Nat, soutenant son regard, la scrutant avec attention.

– SHAKES !

Wes voulut lui jeter un filin, mais celui-ci se rompit en l'air, brisé par une force invisible.

Pitié, faites qu'on le sauve, implora Nat. *Il est encore tout jeune.*

Elle comprenait, sans savoir comment, que la présence invisible les punissait parce que Daran avait tué l'oiseau blanc. Cette entité était furieuse et ne se laisserait pas facilement amadouer.

Pitié.

– À L'AIDE ! hurla Shakes.

Liannan laissa tomber au sol son grand habit noir.

– Drakon ! Ce garçon m'a sauvée ! Laisse-le vivre !

Elle retira sa capuche et son masque. Sous les draperies sombres, elle portait une longue et fine tunique blanche. Ses cheveux dorés avaient la couleur et l'éclat du soleil d'autrefois. Le froid de la nuit commença à s'adoucir, la température remonta tandis qu'une lumière perçait les ténèbres. Une lumière puissante. Le noir recula et le hurlement se tut peu à peu.

Nat, tremblante de rage et de frustration, se tenait le front à deux mains. Elle avait l'impression que quelqu'un – ou quelque chose – l'exhortait à agir, mais comment ? Que pouvait-elle faire ? Elle était en colère, terriblement en colère contre Daran, et comprenait mal que tout cela retombe sur Shakes. Elle se força à respirer profondément, régulièrement. Elle entendait la Sylphe dans sa tête. *Ce garçon m'a sauvée. Laisse-le vivre.* Le danger était passé. C'était ce que la Sylphe essayait de lui dire, de lui faire comprendre.

L'obscurité se dissipa aussi soudainement qu'elle était venue.

Wes attrapa le cordage rompu et l'abaissa jusqu'à Shakes. L'équipage entier joignit ses forces pour le soulever jusqu'au pont.

Shakes se frotta les yeux et toussa copieusement. Il avait la peau et le visage rouges, à vif, le regard fou et comme perdu. Farouk accourut pour lui verser un litre de Nutri sur la tête.

Le second poussa un cri strident.

Wes s'agenouilla et empoigna son ami par les épaules.

– *Shakes !*

Il cessa enfin de trembler et de s'agiter.

– Quoi ?

– Tout va bien, tu n'es pas empoisonné, ça va !

Shakes baissa les yeux pour observer son propre corps, sans même savoir ce qu'il cherchait. Puis il sourit.

– Ah, oui. Mais Daran ? ajouta-t-il en se tournant vers le large.

Wes jeta une bouée à la mer tout en sachant que c'était inutile.

– Il n'y a pas de vent, on ne pourra jamais l'atteindre. Au moins, cette bouée lui laisse une chance... c'est tout ce qu'on peut faire.

Cela ne lui plaisait pas, mais il n'avait pas le choix.

Les cris de Daran commencèrent à s'espacer ; bientôt, ils se mêlèrent à la plainte familière de la Pleureuse, jusqu'à ce qu'il soit impossible de différencier les deux.

31

Lorsque Zedric, reprenant ses esprits, apprit la disparition de son frère, il devint violent. Si ses compagnons ne le maîtrisaient pas, il allait faire du mal à l'équipage ou à lui-même. Ils le mirent donc aux fers, à fond de cale. C'était cruel mais indispensable.

– Remonte, je m'en occupe, dit Shakes à Nat tout en menottant le garçon à un tuyau.

En sortant de la pièce, elle vit la Sylphe approcher. La fille avait remis son grand habit noir, mais pas remonté sa capuche. Ses yeux étaient du violet le plus pur, la couleur des asters et du crépuscule. Ses pâles cheveux blonds avaient la délicatesse des fils d'araignée et des ailes de fée. La marque qu'elle portait sur la joue était une étoile à six branches. Elle était ravissante, bien plus jolie que ce à quoi Nat s'attendait, comme une créature rare et exotique, comme les légendaires papillons, depuis longtemps disparus avec le monde qui n'existait plus.

Liannan lui sourit.

– Tu as déjà vu une de mes semblables, n'est-ce pas ?

– Oui.

– Une prisonnière, sans doute, ou alors une poupée, un singe dressé.

Nat repensa à la fille aux yeux dorés et aux cheveux orangés qui avait paru être le jouet de Slob. Elle comprenait, à présent.

– Tu as parlé d'une chose appelée le Drakon. Qu'est-ce que c'est ?

Liannan l'observa avant de répondre.

– Les Drakons sont les protecteurs de Vallonis. Ils étaient perdus depuis la Rupture, mais voici que l'un d'eux est revenu.

Sa voix avait le son d'une cascade, un accent charmant, comme une mélodie.

– Vallonis... Tu veux parler du Bleu ? C'est ainsi que tu l'appelles ?

– Oui. C'est ainsi que j'appelle mon pays.

Farouk descendait d'un pas lourd dans la coursive. En les voyant toutes les deux, il blêmit et se signa comme pour se protéger d'elles. Nat en fut peinée : elle l'avait pris pour un ami, comme Shakes, mais à présent le jeune garçon les regardait bouche bée et se pressait contre le mur afin d'éviter tout contact physique avec elles.

Liannan lui posa une main sur l'épaule, et il se crispa visiblement.

– Tu n'as rien à craindre de moi, lui dit-elle. Je ne suis pas contagieuse. Je ne peux pas plus te rendre semblable à nous que je ne peux devenir comme toi.

Farouk, qui n'avait pas l'air convaincu, repoussa brutalement sa main.

– Ne me touche pas.

D'autres pas résonnèrent dans l'escalier.

– Qu'est-ce qui se passe, ici ? demanda Wes en observant leurs visages troublés.

– Elle m'a touché l'épaule, accusa Farouk. Et elle a tué Daran.

– Je n'ai rien fait de tel, se défendit-elle. C'est le Drakon qui a décidé de son sort.

– Fichez-lui la paix, intervint Shakes en sortant de la cale où il avait emprisonné Zedric. Elle n'a rien fait à Daran. Il cherchait les ennuis, il les a trouvés. Il se passe des choses dans ces eaux... tu n'y étais pas, tu ne peux pas savoir.

– Ou bien ce n'est peut-être rien. Une coïncidence, ajouta Wes, dont le regard tomba aussi sur Nat.

– Et qu'est-ce qui t'amène dans cette partie du monde, Ryan Wesson ? s'enquit Liannan.

– Tu connais mon nom, remarqua-t-il.

Nat fut transpercée de jalousie en le voyant accorder à Liannan le même sourire malicieux qu'il lui avait réservé lors de leur première rencontre. Elle était consciente qu'elle n'avait aucun droit sur lui, et qu'elle avait déjà décidé de lui rendre sa liberté, mais tout de même ! Elle ne pouvait s'empêcher de le considérer comme étant à elle et à personne d'autre.

Liannan posa sur lui ses yeux calmes.

– Je connais tous ceux qui sont à bord de ce navire. Ryan Wesson, le mercenaire. Vincent Valez, le second, couramment appelé « Shakes ». Farouk Jones, matelot. Daran Slaine, actuellement dans l'eau. Zedric Slaine, son frère. Et... Natasha Kestal. Qui pose des questions sur le Drakon...

Elle se tourna vers Nat, le regard fixe. Wes haussa un sourcil perplexe.

– Tu es marquée, dit Liannan.

Nat acquiesça.

– Tu es donc des nôtres, conclut la Sylphe. N'ayez nulle inquiétude, dit-elle aux autres. Nos pouvoirs ne sont pas maléfiques par nature, quoi qu'on ait voulu vous faire croire. Savez-vous pourquoi on nous a bannis ? Pourquoi nous sommes pourchassés et tués, ou enfermés en prison ? Pourquoi ils répandent des mensonges à propos de notre peuple ? Parce que leur monde est détraqué, leur monde s'achève, et qu'ils nous craignent, ils redoutent ce qui vient. Ils redoutent le monde qui renaît, qui grandit sur les ruines de celui-ci. Un Drakon vole à nouveau, et nous sommes renouvelés en sa présence.

La voix de Liannan était maintenant plus grave, et les iris de ses yeux étaient des kaléidoscopes.

Farouk tremblait de tous ses membres.

– Elle... elle est en train de nous jeter un sort, je vous jure... arrêtez-la...

Nat retenait son souffle, et Wes s'était renfrogné. Il se tourna vers la jeune fille aux cheveux d'or.

– OK, ça suffit. Tu fais peur à mon équipage et tu m'as coûté un soldat, grogna-t-il.

– Et vous avez gagné un guide. Quelque chose me dit que notre destination est la même. Vous êtes officiellement en route pour la Nouvelle-Crète, mais en vérité c'est le Bleu que vous cherchez. Vous avez mis le cap sur le portail d'Arem. Natasha porte sur elle la carte d'Anaximandre.

– La pierre ! s'exclama Shakes. Je le savais !

La main de Nat se porta toute seule à son cou et elle regarda la Sylphe, abasourdie.

– Comment as-tu su...

Wes, pour sa part, ne dit rien mais resta sur ses gardes.

– Je peux vous aider à atteindre votre destination, répéta la Sylphe.

Wes soupira.

– Écoute, ça m'ennuie de te le dire, mais tu n'es pas mieux lotie sur mon bateau que toute seule. Nous avons perdu nos moteurs, emportés par la créature qui a pris Daran. Nous sommes encalminés depuis des jours, et réduits à mâcher des bouts de bois. Tu veux venir avec nous ? Viens si ça te chante, c'est toi qui vois.

32

La Sylphe n'eut pas d'autre réponse à cela qu'une gratitude froide, et Wes s'en alla avec Shakes inspecter la voile : ils l'entendaient claquer, ce qui indiquait que le vent se levait enfin.

Ils refirent un tour sur l'eau pour chercher Daran, mais celui-ci demeura introuvable ; il avait été avalé soit par l'océan, soit par ce qui vivait dedans. Wes ordonna que la famille soit installée dans sa cabine, plus confortable que celle de l'équipage. Il alla bientôt voir comment se portaient les nouveaux venus, et trouva les parents étendus sur le lit, sous une fine couverture de laine. Nat était à leur chevet, à côté des deux enfants.

– Comment vont-ils ? demanda Wes.

Elle lui envoya un regard éloquent. Ils étaient morts. Le plus petit des garçonnets émit un cri de douleur, et son frère tenta de le consoler.

– Toutes mes condoléances, chuchota Nat.

C'est seulement lorsque l'enfant se tourna vers elle que Wes comprit son erreur. Il s'était trompé à propos des nouveaux passagers. Ce n'étaient pas des enfants. Ils en avaient seulement la silhouette. Ces garçons étaient des Petitshommes.

Wes leur fit face et mit un genou au sol.

– Je te présente Brendon et Roark, dit Nat.

Brendon avait les cheveux roux et bouclés, et des larmes dans les yeux. Roark, pour sa part, était brun et plus râblé. Ils n'étaient pas plus grands que des bambins – moins d'un mètre de hauteur –, mais proportionnés et développés comme des adultes. Wes n'en avait jamais vu, mais ils lui semblèrent avoir à peu près son âge. Les gens qui appartenaient à ce peuple étaient paraît-il rusés et malicieux ; ils voyaient dans la nuit la plus noire et savaient se cacher comme personne, ce qui pouvait expliquer leur réputation de voleurs et d'assassins. Mais ces deux-là n'en avaient vraiment pas l'air. Leurs visages étaient ordinaires et plaisants, et leurs vêtements simples, fabriqués à la main.

Ce fut Brendon qui parla le premier.

– Merci de nous avoir accueillis à bord.

– Je suis navré pour vos amis, répondit Wes en lui serrant la main.

Brendon hocha la tête, ravalant ses larmes ; il semblait sur le point dc craquer.

– Ils nous ont protégés des raids quand nous avons été séparés de nos familles. C'est grâce à eux que nous avons trouvé Liannan et le bateau. Nous ne serions pas ici sans eux.

Les Petitshommes contèrent leur histoire. Ils étaient des réfugiés de Pangée-Supérieure, une région qui venait d'être conquise par les VSA. Là-bas, leur peuple vivait sans se cacher, en bonne intelligence avec quelques tribus de Sylphes. La paix avait prévalu pendant un certain temps, mais ensuite les choses avaient commencé à changer. Beaucoup d'entre eux souffraient et mouraient de la pourriture, cet étrange fléau, propre aux Marqués et aux êtres magiques, qu'aucun remède ne guérissait. Dans le cadre de la politique d'épuration, leurs semblables ainsi que les Marqués avaient été raflés, parqués, et forcés à vivre dans des zones confinées en attendant qu'on les déplace ailleurs. Si bien que Brendon et Roark s'étaient cachés avec leurs amis dans des fermes humaines où ils avaient survécu pendant quelque temps, terrés dans les greniers, dans les creux des murs, mais cela avait fini par devenir trop dangereux. Les voisins commençaient à avoir des soupçons. Ils avaient alors cherché un passeur et décidé d'entreprendre le périlleux voyage vers le Bleu, où ils avaient entendu dire qu'un traitement existait.

Au début, la chance leur avait souri ; leur capitaine connaissait son affaire et le navire était rapide. Ils avançaient bien. Puis ils avaient heurté un trashberg et leur embarcation avait commencé à prendre l'eau, ce qui les avait ralentis. Les vivres étaient venus à manquer, puis leurs passeurs avaient été tués par traîtrise, après quoi ils avaient dérivé pendant des semaines sans rien manger... et les deux jeunes humains avaient été les plus affectés. Ils étaient morts de faim.

Roark cacha son visage dans ses mains et éclata en sanglots. De grands sanglots déchirants, face auxquels Wes se sentit totalement impuissant. Il s'interrogea sur la profondeur de ce sentiment et se surprit à être envieux, d'une manière un peu perverse. Il n'avait pas pleuré ainsi depuis la mort de ses parents, depuis la séparation d'avec Eliza. Par la suite, Wes avait souvent vu ses soldats mourir sous ses yeux et n'avait rien ressenti d'autre qu'une tristesse abstraite, lointaine. Peut-être que si son ami Shakes avait péri, il aurait pu sangloter, lui aussi... Il tapota maladroitement l'épaule de Roark, et chercha de l'aide dans le regard de Nat.

– Nous honorerons leur vie, promit celle-ci. Je vais demander à Liannan de m'aider à préparer leurs funérailles.

Nat et Wes quittèrent la pièce ensemble, Nat d'un pas rapide, Wes sur ses talons. Mais il s'arrêta lorsque quelque chose le tira fermement par la manche. Baissant les yeux, il vit que c'était Brendon. Le Petithomme arborait une expression pincée, anxieuse, et se tordait les mains d'inquiétude.

– Capitaine...

– Appelle-moi Wes. Pas de chichis à mon bord.

– Wes, d'accord. Nous ne sommes pas seuls. Il y a d'autres bateaux dans le coin, plein de gens comme nous, qui se rendent tous au même endroit. Mais ils ont été dispersés lors de l'attaque-surprise.

Wes hocha la tête. Il s'en était douté en découvrant le massacre à bord de leur bateau.

– Les navires qui vous ont attaqués, arboraient-ils ce pavillon ? demanda-t-il en indiquant les étoiles rouges des VSA.

Le petit bonhomme fit oui de la tête.

Wes s'essuya le front. C'était exactement ce qu'il avait redouté : des navires de snipers militaires rôdant aux alentours.

– Écoutez, j'aimerais beaucoup aider tous les pèlerins qui errent sur cet océan, mais nous sommes au bout de nos vivres et nous ne pouvons prendre personne en plus. Nous n'avons déjà pas de quoi nous nourrir, nous, sans parler de vous. Nous aurons de la chance si nous atteignons le Bleu avant d'être complètement à sec.

– Alors ils sont perdus, souffla Brendon.

Wes soupira.

– Combien de navires ?

– Cinq... ou moins. Nous les suivions en direction de l'Hellespont, et c'est alors que l'attaque a eu lieu. Ensuite, les trashbergs nous ont séparés. Nous n'avons pas revu nos compagnons depuis, mais nous savons qu'ils sont là. Quelques-uns au moins ont dû survivre. Ils sont perdus, affamés, et ils n'ont personne. Liannan était notre guide. Ils suivaient notre bateau.

Voilà pourquoi il n'acceptait plus jamais ces boulots, comprit soudain Wes. C'était trop. Il ne pouvait pas sauver tout le monde, lui qui n'arrivait déjà pas à garder tous ses hommes en vie, et encore moins à les discipliner. Daran était perdu, et même si le gamin était un petit crétin et un bon à rien, il avait confié sa vie à Wes et celui-ci l'avait lâché. Il ne pouvait pas continuer, il y en avait tant... et il était trop jeune pour voir mourir tant de jeunes gens. À présent, on lui demandait d'en sauver encore... pour quoi faire ? Pour qu'il les regarde crever de faim ? Ou succomber à l'ophtalmie ? Il cligna des yeux : il n'y voyait soudain plus rien. C'était comme une piqûre de rappel.

– Je vous en prie, dit Brendon. Je vous en supplie... donnez-leur une chance. C'est tout ce que nous demandons.

Wes baissa les yeux vers lui. On les appelait Petits-hommes... peut-être avaient-ils aussi un petit appétit ? Il se demanda ce qu'ils penseraient de mâcher des bouts de bois.

– Écoutez, je vais voir ce que je peux faire. On va aller faire un tour du côté du détroit de l'Enfer, et si on voit quelqu'un, on l'embarquera, mais c'est tout. Je ne peux pas passer mon temps à tourner en rond.

– Merci ! souffla Brendon en lui serrant vigoureusement la main. Merci, merci !

Wes leur donna, à lui et à Roark, quelques crackers arôme poulet frit qu'il gardait pour les cas d'urgence.

– Qu'est-ce que c'est ? s'enquit Brendon en regardant l'emballage en papier brillant.

– Ce n'est pas ce qu'il y a de plus sain au monde, mais ça a bon goût... partagez-le avec votre frère.

– Nous ne sommes pas frères, précisa Brendon.

Mais déjà, il déchirait l'emballage et inhalait le fumet de viande.

Wes eut un sourire triste. Il avait déjà fait tant de promesses... Emmener Nat jusqu'au Bleu, et maintenant ratisser l'océan pour retrouver d'autres Petits-hommes. Il était faible, il l'avait toujours été.

Son cœur était son talon d'Achille.

33

Liannan prépara les corps pour les funérailles avec l'aide de Brendon et de Roark. Nat aussi leur donna un coup de main, aidant à envelopper chacun dans un linge blanc, pliant et rentrant l'étoffe de manière que le linceul ne fasse pas de plis. Les Petitshommes étaient sombres, et des larmes silencieuses roulèrent sur leurs joues tandis qu'ils accomplissaient la triste tâche de soigner leurs morts.

– Nous sommes prêts, dit Nat à Wes et à Shakes, qui attendaient respectueusement à la porte.

Farouk avait clairement fait savoir qu'il ne voulait être mêlé à rien et les observa de la passerelle. Ensemble, les garçons soulevèrent d'abord le corps de l'homme, puis celui de la femme, et les allongèrent sur le pont. Le petit cortège funèbre les suivit dans l'escalier.

– Aimeriez-vous dire quelques mots ? demanda Liannan.

– Oui, dit Brendon.

Il joignit les mains et prit un instant pour se ressaisir. Nat crut qu'il n'y arriverait pas, mais il finit par parler, d'une voix forte et claire.

– Nous disons au revoir aujourd'hui à nos amis Owen et Mallory Brown. Ils ont eu une vie simple et courageuse et nous ont été enlevés trop tôt. Nous honorerons à jamais leur mémoire et chérirons leur amitié. Nous les rendons à la mer. Qu'ils reposent dans la lumière.

– Qu'ils reposent dans la lumière, répéta Roark.

Nat encouragea Shakes et Wes du regard, et tous trois reprirent à voix basse les paroles des Petitshommes.

– Qu'ils reposent en paix.

Le groupe entier posa ensuite les yeux sur Liannan.

Elle s'avança vers les corps immobiles sous leurs linceuls.

– Owen et Mallory, que les ailes du Drakon vous guident vers le Refuge éternel.

Sur un mouvement de tête de la Sylphe, Wes et Shakes portèrent le premier corps jusqu'au bord, puis le suivant, et les firent doucement rouler à l'eau, offrant les morts aux vagues.

Trois décès dans la même journée, pensa Nat. Daran faisait partie de leur équipe, mais lui n'avait pas eu droit à un dernier hommage. Pas une parole d'adieu, pas une bénédiction. D'un autre côté, peut-être ne les avait-il pas méritées. Les deux époux décédés avaient donné leur vie pour leurs amis, alors que Daran n'aurait apporté que la mort à son équipe.

Liannan, Brendon et Roark restèrent longtemps accoudés au bastingage, à contempler la mer.

Wes prit Nat à part.

– On va les mettre dans la cabine de l'équipage.

– D'ac, fit Nat, qui comprenait le plan.

L'espace se dégageait, Zedric étant aux fers et son frère perdu en mer.

– Je vais aussi reprendre ma place, dit-elle à Wes. Dans la cabine de l'équipage, je veux dire.

– Ah oui, souffla-t-il, désarçonné.

C'était logique, à présent que Daran n'était plus un danger.

– Ça te pose un problème ?

Elle ne voulait pas paraître brusque, mais si elle voulait tuer cette histoire dans l'œuf, elle devait le faire tout de suite, et vite.

– Non non, fais comme tu veux. Ça m'est égal.

– Bien.

Elle ne put s'empêcher d'être quand même un peu blessée par le ton de sa voix. Même si elle voulait le repousser, elle était agacée qu'il ait cédé si facilement. Encore quelques heures auparavant, il lui avait tenu la main une seconde de plus que nécessaire lorsqu'elle l'avait sauvé des eaux.

– Bon, j'y vais, alors, dit-elle en se drapant dans sa dignité.

– Bien bien, fit-il, distrait.

Et il s'en alla rejoindre Shakes sur la passerelle.

Nat s'adossa au mur. *Bon, ça c'est fait.* Elle serra ses bras sur ses flancs pour résister à un courant d'air d'un froid polaire. Elle se sentait plus jeune que jamais.

Elle ne tarda pas à regretter sa décision hâtive de rapporter ses affaires dans la cabine de l'équipage. Elle n'aurait jamais dû faire ça ! Les quartiers du capitaine étaient plus douillets, plus chauds, avec un vrai lit.

Voilà qu'elle devait à nouveau dormir sur un grillage froid, avec une simple couverture.

Elle avait hérité de la couchette inférieure côté bâbord. Au-dessus d'elle, Brendon ronflotait tandis qu'encore au-dessus le nez de Roark sifflait comme une bouilloire. Heureusement, Farouk, qui parlait dans son sommeil, était de quart à la barre, faute de quoi les trois auraient formé une véritable symphonie nocturne.

Liannan avait pris le hamac à l'autre bout de la pièce, à côté de Shakes, et Nat les entendit chuchoter dans le noir avec une intimité nouvelle. Wes lui manquait. Sa proximité lui manquait. Ce n'était pas vraiment le bruit qui la dérangeait ; en fait, cela ne lui déplaisait pas, après avoir vécu seule, de sentir le réconfort de toutes ces présences autour d'elle. Seulement voilà, Wes lui manquait, même s'il n'était qu'à quelques pas, derrière la cloison. Et elle, lui manquait-elle ? Lorsqu'elle sombra enfin dans le sommeil, elle ne fit aucun rêve.

Le lendemain matin, elle se réveilla en entendant hurler Shakes. Elle se rua sur le pont et le trouva en train de donner des coups de pied dans le bastingage. Wes se tenait la tête à deux mains.

– Qu'est-ce qui s'est passé ?

– Zedric et Farouk, lâcha Wes, les joues rouges de colère.

– Qu'est-ce qu'ils ont fait ? demanda-t-elle, tétanisée par la peur.

– Ils sont partis.

– Comment ça, partis ?

– Ils ont abandonné le navire hier soir. Ils ont pris une des chaloupes et ils sont partis. Farouk a sûrement libéré Zedric, expliqua Wes.

L'attitude du gamin le décevait profondément. Autant il pouvait comprendre la colère de Zedric, autant il avait cru que Farouk resterait loyal. C'était dur de ne pas pouvoir compter sur son équipe. Il n'en avait pas toujours été ainsi, surtout pendant la guerre. Shakes et lui étaient les seuls survivants de la compagnie Delphes, mais il y en avait eu d'autres : Ragdoll, John le Chasseur, Sanjiv. Tous des types bien. Tous morts, à présent.

– Encore une chance qu'ils ne nous aient pas égorgés dans notre sommeil, fit observer Nat.

Shakes tapa du poing dans la paroi la plus proche.

– Ils ont pris le reste des vivres, ils ne nous ont rien laissé. Pas même un bout de bois à mâchouiller !

– Mais pourquoi ? Ils ne tiendront pas longtemps sur l'eau. Pourquoi avoir pris ce risque ?

– Ce sont des tireurs d'élite qui ont abattu l'équipage de l'autre bateau. L'un d'eux a dû s'en apercevoir, et se dire qu'il valait mieux risquer le coup avec l'armée qu'avec nous, dit Wes.

– Si ça se trouve, ils sont en train de se gaver de rations militaires en ce moment, pendant que nous, on crève de faim, bougonna Shakes en soulevant une à une toutes les caisses de ravitaillement, qui étaient désespérément vides.

Les autres, réunis dans la cuisine, cherchaient avec la même ardeur, mais il n'y avait rien à trouver. Brendon sortit de sa poche les quelques crackers que Wes lui avait donnés et les partagea à la ronde. Nat le remercia chaleureusement.

Brendon avait le même âge qu'elle, mais un visage de vieux sage. Roark, lui, était un peu plus âgé. Ils n'étaient pas frères mais issus de la même tribu. Des cousins éloignés, peut-être. La généalogie des Petitshommes était trop compliquée pour que Nat comprenne tout, bien que Brendon ait tenté de la lui expliquer plus tôt. Elle mordit dans son cracker.

– Je n'en ai pas mangé depuis que j'étais petite !

– Et moi je n'y avais jamais goûté, déclara le Petithomme. Une saveur très intéressante, ma foi.

– Nous sommes entourés d'eau, et pourtant nous n'avons rien à manger. Quelle ironie ! Là d'où nous venons, il n'y a qu'à se baisser pour attraper du poisson, dit Roark.

– Ah bon ? fit Shakes avec curiosité. Moi, les seules fois où j'en ai mangé, enfin plus ou moins, c'était de l'ersatz de synthèse. Je croyais que les océans étaient à sec.

– Pas par chez nous.

Nat aurait pu se gifler. Pourquoi n'avait-elle pas réalisé plus tôt ? *Du poisson... l'éclair d'une nageoire de daurade rouge à la surface...*

Bien sûr !

34

– Je ne sais pas pourquoi je n'y ai pas pensé avant ! s'exclama Nat, dont le visage s'illuminait à vue d'œil. On peut trouver à manger !

– Et où ça ? l'interrogea Shakes.

Liannan aussi semblait intriguée, même si la Sylphe avait précisé qu'elle et ses semblables avaient un tout petit appétit, ce qui expliquait peut-être leur longévité.

– Mais... là !

Nat indiquait la mer grise à travers le hublot.

– Oh, non, soupira Shakes. Je croyais que tu avais eu une vraie idée ! Il n'y a rien là-dedans, à part des ordures.

– Je t'assure, insista Nat. J'étais ici le jour où... le jour où on a heurté les trashbergs. Avec Daran et Zedric. On regardait la mer et on les a vues... des daurades rouges. Il y a du poisson, je vous dis !

Wes intervint d'un air démoralisé.

– Il n'y a plus un poisson dans l'océan depuis...

– Puisque je te dis qu'on en a vu ! Et Daran en avait déjà vu d'autres.

Elle comprenait à présent ce qu'avaient fait les frères Slaine, pendant la semaine qui avait précédé la noyade de

Daran, quand ils s'isolaient tous les deux. Ils pêchaient ! Ils se cachaient des autres pour *manger* !

– Si c'est bien vrai, alors moi aussi je peux pêcher, dit Roark. Je sais faire. Brendon m'aidera.

– Oui, confirma ce dernier, tout content de pouvoir se rendre utile.

– Dommage que nous n'ayons pas de cannes à pêche, regretta Wes. Ni rien pour appâter, d'ailleurs.

Mais Roark ne se découragea pas pour si peu.

– Les cannes ne sont pas indispensables. Le secret d'une bonne pêche, c'est une bonne ligne. Un fil suffisamment costaud pour supporter le poids d'un gros poisson, mais assez léger pour que les plombs puissent le lester. Des idées ?

Wes sourit. Nat voyait clairement qu'il aimait la façon de penser de Roark.

– J'ai vu une bobine de câble fin dans la cale, je pense que ça pourrait faire l'affaire.

Il adressa un signe de tête à Shakes, qui partit aussitôt chercher le câble en question.

– C'est du côté tribord..., lui lança Wes.

Shakes leva une main.

– Je sais où c'est, chef.

– Mais est-il comestible, ce poisson ? s'interrogea Nat. Avec toutes ces toxines...

Wes haussa les épaules.

– Ce n'est sûrement pas l'idéal, mais c'est un risque à prendre. L'important, c'est de manger.

Ça, c'était incontestable.

Une heure plus tard, le petit groupe avait bricolé deux cannes à pêche à partir de morceaux du bastingage et du câble que Shakes avait remonté de la cale.

– Voilà, c'est très bien, approuva Roark.

Wes fabriqua des hameçons en tordant des clous et les tendit à Nat, qui acheva le travail en les accrochant au fil.

Roark et Brendon s'emparèrent alors des cannes et se mirent au travail. Nat les regarda arracher chacun un lambeau à la chemise de Brendon et le nouer autour du fil à pêche improvisé : cela ferait office de bouchon, juste au-dessus de l'eau. Si un poisson était ferré, le petit nœud d'étoffe rouge disparaîtrait sous la surface. Malin.

Nat se tourna vers Roark.

– Et les appâts ?

Wes soupira.

– Nous n'avons vraiment rien de trop. Je pourrais éventuellement dénicher un ver quelque part dans les boiseries, mais c'est à peu près tout.

– Ce n'est pas un problème non plus, enchaîna Roark. Seuls les poissons fouisseurs aiment les vers, et ceux-là, nous n'en voulons pas : ils sont bourrés de plomb et allez savoir de quoi d'autre. Nous allons pêcher près de la surface, là où l'eau est un peu plus propre. Et pour appâter ceux-là, pas besoin de nourriture. Regardez.

Roark et Brendon échangèrent quelques mots à voix basse, ramassèrent un fragment métallique et le fixèrent sur l'hameçon.

– Qu'est-ce que vous faites ? s'enquit Nat.

– Un peu de magie, répondit Brendon avec un grand sourire.

– Un petit quelque chose pour attirer le poisson, compléta Roark. Une fois plongé dans l'eau, ce bout de métal va tournoyer et danser exactement comme une sardine. Et quand ça commencera à mordre, pas de problème : on peut le réutiliser à l'infini.

Nat avait été dubitative au départ, mais l'idée du Petithomme prenait corps, et soudain l'espérance montait en flèche. Ils allaient peut-être bien manger aujourd'hui, tout compte fait.

– Alors c'est donc vrai, ce qu'on raconte sur vous, souffla Shakes avec enthousiasme.

– Et qu'est-ce qu'on raconte ?

Roark, qui avait pris un air pincé, connaissait visiblement les rumeurs terribles qui circulaient parmi les humains, à propos des Petitshommes.

– Seulement que vous êtes plus malins que tout le monde, s'empressa de répondre Nat. Pas vrai, Shakes ?

– Moi aussi, je peux aider, intervint Liannan.

Et sur ces mots, elle sauta du bateau sur la mer glacée. Son corps gracile était si léger qu'elle pouvait marcher sur l'eau. Le groupe l'observa, émerveillé. Shakes semblait en vénération.

Les Petitshommes lancèrent leurs lignes et la Sylphe poussa une exclamation étouffée.

– Ils viennent ! dit-elle. Je les vois en dessous.

Liannan regagna le bateau sur la pointe des pieds et observa, en compagnie de Nat, le nœud d'étoffe rouge qui sautillait à la surface. Roark tira un petit coup sec sur la ligne pour tenter de ferrer la proie. Comme il n'avait pas de moulinet, il devait enrouler la ligne autour de la canne. À mi-chemin, il s'arrêta.

– Il s’est enfui, grogna-t-il.

Puis il releva les yeux vers les mines désappointées du petit groupe.

– Patience. On l’aura au prochain coup.

Il fallut encore trois essais avant que Roark parvienne enfin à capturer une daurade et à l’amener à la surface sans qu’elle ait pu se dégager de l’hameçon de fortune. Après la deuxième prise, les deux Petitshommes grelottaient et Roark tendit sa canne à la Sylphe, laquelle lança la ligne très loin dans l’eau. Nat fit de même avec l’autre canne, que Brendon lui avait passée.

Elle gardait un œil sur le tissu rouge et l’autre sur l’horizon. Les ombres semblaient s’étirer davantage à chaque minute qui passait. Elle était sur le point d’abandonner lorsqu’elle accrocha son premier poisson.

– J’en ai un ! clama-t-elle.

Liannan s’empressa de l’aider à remonter la ligne. La daurade se déchaîna lorsqu’elle retomba sur le pont : Nat dut presque lui sauter dessus pour l’empêcher de s’enfuir en tressautant. Elle la retint à mains nues, en riant à gorge déployée. La peau du poisson était froide comme de la glace et glissante comme de l’huile. Son corps musclé luttait avec force contre cette empoignade. Nat se rendit compte, à cet instant-là, qu’à part l’oiseau quelques jours plus tôt elle n’avait jamais tenu dans ses mains un animal sauvage. Plus celui-ci se débattait, plus son cœur battait fort. *C’est donc ça que nous avons perdu ?* songea-t-elle. *C’est ça qui nous a été enlevé ?* Elle se demanda si c’était à cela que ressemblerait le Bleu : un poisson si éclatant de vie que c’était presque dommage de le dévorer.

De manière assez mystérieuse, les daurades nageaient au cœur d'un courant d'eau plus chaude, plus limpide et moins polluée.

– Qu'est-ce que c'est ? demanda Nat à Liannan.

– De l'eau venue du Bleu, répondit la Sylphe. Les océans fondent, le monde est en train de changer, de redevenir ce qu'il était avant.

Les filles sortirent encore deux poissons des eaux glacées, puis plus rien. Avant même qu'elles aient remonté le dernier, Shakes était déjà prêt à les mettre à la poêle. Wes et lui avaient vidé et préparé la prise du jour, sortant les entrailles et les arêtes mais gardant les daurades entières. Comme le réchaud de la cuisine était fichu, Shakes en avait bricolé un autre en installant un cylindre de propane sous une plaque métallique. Le propane brûlait violemment – c'était un peu comme griller le poisson au lance-flammes –, mais cela fonctionnait.

– Daurade façon Shakes, annonça-t-il gaiement en faisant le service.

Ils se rassemblèrent autour de la table avec leurs assiettes pleines. Wes observa les visages impatients.

– Eh bien, qu'est-ce que vous attendez ? Mangez ! Je vous l'ai dit, pas de chichis à mon bord.

Nat était un peu sceptique, vu que la peau était complètement carbonisée, mais elle changea d'avis aussitôt qu'elle eut attaqué son assiette. La chair était blanche et moelleuse. Elle prit une bouchée et sourit.

Jamais elle n'avait fait un aussi bon repas. Elle se rappela les brefs déjeuners silencieux chez elle, les faux burgers archicuits qu'elle avalait en regardant des vidéos sur les réseaux. Même après avoir engagé l'équipe de Wes, elle avait continué de manger seule, mal à l'aise en compagnie des frères Slaine.

Brendon et Roark avaient trouvé un rare carafon d'hydromel parmi les canettes de Nutri, et ils remplissaient les verres.

– Encore la magie des Petitshommes ? s'enquit Nat.

Brendon hocha la tête.

– Si seulement cela avait suffi à sauver nos amis !

À la fin du dîner, elle vit Shakes et Liannan s'écarter légèrement du groupe. Elle dut s'avouer qu'elle était soulagée de voir que la jolie Sylphe s'intéressait plus au second qu'au capitaine.

– Il est mordu, celui-là, nota Brendon en les montrant d'un geste discret.

– Ah oui, ça n'a pas traîné. Mais comment lui en vouloir ? Elle est à croquer, fit Roark avec un sourire rêveur. Ce n'est pas pour rien qu'on les appelle « les belles gens ».

– Et lui-même n'est pas mal non plus, le taquina Brendon en lui prenant la main.

Ah. C'était donc ça, leur lien. Ils n'étaient décidément pas frères, mais alors pas du tout. Nat sourit.

Dehors, sur le pont, Shakes se pencha tout près de la Sylphe éthérée, et Nat remarqua que cela ne dérangeait pas Liannan. Elle se détourna d'eux pour dire quelque chose à Wes, mais s'arrêta net. Ses joues pâlirent d'un coup.

Wes n'était plus là. Sa chaise était vide.

35

La nouvelle équipe trouvait ses marques. Brendon était meilleur navigateur que Farouk. Quelque chose, dans les trashbergs, perturbait l'aiguille de la boussole, qui tournoyait en tous sens – un phénomène auquel Farouk n'avait jamais réussi à s'adapter. C'était d'ailleurs cela qui avait provoqué la collision et leur avait fait perdre leur route. À présent que tout le monde était au courant pour la pierre, il n'y avait plus lieu de cacher leur véritable destination : le Bleu. Nat passait ses matinées à la barre avec ses compagnons pendant que Wes consultait la carte et élevait la pierre bleue devant son œil pour affiner sans cesse le cap. Brendon compensait les erreurs de la boussole et traçait leur itinéraire au verso d'un document maculé de café qu'il avait trouvé dans la salle des machines. S'ils avaient continué de se fier à la boussole comme l'avait fait Farouk, ils auraient tourné en rond à l'infini.

Mais avec Brendon sur la passerelle, ils avançaient en ligne droite. Le Petithomme esquivait habilement les montagnes d'ordures qui encombraient l'océan. Ses petites mains dirigeaient le navire sans hésitation : il semblait avoir un instinct naturel pour anticiper les réactions de l'*Alby*. Alors que Farouk préférait foncer dans les petits tas de glace et d'ordures, Brendon louvoyait avec grâce entre les obstacles sans jamais heurter un débris. Le trajet n'en était que plus confortable, sans les raclements constants qui accompagnaient la navigation avec Farouk.

Pendant que Brendon veillait à garder le cap, Roark supervisait la cuisine et la pêche quotidiennes. Ils avançaient enfin à bonne allure, et leur crainte de la famine diminuait. Le nouvel équipage était bien meilleur que le précédent, constatait Wes. Ils travaillaient en équipe, soudés et sans heurts. Certaines soirées étaient carrément joyeuses : Nat menait les parties de cartes et leur apprenait à jouer au gin-rummy, au whist, au snap, ou au poker s'ils se sentaient d'attaque. Les Petits-hommes, quant à eux, enseignaient aux autres le Code des profanes – un code secret à base de coups frappés sur la table –, ainsi que les jeux qu'ils connaissaient : le Secret du Lutin, Qui est l'appât. Liannan essaya de leur apprendre un jeu pratiqué par son peuple, mais il était trop compliqué et nécessitait un chant flûté que personne ne sut imiter ni même comprendre.

Liannan et Shakes s'efforçaient de rester discrets sur leur idylle : à ceci près que Shakes souriait comme un benêt à longueur de journée et que Liannan rougissait dès qu'il apparaissait, ils se comportaient simplement comme des amis très proches, riant en jouant aux cartes ou se taquinant quand les autres avaient échoué à deviner le Secret du Lutin.

Wes était heureux pour Shakes, mais tremblait aussi un peu. Il ignorait où en étaient les sentiments de son second, mais d'après son expérience, mieux valait ne pas trop s'attacher. D'un autre côté, il enviait un peu le bonheur de son ami. Nat lui avait clairement fait comprendre qu'elle n'était pas intéressée, et il respectait son choix, même s'il lui était difficile de se trouver à la fois si près et si loin d'elle. Plus vite il l'aurait déposée dans le Bleu, mieux ce serait pour tout le monde. Alors, il pourrait faire demi-tour et oublier qu'il l'avait connue.

Ce matin-là, elle se tenait une fois de plus trop près de lui, afin de les aider à négocier les courants du détroit.

– Tiens, lui dit-il en lui rendant la pierre une fois qu'il eut terminé.

Ses doigts effleurèrent la paume de la jeune fille, mais il avait appris à ignorer cette sensation électrique et il s'éloigna d'elle à la hâte.

Nat le regarda descendre de la passerelle, troublée par son départ abrupt. C'était pour le mieux, bien sûr, puisqu'ils n'avaient aucune chance d'être un jour ensemble. Mais lorsqu'elle le retrouva quelques heures plus tard accoudé au bastingage, elle alla le voir sans réfléchir.

– C'est ta sœur ? demanda-t-elle en regardant pardessus son épaule la photo qu'il tenait à la main.

– Oui, c'est Eliza.

Il lui montra le cliché qui représentait une petite fille revêtue d'une épaisse combinaison de ski, debout à côté d'un bonhomme de neige. Lui aussi figurait sur la photo, son petit bras potelé passé sur les épaules de la fillette.

Nat contempla longuement l'image.

– Tu m'as dit qu'elle avait quel âge quand on l'a emmenée ?

– Voyons... j'avais sept ans.

– Et elle aussi.

Les yeux de Wes se plissèrent.

– Alors Shakes t'a dit, hein ?

– Oui.

– On était jumeaux, mais je suis né le premier. Elle a toujours été ma petite sœur.

– Et qu'est-ce qui lui est arrivé, en réalité ?

Wes soupira. C'était difficile d'en parler. Il ne se souvenait pas de grand-chose.

– Il y a eu un incendie, finit-il par dire à mi-voix. Les alarmes n'ont pas fonctionné. Le feu a surgi de nulle part, et soudain il a été partout.

Un feu surgi de nulle part. Un frisson parcourut tout le corps de Nat. Non. Ça ne pouvait pas être vrai.

– Elle a péri dans l'incendie ?

Il serra plus fort la photo.

– Non, c'est ça qui est bizarre... on n'a jamais retrouvé de corps. Ils ont dit qu'elle avait dû être réduite en cendres, mais quand même, il y aurait eu quelque chose... un élément pour l'identifier...

Feu et douleur. Elle ferma les yeux, et soudain elle vit tout. Les ruines fumantes... l'enfant dévorée par les flammes...

– Elle est en vie. Forcément. Elle est là, quelque part, dit Wes.

– Je suis désolée pour toi, souffla Nat.

Il ne pouvait pas savoir à quel point.

– Bah, ce n'est pas ta faute, répondit-il, lui retournant les paroles qu'elle avait prononcées l'autre jour.

Nat n'ajouta rien. Elle aurait voulu tendre la main vers lui, mais il était comme isolé derrière une paroi de verre. Il allait la détester, à présent. Il la haïrait à jamais. Elle n'avait pas besoin de le repousser, le travail était déjà fait. *Le feu. L'enfant. Le feu sorti de nulle part. L'enfant qui a été enlevée.*

– Wes, il y a une chose que tu dois savoir à propos de moi..., dit-elle d'une voix presque inaudible.

À ce moment-là, Shakes surgit à leurs côtés.

– D'autres bateaux ! annonça-t-il. Roark les a repérés parmi les trashbergs ; ce petit a des yeux de pilote de chasse !

Wes se redressa aussitôt.

– L'armée ?

– Pas sûr. Ils sont encore trop loin.

Wes fila vers la proue, et Shakes lui emboîta le pas.

Roark était en train de descendre du nid-de-pie. Il fit son rapport.

– Ils n'arborent pas le pavillon des VSA.

– Et leurs moteurs sont trop bruyants, ajouta Wes.

Il sortit sa longue-vue et scruta l'horizon distant. Il fit le point pour mieux les voir. Il les entendait, aussi. Des coups de feu et des coups de canon.

Brendon descendit de la passerelle pour se placer à côté de Roark.

– Qu'est-ce qui se passe ?

– Une bataille navale, dit Wes, qui observait toujours les navires aux jumelles et voyait les balles voler. Entre deux bateaux de trafiquants d'esclaves, on dirait.

Il les reconnaissait à leur silhouette. Les deux gros navires étaient tellement surchargés de bric-à-brac qu'ils ressemblaient plutôt à deux bidonvilles flottants. C'était exactement ce qu'il avait craint quand les vaisseaux militaires avaient cessé de les poursuivre.

– Des esclavagistes, souffla Brendon. C'est mauvais signe, ça.

Nat fut épouvantée en repensant aux brigands qu'elle avait vus à K-Town : des hommes durs, au regard perçant, couverts d'affreux tatouages.

– On dirait que ce sont deux des équipages de Jolly, constata Wes en lui passant les jumelles pour qu'elle voie par elle-même les crânes et tibias peints sur les deux navires.

– Jolly ? Qui est-ce ? demanda-t-elle en les lui rendant.

– Jolly Roger Stevens, aussi connu comme la pire ordure qui ait jamais flotté sur ces eaux, grommela Shakes.

– Mais pourquoi se battent-ils entre eux ?

Devant leurs yeux, les deux bateaux se rapprochaient peu à peu l'un de l'autre. Le plus gros poursuivait clairement l'autre, son équipage se préparant à l'abordage. Il finit par le heurter violemment et, en quelques instants, les deux équipages commencèrent à se battre au corps à corps. Des hommes tombèrent à l'eau. On entendait des coups de feu, des grognements et des rires.

– Les trafiquants n'arrêtent pas de se dévaliser entre eux ; c'est plus facile que de sillonner les mers à la recherche de pèlerins, expliqua Wes.

– Avec un peu de bol, ils vont se neutraliser tout seuls, espéra Shakes. Et nous, on pourra se carapater discrètement...

– Est-ce qu'on a déjà eu cette chance ? soupira Wes. Retourne à la barre et essaie de nous cacher derrière un trashberg, va.

L'*Alby* se rapprochait d'un grand tas de débris et Wes crut un instant que la bonne fortune allait se ranger de leur côté. Mais à ce moment-là, les détonations cessèrent. Les pirates ne se battaient plus.

Wes scruta les deux navires avec ses jumelles et comprit la raison du cessez-le-feu : les cages à esclaves du navire assailli étaient presque aussi vides que celles de l'agresseur. Il n'y avait pratiquement pas de butin à piller.

Il fit le point sur les deux capitaines, qui s'entretenaient sur le pont d'un des navires. Ceux-ci se serrèrent la main et, d'un même mouvement, se tournèrent droit vers lui.

Wes et son équipage étaient repérés.

Et une chose était claire : ils étaient les prochains sur la liste des victimes.

36

Wes calcula ses chances. Il avait à ses côtés Shakes, une croupière, une Sylphe et deux Petitshommes. À part son second, aucun n'avait l'expérience du combat. Il dit à ce dernier de rester à ses côtés et ordonna à tous les autres de rejoindre les canots de sauvetage.

Mais personne ne bougea.

– Je tiens à me battre, annonça Brendon avec courage, soutenu par Roark qui hochait vigoureusement la tête. Nous ne fuirons plus devant l'adversité.

– Tu ne vas pas te débarrasser de nous si facilement, renchérit Nat.

Liannan surveillait déjà l'approche de l'ennemi.

– Si tu as un plan, dit-elle, je te recommande de nous en faire part tout de suite. Ils arrivent.

– Écoutez, ce n'est pas que je n'apprécie pas votre courage, dit Wes. Mais ces types-là sont des durs. Shakes et moi, on les a déjà affrontés. Et c'est ce qu'on va faire maintenant. Un mot de travers, et n'importe lequel d'entre vous peut mourir. Que tout le monde descende dans les cabines. Si on est abordés, sortez une chaloupe : elles ont un petit moteur, vous pourrez gagner un peu de temps, mettre un peu de distance entre eux et vous. (Il dégaina son arme.) Brendon, Roark : vous savez vous servir de ça ?

– Nous n'utilisons pas le fer, dit Brendon en sortant de sa poche une dague en argent. Mais nous sommes armés. Et nous avons Liannan avec nous.

– Elle n'a pas servi à grand-chose quand les snipers ont abattu votre ancien équipage, lui rappela Wes.

– Je ne les avais pas vus, rétorqua froidement Liannan en apparaissant sur le pont pour rejoindre le groupe. Les navires sont en fer, et le fer repousse nos pouvoirs.

– C'est bien dommage, soupira Wes. On ne cracherait pas sur un coup de pouce, là.

– Je reste avec vous, annonça Nat. Pas question que je parte. Je sais me battre.

Elle soutint le regard de Wes jusqu'à ce qu'il cède.

– D'accord. Mais je te préviens : s'ils nous abordent, nous n'avons aucune chance de nous en tirer.

– Alors nous mourrons ensemble.

C'est tout ce que tu pouvais demander, pensa-t-elle.

– Chef..., fit Shakes. N'oublie pas : s'il le faut, descends-moi avant qu'ils soient là. J'aime mieux crever ici qu'en cage. Tu me butes avant, OK ?

– Ne sois pas idiot, répondit Wes entre ses dents, le cœur battant à tout rompre. On n'en arrivera jamais là, je me tue à te le répéter.

– Ah non ?

Shakes tenta de sourire, bien qu'il fût plus pâle que la voile.

– Tu tiens toujours à rester ? demanda alors Wes à Nat.

Elle acquiesça fermement.

– Cette chaloupe est un piège mortel. J'aime mieux tomber au combat que mourir de faim en pleine mer.

– Comme tu veux, mais si on n'arrive pas à les descendre, il faudra qu'on s'abatte entre nous.

Shakes tendit une main tremblante.

– C'est promis.

Wes posa sa main sur celle de Shakes, et Nat fit de même.

– C'est promis.

Liannan et les Petitshommes ajoutèrent leurs mains.

Une fois réglée la question de leur mort, Wes soupira de nouveau.

– Bon, si vous voulez vous battre, commencez par vous cacher. Il ne faut pas qu'ils sachent combien nous sommes. Attrapez quelque chose de lourd et planquez-vous derrière.

Il indiqua à Nat un creux, derrière une paroi, où elle pouvait disparaître. Brendon et Roark comprirent immédiatement et filèrent se blottir derrière du matériel entassé sur le pont. Wes chercha des yeux Liannan, mais elle n'était déjà plus là. Nat, voyant son air perplexe, pointa le doigt vers le haut. La fille avait grimpé au mât et se dissimulait parmi les voiles, presque invisible tant sa silhouette était svelte et quasiment immatérielle.

Nat s'accroupit à côté des garçons. Ensemble, ils attendirent en retenant leur souffle, sans échanger un mot. Elle entendait les moteurs se rapprocher.

L'un des bateaux d'esclaves fonçait droit sur le leur, son étrave puissante écartant la glace et les débris devant lui. Wes leva une main pour réclamer un silence absolu et fit signe à Shakes, pointant la proue qui approchait. Le second rampa jusque derrière le canon installé sur le pont. L'arme ne payait pas de mine, mais elle ne manquait pas de punch. Wes avait soudé la base d'un vieil obusier derrière un bouclier métallique, qui permettait d'ajuster et de lancer le tir tout en restant relativement protégé. De courte portée, il ressemblait à un canon miniature et tirait des boulets gros comme des balles de base-ball. Ç'aurait été une arme formidable, si seulement ils avaient eu plus d'un boulet ! Shakes vérifia qu'il était chargé, et fit signe à Wes.

Ils n'avaient droit qu'à un coup : il fallait donc que celui-ci soit décisif. Wes attendit que le navire ennemi se soit rapproché. En visant juste, ils avaient une chance de le couler avant que l'équipage soit assez proche pour les rejoindre à la nage. Et un impact bien placé pourrait peut-être les faire fuir, s'ils croyaient que d'autres boulets suivraient.

Wes réfléchit à sa stratégie. Il voulait effrayer les brigands avant qu'ils puissent comprendre à quel point son équipage manquait de munitions ; mais plus il tirerait de loin, plus ce serait difficile de faire mouche.

Il attendit donc le plus longtemps possible, puis donna le signal à Shakes.

Celui-ci prit son temps pour ajuster son tir. Comme le dispositif de visée était manquant, il dut y aller au jugé.

Le navire était à un mille de distance... plus qu'un demi-mille...

Wes allait crier à Shakes de tirer lorsque celui-ci appuya enfin sur la détente.

Le petit canon émit une telle détonation que tout le pont en fut secoué et que l'air s'emplit d'un fin nuage de fumée.

Mais lorsque la fumée se dissipa, les brigands leur fonçaient encore dessus. Le tir avait complètement raté sa cible, fracassant une plaque de glace à trente pieds du vaisseau.

Shakes jura et Wes passa derrière l'épais bouclier d'acier.

– Ce n'est pas ta faute, dit-il sans quitter des yeux l'ennemi. La charge était vieille de plusieurs dizaines d'années ; c'est déjà un miracle que le coup soit parti.

Tous deux, la main sur leurs pistolets, regardèrent le navire ennemi se rapprocher. Comme le leur, c'était un rafiot rafistolé et bricolé de partout, mais à la différence de l'*Alby*, qui avait été entretenu avec amour, l'embarcation des trafiquants avait un air déglingué. Sa coque était renforcée par des capots de voitures, des portes de frigo, de la tôle ondulée, un vrai patchwork de débris. Ses cheminées fumaient. Wes repéra plusieurs canons menaçants qui sortaient de ce bric-à-brac.

L'embarcation était si proche, à présent, qu'ils entendaient les conversations des brigands. Chacun se terra dans sa cachette et attendit.

– Qu'est-ce qu'ils disent ? chuchota Roark à Nat.

Elle tendit l'oreille.

– Je ne sais pas, au juste.

Le parler des trafiquants sonnait grossièrement à ses oreilles, corrompu, tout en consonnes et presque sans voyelles. Soudain, elle se rendit compte qu'ils *parlaient* littéralement en SMS, un langage qui n'était fait que pour être écrit, en principe – même si elle en avait entendu dans les recoins de K-Town, et de temps en temps aussi lorsqu'elle travaillait à Vegas.

Le navire était à présent à côté du leur ; les brigands avaient sorti une échelle de corde et commençaient l'abordage. Une troupe hétéroclite de garçons et d'hommes au regard dur monta à bord, ainsi que quelques femmes effrayantes, brandissant des pistolets et des poinçons d'acier aiguisés. Nat compta trente personnes.

En face d'elle, Wes rengaina son arme.

– Qu'est-ce que tu fais ? lui demanda-t-elle, horrifiée.

Ils avaient prévu de combattre, pourtant. Et voilà que Wes avait l'air de renoncer.

– Si on résiste, on mourra. Ils sont trop nombreux. Je pensais qu'ils n'enverraient qu'une petite escouade, mais on ne peut pas les affronter tous à la fois. Ce serait du suicide. Il va falloir se rendre.

– Mais on avait dit...

Wes ne la laissa pas achever sa phrase.

– Qu'ils nous emmènent, et je pourrai peut-être m'en sortir en leur parlant. Je connais ces types. Et sinon, ça me donnera un peu de temps pour trouver une autre issue.

– Une autre issue ? répéta Nat d'un air entendu.

– Ne t'en fais pas... jamais je ne leur donnerai ton collier. Promis. Plutôt le manger !

Wes fit un signe de tête à Shakes et au reste de l'équipe. Lentement, les mains en l'air, il sortit de derrière le bouclier. Le groupe suivit. Il n'y eut ni discussion ni débat. Pour Wes, ce fut une bonne surprise :

cet équipage était décidément plus discipliné que l'ancien. Les Petitshommes laissèrent tomber les dagues qu'ils avaient dégainées ; Liannan descendit du mât et s'avança d'un pas souverain, serrant son habit autour d'elle, collée de près par Shakes qui tâchait de la protéger. Nat passa en dernier.

Les esclavagistes échangèrent des murmures et des gestes en encerclant le petit groupe. Deux d'entre eux se saisirent de Wes. Ils avaient sur les joues des cicatrices identiques, semblables à des griffures de chat ou de branchages épineux. Wes savait que les clans de brigands les plus traditionnels scarifiaient les joues de leurs bébés à la naissance. Les balafres grandissaient ensuite avec leur visage, les marquant à jamais comme étant des enfants de l'océan noir.

– C'est tout ? Vous n'êtes pas plus nombreux ? demanda le plus costaud d'entre eux.

Wes nota l'absence de scarifications sur son visage : c'était un homme qui avait grandi en dehors des clans. Il parlait la langue standard, mais de manière à peine compréhensible. Il empestait autant que la mer, et ses vêtements étaient tachés et effilochés ; il porterait sans doute ces haillons jusqu'à ce qu'ils se désintègrent sur lui.

Wes répondit par l'affirmative.

– Je vous croyais à la tête d'un plus gros équipage. Deux soldats et quatre passagers ?

– On en a perdu quelques-uns.

Il y eut un murmure général, qui se calma rapidement. La troupe s'ouvrit en deux pour laisser passer le capitaine des trafiquants. Nat réprima une exclamation. L'homme qui s'avançait était Avo Hubik, *alias*

Slob, celui à qui elle avait extorqué ce navire. Il était aussi svelte et élégant qu'à K-Town, avec ses yeux noirs profonds comme la nuit. Et son visage lisse, comme celui du brigand qui avait parlé, ne portait aucune balafre rituelle. En revanche, un squelette était tatoué sur son avant-bras. Nat remarqua que la cicatrice qu'il avait au sourcil était presque identique à celle de Wes. Était-ce une simple coïncidence, ou autre chose ?

Avo s'avança sur le pont, le sourire aux lèvres.

Il s'arrêta en voyant Nat, et son sourire s'élargit encore.

– Ah, te voilà, toi. C'est bien ce que je pensais, tu étais trop vulgaire pour être une vraie épouse de milliardaire. J'aurais dû me douter dès le début que tu travaillais pour ce type, dit-il en indiquant Wes.

Ce dernier haussa les épaules, comme s'il n'était pas aux abois. Il imitait l'attitude désinvolte d'Avo. Deux vieux amis et adversaires qui se retrouvaient.

– Slob, quel plaisir de te revoir. Ça faisait longtemps.

– Wesson. Je t'ai déjà dit bien des fois de ne pas m'appeler comme ça.

Wes éclata de rire.

– Allez, Slob, laisse-nous en paix. Tu peux reprendre ton bateau. Mais je t'avertis, ne touche pas à mon équipage.

– Je l'ai déjà repris, mon bateau, tu n'avais pas remarqué ? Ton cher vieil *Albatros*, le bien nommé, ajouta-t-il sans le moindre sourire à présent. Quant à ton équipage...

Ses yeux se dirigèrent vers les filles et s'attardèrent sur Nat.

– N'y pense même pas, espèce de pervers, l'avertit Wes.

Cela fit rire Avo.

– T'inquiète, Wesson, ce n'est pas mon genre de récupérer tes restes.

Wes se mit à parler plus vite.

– Bon, allez, sois sympa, tu me connais, laisse-moi travailler pour toi. J'ai un bon équipage, tu sais que je peux doubler en vingt-quatre heures la zone que tu couvrirais tout seul. Jolly n'aura même pas à me payer à mon tarif habituel... je me contenterai de ma part du butin.

Il composa son sourire le plus chaleureux et le plus charmant. C'était encore un numéro de comédien, sauf que cette fois il ne s'adressait pas à un guide de safari ni à une équipe de traqueurs paresseux et corrompus. L'homme qu'il avait devant lui était le pirate le plus redouté des eaux noires.

Avo eut un rire bref et cruel.

– Bradley disait que tu t'étais ramolli, mais je ne le croyais pas. Pourtant, à te voir avec une bande de filles et de nains, je commence à me dire qu'il avait raison. Je comprends, maintenant, pourquoi tu n'as pas eu le cran de prendre le job !

– De quoi parle-t-il ? demanda Nat. Wes, quel job ?

37

Avo partit d'un nouveau rire.

– Dis-lui donc ! Vas-y, explique-lui que Bradley t'a proposé un bon boulot, bien facile, à pourchasser les pèlerins sur les eaux noires. Histoire de nettoyer un peu cet océan. Une chance pour nous que tu n'en aies pas voulu. On dirait que tu as changé de camp, dis-moi.

Wes soupira. Les choses ne se passaient pas comme il l'avait espéré.

Le second navire vint se ranger bord à bord avec l'*Alby*. Il était similaire au premier, chargé de conteneurs qui faisaient office de cages, et qui dépassaient en surplomb tout autour du pont. Son capitaine, un pirate fluet, chauve et renfrogné, monta à bord. Il avait le teint pâle, jaunâtre et maladif, à la différence des vieux loups de mer d'autrefois au teint buriné. C'est que les rayons du soleil n'arrivaient plus jusqu'à l'océan : il faisait gris ici comme partout ailleurs dans le monde, si bien que les charognards des mers étaient aussi blafards que n'importe quel citoyen de New Vegas. Comme Avo, le nouveau portait un GPS de type militaire à la hanche.

Le chauve se faisait appeler l'Oreille, se souvint Wes. Et cela parce qu'il lui manquait l'oreille droite. Son navire était le *Van Gogh*.

– C'est tout ? lâcha-t-il en considérant avec mépris le maigre équipage de Wes.

– On dirait bien, répondit Avo. Les gars ont tout fouillé. Il manque une chaloupe, mais rien d'autre. Ils ont perdu quelques têtes en route, à ce que dit Wesson.

L'Oreille cracha sur le pont. On voyait clairement qu'il n'avait pas une haute idée du navire. Wes remarqua des marques de brûlures sur sa veste et se demanda si elles venaient de son combat avec Avo.

– On les tire au sort ? proposa ce dernier, qui lançait déjà une pièce d'argent en l'air.

– Face, annonça l'Oreille.

– C'est pile.

Avo lui montra la pièce. Il sourit et désigna Nat.

– Celle-ci.

– Non ! Ne lui faites pas de mal ! s'insurgea Wes. Avo, je te jure que si jamais tu...

– Attendez... attendez..., fit Nat.

Avo tira une lame de sa poche et s'avança vers elle. Elle se crispa d'appréhension.

– Du calme, toi, lui dit le brigand.

Il remonta une des manches de Nat et traça un S tordu dans la peau de sa main avec la pointe de son couteau. Wes, pendant ce temps, se débattait contre les hommes qui le retenaient.

– Il faut que je vous avertisse... elle est marquée !

Le trafiquant d'esclaves sourit jusqu'aux oreilles.

– Exactement. Marquée, mais encore en forme. C'est pour ça que je la veux : elle aura plus de valeur sur le marché. Vardick, emmène-la sur le *Titan*.

Il s'adressait à un de ses hommes, qui prit Nat par sa main abîmée.

– Wes ! s'écria-t-elle.

– Nat ! Ne résiste pas... ne...

Mais Nat envoya un coup de pied à Vardick, qui en retour la frappa à la tempe avec la crosse de son fusil. Elle tomba durement.

– Pas le visage ! s'énerva Avo. Ils n'aiment pas qu'elles soient trop esquintées.

Wes s'arracha à la poigne des pirates qui le retenaient et fit volte-face, enfonçant son poing dans la panse du plus proche, ce qui lui brisa les côtes et l'envoya au sol. Les brigands avaient beaucoup de force brute, mais aucun ne savait réellement se battre. L'homme était deux fois plus costaud que Wes, et pourtant il n'eut même pas le temps de bouger avant de recevoir le coup. L'entraînement militaire se révélait utile dans les moments comme celui-ci, et en cet instant, cerné par les pirates, Wes était prêt à se battre contre tout l'équipage s'il le fallait.

– Ça suffit ! lança Avo en élevant paresseusement son pistolet. Tu te calmes, ou je t'oblige à regarder ce qu'ils lui feront.

Wes se figea et battit en retraite. Le pirate qu'il avait envoyé valdinguer lui donna un rude coup dans le dos, le faisant tomber à son tour.

– Suivant ! dit l'Oreille. Je vais prendre celui qui a la tremblote, là.

Liannan envoya à Shakes un regard inquiet tandis que les hommes de l'Oreille l'emmenaient de leur côté. Shakes n'émit pas un son lorsqu'ils lui entaillèrent l'oreille, qui se mit à saigner abondamment.

Avo observa attentivement le reste du groupe.

– Je prends la Sylphe, lâcha-t-il finalement. Jolly en voudra peut-être pour sa collection.

Liannan gardait les mains derrière son dos. Elle ne voulait pas porter leur marque. Mais ce fut inutile, car deux des hommes d'Avo la saisirent, lui ouvrirent les mains de force et imprimèrent le S.

– Les petits, annonça ensuite l'Oreille. Je prends les deux, deux pour le prix d'un, hein ?

Comme Shakes, Roark et Brendon ne poussèrent pas un cri, ne versèrent pas une larme lorsque leurs oreilles furent tailladées. Wes était fier de son équipage. Il espérait seulement trouver une idée pour les tirer de là. Il n'avait pas menti à Nat, mais la situation était plus désespérée qu'il ne l'avait cru. Il avait imaginé que tous se retrouveraient sur le même bateau... mais maintenant qu'ils étaient séparés en deux groupes, ce serait plus difficile de secourir tout le monde.

– Qu'est-ce que tu comptes faire de ces demi-portions ? s'enquit Avo avec curiosité.

– C'est pour les territoires hors la loi... les cirques paieront un bon prix pour les avoir.

– Moi, je prends Wesson, dit Avo d'un ton languide.

Wes garda un sourire plaqué sur le visage lorsque les pirates taillèrent dans sa main.

– Tu vas le regretter, Slob. Je te le promets. N'oublie pas. Et avertis Jolly, aussi. Je ne l'épargnerai pas quand je me vengerai de toi.

C'était une bravade, des paroles vides, il le savait bien, mais il espérait donner du courage aux siens. Et il était soulagé qu'au moins Nat soit avec lui.

– Vincent ! hurla Liannan lorsque les deux groupes furent traînés vers leurs bateaux respectifs.

Mais Shakes ne leva même pas la tête. Il avait déjà renoncé, se dit Wes. Et peut-être avec raison.

38

L'arrière du *Titan* faisait office de village de captifs : les conteneurs étaient disposés en U sur le périmètre, de manière qu'une moitié repose sur le pont et que l'autre dépasse au-dessus de l'eau. Cela permettait de dégager plus de place sur le pont, mais Wes se doutait que ce n'était pas la préoccupation première des pirates. Disposées ainsi en surplomb, les cages étaient doublement froides, et toute tentative d'évasion ne pouvait que s'achever dans les eaux noires.

La seule manière d'y entrer ou d'en sortir était une lourde porte de fer verrouillée par un loquet aussi gros que le bras de Wes. Un trou grossièrement percé au centre de cette porte laissait passer un peu de lumière. Un brigand au teint grisâtre pressa la pointe de son coutelas dans le dos de Wes tout en désignant la porte ouverte d'une cage, et le garçon entra, immédiatement suivi par Nat. Par des trous dans le sol métallique, ils entendaient les remous de l'océan, un bruit qui résonnait puissamment dans le conteneur et les fit frissonner. Il faisait dix degrés de moins que sur le pont, car plus rien ne les isolait de la mer glacée.

Wes flaira une odeur de fruits mûrs et de noix, et oublia un instant le froid pour chercher des yeux quelque chose à manger. Pourtant, le conteneur était vide. Il se demanda alors s'il y avait quelque chose devant la porte, mais ne trouva rien non plus. Il crut une seconde que la température glaciale commençait à lui donner des hallucinations. Il paniqua, puis comprit ce qu'il avait senti. En lettres orange délavées, il remarqua le logo « NA-Alimentation » sur une des parois. La compagnie se spécialisait dans les « nouveaux aliments » : des produits qui ne demandaient ni réfrigération ni cuisine. On les rangeait simplement dans un placard et on les utilisait selon les besoins. Les aliments étaient garantis frais et sans bactéries pour des décennies. *Faites des stocks pour un siècle !* ou quelque chose comme ça, il avait oublié le slogan. De la nourriture immortelle. L'odeur des NA était encore présente. Elle serait toujours là lorsque sonnerait la fin du monde. Ces aliments trafiqués étaient les cafards du monde comestible : dégoûtants, mais indestructibles.

Wes eut un rire dépité, et Nat l'imita. Ils mouraient de faim avec une odeur de nourriture plein le nez. Toutefois, le sourire de Nat disparut rapidement. Elle voyait bien que quelque chose le préoccupait.

– C'est vrai, ce qu'a dit Slob ? lui demanda-t-elle. À propos de ce boulot ?

Il soupira.

– Oui. C'est bien vrai. On m'avait proposé le job qu'il a pris.

Il raconta alors à Nat la mission qu'il avait déclinée. *Ce n'est pas du travail, c'est du meurtre*, avait-il dit à Bradley.

– Les VSA utilisent les mercenaires pour éliminer ou torturer leurs propres citoyens. Ils se fichaient pas mal du sort que je réserverais aux pèlerins, du moment que je les faisais disparaître. Si le Bleu existe bien, ils veulent que personne ne le trouve.

– Tu dois avoir une sacrée réputation, fit Nat, pensive.

– Oui, bon, j'ai refusé, non ? Tout est ma faute ; je n'aurais jamais dû te laisser quitter New Vegas.

– C'était mon choix, protesta-t-elle. Ce n'est pas ta faute.

– C'est parfaitement ma faute, mais j'espère qu'Avo m'écoutera. Nous avons un passé en commun, lui et moi. Il me laissera lui parler, au moins. Il s'est amusé, il a pris sa revanche. Il a déjà gagné : je suis en cage.

– Avo et toi... vous avez la même cicatrice au sourcil droit. Mais tu m'as dit que c'était Shakes qui t'avait donné un coup de piolet. Que c'était un accident.

Wes fit la grimace, visiblement mal à l'aise.

– Je te raconterai ça un jour.

– Il était dans l'armée avec toi, n'est-ce pas ? Avo Hubik. On dit qu'il est originaire de Nouvelle-Thrace, mais ce n'est pas possible, il n'a pas l'accent. Je me suis déjà posé la question quand j'ai gagné l'*Alby*. Au fait, j'ai toujours cru que le nom *Alby* venait de l'immatriculation ALB-187, mais Avo l'a appelé « l'*Albatros* ».

– C'est une vieille blague entre nous, de prétendre que ce bateau est plus encombrant qu'autre chose. Et tu as raison, Avo n'est pas de Nouvelle-Thrace. C'est un ancien militaire. Nous étions dans la même unité, et à présent il est mercenaire, comme moi.

– Et que va-t-il se passer si tu n'arrives pas à l'apitoyer en souvenir du bon vieux temps ?

Wes s'assit.

– Bon, si je connais bien Avo, un de ces jours il sera distrait, ou flemmard, et je sauterai sur l'occasion pour tous nous faire sortir d'ici.

– Et si ça ne marche pas ? On sera vendus aux enchères, c'est ça ? Du moins, si on a de la chance. Parce que si personne ne veut de nous, il nous vendra pour la boucherie, c'est bien ça ? Les territoires hors la loi crèvent de faim. Leurs habitants sont prêts à mettre la main sur n'importe quelle barbaque.

Elle frémit. Elle avait entendu des rumeurs horribles à propos du trafic de chair humaine : les esclaves étaient d'abord aveuglés à l'acide, puis dépecés vivants avant d'être équarris.

– On n'en arrivera jamais là, Nat. Je ne laisserai pas faire. Tu te souviens de notre pacte ?

Nat ne répondit pas.

– Mais pourquoi a-t-il dit que je vaudrais plus cher... Que font-ils avec les Marqués ?

– Je n'en sais rien.

Wes évitait son regard.

– Tu le sais, mais tu ne veux pas me le dire.

Nat sentit son estomac se nouer. Wes tâchait de garder son calme, mais elle voyait dans ses yeux la terreur qu'il s'efforçait de cacher, et elle se rappela alors combien il était jeune. Combien ils l'étaient tous. Il était le plus doué pour dissimuler ses émotions : il gardait son sang-froid, les amenait à croire qu'il était plus âgé et maîtrisait la situation. Mais il n'avait que seize ans.

C'était encore un jeune garçon. Tous, ils étaient des enfants et des orphelins. Et Slob était le pire de tous, la plus grosse brute de la cour de récréation.

Le froid les mordillait de toutes les directions. Il n'y avait aucune distraction, rien à voir ni à faire. Les jours et les nuits étaient anormalement longs, et toujours soufflait ce vent polaire, brûlant comme un feu qui n'offrait nulle chaleur.

Pendant les quelques jours qui suivirent, ils restèrent enfermés sans rien à manger ni à boire, hormis les stalactites de glace qui se formaient dans les coins. Nat se sentit en forme au début, mais quand vint le troisième jour elle fut trop faible ne serait-ce que pour s'asseoir. La cage la rendait claustrophobe, la vidait de toute énergie. Elle était plus affamée que jamais. Elle avait beau essayer de dormir, elle tremblait comme une feuille chaque fois que le vent sifflait dans les trous laissés par les balles. L'air glacé lui balayait la peau et desséchait ses joues rougies.

Elle entendit un bruit de déchirement et crut un instant que le conteneur tombait à l'eau. Levant la tête, elle vit que c'était Wes, qui tirait une longue bandelette du rembourrage de sa doudoune.

– Qu'est-ce que tu fais ?

Pas de réponse. Il arracha un autre lambeau.

– Mais tu vas geler ! Arrête !

– Tiens, dit-il en lui passant la plus longue des bandelettes. Mange.

– Qu'est-ce que c'est ? s'enquit-elle, trop faible pour tendre la main.

– Du fruit séché. J'appelle ça du bacon-fruit, parce que ça a l'aspect du bacon et un goût de fruit. L'armée roule ces bandelettes dans des tubes de polysio pour les conserver. Le polysio est *grosso modo* le matériau qui sert à l'isolation thermique des bâtiments. Tellement isolant que le bacon-fruit roulé à l'intérieur reste frais pendant des années. Shakes et moi avons découvert que ça faisait un très bon isolant personnel pour pas cher, si bien qu'on en a bourré nos vestes.

Il plongea de nouveau la main à l'intérieur de sa doudoune et en arracha encore un grand lambeau.

– J'essayais de le garder jusqu'à ce qu'on en ait vraiment besoin. Et il me semble que ce jour est venu. Je n'avais jamais cru que je finirais par manger ce truc-là. (Il en prit une bouchée et sourit.) Mais rassure-toi, le goût est encore pire que l'aspect ! plaisanta-t-il.

Il se trompait. Nat trouva que c'était la doublure la plus délicieuse qu'elle ait jamais mangée. Sa faim s'estompa pour un petit moment.

Au matin, le garde poussa par le trou de la porte des bols en fer-blanc pleins de gruau et des gobelets d'eau. Avec le bacon-fruit, cela suffisait à les maintenir en vie, mais c'était tout.

Pourtant, chaque fois qu'un coup résonnait à la porte, Nat était certaine que c'était Slob. Elle n'avait pas apprécié sa manière de la regarder : elle avait presque pu voir les watts s'allumer dans ses prunelles. Mais comme les jours passaient et que rien n'arrivait, elle commença à croire qu'il l'avait oubliée, ou que

Wes avait peut-être réussi à le dissuader de la vendre dans l'immédiat.

Que faisaient-ils des Marqués ? Pourquoi se revendaient-ils plus cher ?

Nat entendait Liannan dans le conteneur contigu au sien, ce qui indiquait que la Sylphe était encore en vie. Mais qu'en était-il de Shakes et des Petitshommes ? Elle se demandait comment ils se portaient, et priait pour qu'ils aient survécu.

Elle était en train de s'assoupir sur l'épaule de Wes lorsqu'elle entendit une voix l'appeler doucement dans le noir.

– Nat ? Nat ? Tu m'entends ?

– Liannan !

– Je ne peux pas parler longtemps, le fer est trop puissant, mais j'arrive à projeter un peu ma voix. J'ai peur, Nat.

– Ne crains rien. Wes va nous tirer de là. Il y arrivera, je le sais.

– C'est à cause de tout ce fer. Si seulement je pouvais sortir de cette cage !

– Il y a peut-être un moyen, intervint Wes. Du moins, si je connais bien ces types. D'ici peu, ils en auront assez et nous laisseront peut-être sortir un peu. Ce qui est à la fois bon et mauvais pour nous.

– Pourquoi mauvais ?

– Parce que quand des trafiquants d'esclaves s'ennuient, ils obligent les esclaves à les divertir.

39

Wes avait vu juste. Le lendemain, leurs geôliers les firent sortir au grand air. Nat se réjouit de sentir un peu de chaleur sur son visage et d'échapper enfin à cet espace confiné. Il y avait presque une semaine qu'elle n'avait pas vu la lumière du jour. Le ciel avait beau être gris et brumeux, il lui brûla les rétines comme un soleil estival de l'ancien temps au moment où la cage fut ouverte.

Les pirates isolèrent les prisonniers marqués. Nat fut séparée de Wes et forcée à se tenir avec les autres au milieu d'un cercle. Leurs gardiens étaient armés de lances grossièrement forgées dans des débris de ferraille, qu'ils pointaient dans leur dos au cas où les prisonniers voudraient utiliser leurs pouvoirs contre eux, même s'il y avait peu de risque que cela arrive, la faim et le désespoir ayant chassé tout espoir de l'esprit des captifs. Ils se donnèrent consciencieusement en spectacle, tels des singes savants.

Nat regarda ses compagnons marqués faire léviter des caisses, secouer les voiles et déplacer des verres à distance.

– C'est tout ce qu'ils savent faire, hein ? Des tours de magie débiles, persifla un membre de l'équipage sans lâcher sa lance.

– Toi, là ! Fais-nous un tour, ajouta un autre en pointant le doigt sur Nat.

Elle fut désarçonnée un instant.

– Moi ? bredouilla-t-elle.

Le brigand acquiesça et dévoila ses chicots jaunes tout de travers.

Nat ne bougea pas. Il la piqua avec le bout de sa lance, et elle frémit. Elle avait la tête vide. Elle se sentait moins qu'humaine, et sut immédiatement quelles étaient les intentions des pirates.

– Je ne peux pas, dit-elle. Je suis incapable de faire quoi que ce soit.

Le sourire tordu de la brute s'envola. Il plissa les yeux et fit une grimace terrible. Il voulut la frapper avec sa lance et Nat se recroquevilla, prête à prendre un coup. Mais rien ne vint.

Relevant la tête, elle vit le trafiquant virer au rouge et son col se serrer autour de son cou de manière à l'étrangler. Elle se retourna alors : un autre prisonnier marqué regardait fixement le pirate, furieux et concentré.

La brute commença à tousser et crachoter tandis que le tissu continuait de se resserrer, coupant la circulation sanguine. L'homme tomba en avant et son crâne se fracassa contre le dur métal du pont.

Les pirates se moquèrent de leur camarade. Un autre individu – grand, costaud, et torse nu pour montrer ses effrayants tatouages – l'écarta d'un coup de pied.

– Faut savoir se faire respecter, avec ces animaux ! grogna-t-il. À la première occasion, ils vous jetteraient à la flotte. Va voir en bas si j'y suis, et rends-toi utile. (Il s'approcha du rang de prisonniers marqués.) À mon tour de m'amuser un peu. Alors comme ça, tu aimes jouer, hein ? ajouta-t-il en désignant le jeune garçon qui avait étranglé son camarade. Soulève-moi un peu ça !

Il montrait du geste une rangée de cages.

Le garçon ne semblait pas savoir quoi faire.

– TOUT DE SUITE ! OU JE TE CRÈVE TA GORGE POURRIE AVEC ÇA ! beugla le pirate en brandissant sa lance.

L'esclave marqué ferma les yeux. Il avait une boursouflure tachetée sur la tempe : la marque la plus courante, révélatrice d'un pouvoir de télékinésie. Il pouvait déplacer des objets par la seule force de son esprit. Lentement, très lentement, la rangée de conteneurs se souleva du sol. Ils flottèrent à quelques centimètres, un demi-mètre, un mètre, mais l'effort était trop éprouvant et l'esclave s'effondra, tout comme les cages, qui retombèrent à grand fracas.

– HO ! DEBOUT ! brailla le pirate en le bourrant de coups de pied.

– Il est mort. Tu en as encore tué un. Slob va être furieux. On attend les négociants. Tu sais qu'ils paient plus cher pour les Marqués.

– Je ne vois vraiment pas ce qu'ils trouvent à ces pourritures. D'ici un mois, ce seront tous des Thrillers.

– Et d'ailleurs, il n'est pas mort, dit l'autre en déversant un seau d'eau noire sur le visage du pauvre garçon. Mais je suis sûr qu'il le regrette.

Ils furent raccompagnés de force jusqu'à leurs cages. Nat était trop faible et trop terrifiée pour parler, même quand Wes essaya de la consoler en lui frottant le dos. C'était donc pour cela qu'Avo voulait les Marqués : pour les utiliser comme amusements, pour le *sport*, en attendant de les revendre. Les grosses brutes allaient jouer avec eux – une forme de torture, comme arracher les ailes d'une mouche – jusqu'à ce qu'ils trouvent preneur.

Cette nuit-là, Nat entendit comme un faible battement d'ailes devant sa cage.

– Qu'est-ce que c'est ? demanda-t-elle à Wes, qui se rapprocha de la porte pour regarder par le petit trou.

– Ne t'en fais pas, ce ne sont pas les gardes, dit-il. Regarde.

Nat jeta un œil. Un vol de créatures multicolores entourait la cage. On aurait dit de gros papillons ou des oiseaux, mais ce n'en étaient pas. Ils voletaient et tournoyaient, et leurs merveilleuses plumes bleues, roses, mauves, dorées et argentées illuminaient la nuit dans des tons d'arc-en-ciel.

– Vous les entendez ? demanda Liannan, dont la voix mélodieuse résonna dans le noir.

– Oui ! Je... je comprends même ce qu'ils disent, s'émerveilla Nat.

– Et que disent-ils ? voulut savoir Wes.

Elle s'efforça de le lui expliquer. Elle ne les entendait pas vraiment parler en mots et en phrases... c'était plutôt qu'elle se sentait emplie de leurs émotions, de leur état d'esprit.

– Ils disent... ils disent... qu'il y a de l'espoir. De l'espoir pour nous. Et que nous sommes les bienvenus.

Il y eut un bruit du côté de la fente à nourriture. Nat poussa une exclamation de surprise lorsque des graines, des noix et de petits fruits commencèrent à tomber par le trou. Elle prit le mouchoir de Wes pour les rattraper.

De l'espoir, songea-t-elle. *Je vais survivre à tout cela.*

Merci, dit-elle silencieusement aux créatures ailées. *Merci. Je vous en prie, nous ne sommes pas les seuls ici. Apportez à manger à tous.*

Ils dévorèrent ce repas miraculeux, et Nat entendit de discrètes exclamations de joie dans tout le quartier des esclaves.

Elle choisit plusieurs baies et les partagea avec Wes. Le jus leur rougit les lèvres. Ensuite, Nat s'avisa qu'elle avait toujours le jeu de cartes qu'elle gardait en permanence dans sa poche, et ils jouèrent avec des graines en guise de jetons.

– Je me couche, dit Wes, dégoûté, en jetant ses cartes. Où as-tu appris à jouer comme ça ?

– C'est une des premières choses qu'on nous enseigne à MacArthur. Ça leur permet d'évaluer nos capacités. De voir qui est capable d'utiliser ses pouvoirs pour prédire des choses, lire dans les têtes, ce genre de trucs.

Elle battit et distribua.

– Ah, alors c'est comme ça que tu gagnes ! sourit Wes. Ce n'est pas juste.

Elle le regarda et secoua la tête.

– Pas du tout. Je ne sais pas deviner le jeu des autres. Je joue bien, c'est tout, souffla-t-elle, un peu contrariée. C'est si dur à croire ?

Il poussa un grognement et étudia son jeu.

– Je me couche, une fois de plus !

Elle éclata de rire.

Puis il poussa son petit bol de graines dans sa direction et elle sut qu'il les lui aurait données, de toute manière.

– Alors comme ça, tricher aux cartes fait partie de l'entraînement ? insista-t-il.

– Après avoir appris le poker, on passe aux nombres, aux codes... ça nous a bien servi pour franchir la barrière, je te rappelle. (Elle piocha une carte.) Et toi ? Tu ne m'as jamais dit comment tu t'étais retrouvé mercenaire ni pourquoi tu avais quitté l'armée. Je sais que tu ne voulais pas faire carrière, mais quand même, est-ce que ça n'était pas plus facile d'être soldat que d'avoir à faire ce genre de choses ? Regarde où nous en sommes !

– Pour tout te dire, la vie de mercenaire est une existence plus honnête que celle de soldat, lâcha Wes sans lever les yeux de son jeu.

– Comment ça ?

Elle posa deux cartes retournées par terre.

– Tu n'as jamais été militaire. Tu n'imagines pas la moitié des choses qu'on nous a demandé de faire, en Pangée-Inférieure, en Nouvelle-Rhodes, en Olympie. C'est leur manière de s'assurer la loyauté des soldats : nous rendre complices de leurs crimes. Une fois que tu l'as fait, tu n'hésites plus à dire oui la fois suivante, puisque tu as déjà franchi la ligne.

Il se défaussa de quelques cartes, en piocha deux nouvelles.

Elle garda le silence un petit moment.

– Et c'est ce qui s'est passé... au Texas ?

Il rumina cette question. Il ne la regardait toujours pas en face.

– Ouais. Les rebelles ne se rendaient pas, on les avait acculés dans un coin mais ils refusaient toujours de brandir le drapeau blanc. La ville était déserte ; personne ne savait où les Texans cachaient les leurs. Je l'ai découvert par hasard. J'ai été capturé lors d'un raid, fait prisonnier et torturé. C'est là que j'ai récolté cette cicatrice. Avo aussi. Mais nous n'avons pas cédé. Ils nous avaient laissés pour morts. On a réussi à s'évader, et on a même attrapé l'un des leurs... il était marqué...

Wes étouffa une sorte de sanglot.

– Tu n'as pas à me le raconter si c'est trop dur.

– Je ne voulais pas, je ne voulais rien avoir à faire avec cette histoire... mais je n'ai rien pu empêcher non plus. Avo l'a...

Wes semblait en proie à une souffrance immense.

– Il l'a torturé.

Le garçon ferma les yeux.

– Oui. Il avait une marque sur la joue... comme un serpent. Avo s'est dit qu'il pourrait... qu'il pourrait...

– ... lui faire du mal en la touchant, compléta Nat à mi-voix.

– Oui. Quand il appuyait sur la marque, elle se mettait à briller... et le type hurlait, hurlait... et il a fini par craquer. Les Texans cachaient leur peuple à quelques kilomètres de là. Dans la neige. Ils avaient installé les gens dans un ancien stade, tu vois. J'ai pensé qu'on allait les encercler pour les assiéger. Mais les ordres sont arrivés. Faites tout sauter. Tuez leurs gosses, leurs femmes, tout le monde. Forcez-les à se soumettre.

– Ce n'est pas ta faute. Ce n'est pas toi qui as fait ça. Tu ne l'as pas torturé, et ce n'est pas toi qui as donné l'ordre.

– Mais je n'ai rien pu empêcher non plus. J'ai leur sang sur les mains et je ne pourrai jamais l'enlever. (Il prit une longue inspiration tremblante.) C'est après ça que j'ai quitté l'armée... je ne voulais plus rien avoir à...

– Wes. Tu n'es pas un sale type.

Elle posa ses cartes. La partie était oubliée.

Wes fit de même. Il secoua la tête.

– C'était la guerre... mais c'était mal. Nous ne valions pas mieux que les trafiquants d'esclaves. Nous étions pires, peut-être.

40

Le lendemain matin, les pirates étaient impatients de découvrir pourquoi leurs prisonniers n'étaient plus aussi faibles et affamés. Une équipe de gardes fouilla les cages une à une et déshabilla tous les captifs, mais ne trouva rien. Tout avait été mangé jusqu'à la dernière miette.

Nat redoutait une punition collective, mais l'arrivée d'un nouveau lot de pèlerins détourna l'attention des trafiquants.

C'était la routine habituelle : chaque jour, ils sillonnaient les environs dans un petit canot gonflable noir. Certains jours ils revenaient avec des prisonniers, d'autres non. Nat, Wes et leurs compagnons d'infortune étaient sortis sur le pont pour regarder arriver la nouvelle fournée. De loin, les captifs – un groupe de Petitshommes – paraissaient étrangement paisibles, même pleins d'espoir. Mais en approchant du navire d'esclaves, ils commencèrent à réagir avec violence. L'un sortit une dague de sa poche tandis que deux autres attaquaient les brigands à coups de pied et de poing.

Les pirates ne tardèrent pas à maîtriser la rébellion, précipitant un des Petitshommes par-dessus bord histoire de calmer les autres. Et en effet, la noyade de leur camarade leur retira toute envie de se battre.

Nat apprit comment travaillaient les brigands ; le matin, ils emplissaient le canot gonflable de nourriture et de matériel. Ils envoyaient sur l'eau ceux de leurs hommes qui présentaient le mieux, rasés de près et correctement vêtus. Ils arpentaient l'océan jusqu'à apercevoir une embarcation de pèlerins.

Ils naviguaient alors tout près de ces derniers, les accueillant chaleureusement, leur offrant aide et assistance. La plupart du temps, les pèlerins étaient perdus depuis des jours et complètement affaiblis par la faim. Les brigands se faisaient passer pour des habitants du Bleu et racontaient qu'ils étaient là pour les guider dans le détroit ; le plus simple, disaient-ils, était que les pèlerins abandonnent leur bateau et grimpent à bord du leur. Le portail n'était pas loin, prétendaient-ils.

C'est seulement lorsqu'ils atteignaient le gros navire-prison que les pèlerins comprenaient la supercherie : loin de trouver refuge dans le Bleu, ils allaient être faits prisonniers, réduits en esclavage. D'où leur réaction de violence soudaine.

Les Petitshommes furent hissés à bord sans ménagement, pâles et terrifiés, le nez aussi cassé que leur moral. Deux d'entre eux furent placés dans la cage adjacente à celle de Nat et de Wes.

Plus tard ce soir-là, Nat cogna à la paroi. Un coup hésitant lui répondit. Ils connaissaient le Code des profanes, comme Brendon et Roark !

– *D'où venez-vous ?* s'enquit-elle.

– De Pangée-Supérieure. Il y en avait d'autres dans l'expédition.

– *Oui. Nous le savons. Nous les avons pris à notre bord. Brendon Rimmel et Roark Goderson.*

Il y eut un long silence, puis :

– Brendon est notre fils. Est-il en sécurité ?

– *Il est en vie. En sécurité, ça, nous n'en savons rien. Il se trouve sur un autre navire de brigands. Nous avons été séparés lors de notre capture.*

– Merci.

Avec de nouveaux captifs à torturer pour se distraire, les esclavagistes ne s'intéressaient plus à eux.

– Comment vont les autres, à ton avis ? Brendon, Roark, Shakes ? demanda-t-elle à Wes.

– Shakes prendra soin d'eux aussi bien qu'il le pourra. Il ne les abandonnera pas.

Nat hocha la tête. Cela paraissait sensé.

– Encore une partie ? proposa-t-elle en bâillant.

– Oui, si tu veux.

Ils jouèrent au poker pendant un petit moment, et Nat le battit sans difficulté.

– Ta cicatrice bouge quand tu as du jeu, lui révéla-t-elle. C'est ça qui te trahit.

Il agita les sourcils.

– Et quoi d'autre ?

– Wes, j'ai quelque chose à te dire. Je... je n'ai pas été franche avec toi.

Elle devait le faire. Il fallait qu'elle lui révèle tout, même s'il devait la haïr pour cela, même si c'était la fin de leur amitié.

Il se frotta les paupières.

– Oui, qu'est-ce qu'il y a ?

– La nuit où ta sœur a été enlevée...

Elle ne pouvait pas. Elle avait cru en être capable, mais elle ne pouvait se résoudre à lui raconter la suite.

Wes haussa les sourcils.

– La nuit où ma sœur a été enlevée... ?

– À l'époque où je travaillais pour Bradley, je... je faisais partie d'une équipe de collecte... on prenait des choses... sans que personne ne le sache... des secrets, des armes... mais notre spécialité... c'était les personnes.

La mâchoire de Wes se serra et il jeta violemment ses cartes au sol.

– Non. Non. Ne me dis pas ça. Tu n'as rien à voir avec Eliza !

– Je suis un monstre... Je... je fais du mal aux gens... ta sœur...

Il secoua la tête. Les larmes lui montaient aux yeux.

– Ta sœur est morte, Wes. À cause de moi. C'est moi qui l'ai tuée.

– Non !

– La nuit que tu m'as décrite, l'incendie venu de nulle part, le fait qu'on n'ait pas retrouvé de corps... Oh, Wes, si tu savais, les choses que j'ai faites... les choses qu'on m'a obligée à faire... les choses que je *peux* faire...

– NON, NAT, NON ! Tu n'as rien à voir avec tout ça ! (Il lui prit les mains dans ses poings serrés.) Regarde-moi. Écoute-moi ! Ce n'est pas toi. Ça n'a rien à voir avec toi !

Nat sanglotait, à présent, et Wes la tenait fermement.

– On nous envoyait faire... exactement ce que tu m'as décrit... enlever des enfants. Quand les gens refusaient de les donner, on les emportait de force, histoire de calmer tout le monde. De rappeler aux gens qu'ils ne pouvaient pas enfreindre la loi. Si ce type n'avait pas laissé tomber Shakes... ils auraient envoyé une équipe le chercher. C'est ce que je faisais ! Je sais que c'est moi qui ai enlevé Eliza. Je suis désolée, tellement désolée ! Je ne savais pas. Mais quand tu en as parlé... tout m'est revenu. Tout. On détruisait... on bombardait... les incendies...

– Non, gémit-il d'un air misérable en la lâchant. Non. Écoute-moi. Ce n'est pas toi qui as fait ça, Nat. Tu as... tu as peut-être commis ce genre de choses dans le passé... mais tu n'as pas tué Eliza.

– Comment peux-tu en être si certain ?

– Parce que je sais ce qui s'est réellement passé cette nuit-là. (Il s'adossa à la cloison et ferma les yeux.) Parce que c'est elle qui a eu l'idée de mettre le feu. Elle était derrière tout ça depuis le début. Eliza était marquée. Elle avait les yeux bleus, et une spirale sur le bras.

– Une tisseuse.

– C'est comme ça que tu les appelles ?

– Elle avait le pouvoir de créer des illusions, n'est-ce pas ?

– C'est ça. Elle... a allumé ce feu... Je ne me rappelle toujours pas ce qui était réel et ce qui ne l'était pas. Mais ce qu'il y a, avec Eliza, c'est qu'elle... elle n'était... elle n'était... (Il soupira.) Elle n'était pas très gentille. Elle... faisait peur, parfois. J'ignore où elle se trouve maintenant et ce qu'elle est devenue, mais il faut que je la retrouve, Nat. Pour pouvoir la sauver... d'elle-même.

Nat contemplait Wes bouche bée.

– Ce n'est pas toi, OK ? Je le sais. Parce que... je connais ma sœur. Et toutes ces choses que tu as faites... c'est dans le passé... tu n'y pouvais rien... tu n'étais qu'une enfant. Ils se servaient de toi. Ils se servent de nous tous.

Soudain, elle ne savait plus quoi ressentir. Du soulagement ? Cela ne semblait pas suffisant. Elle se sentait simplement vide. Et même si elle n'était pas à l'origine de la disparition d'Eliza, elle culpabilisait toujours.

– Allez, quoi, ne fais pas cette tête, lui dit Wes. Viens par ici.

Elle se pencha contre lui et il referma les bras autour d'elle.

– Alors comme ça, ta sœur était un monstre, murmura-t-elle.

Elle se sentait en sécurité, blottie tout contre lui, leurs deux corps formant une petite bulle de chaleur dans le froid du conteneur.

– Je n'ai pas dit ça, nuança-t-il.

Il avait le nez presque enfoui dans ses cheveux, et son souffle était tiède contre l'oreille de Nat.

– Elle est monstrueuse... comme moi je le suis, murmura-t-elle.

– Tu n'as rien d'un monstre.

– Il y a une voix qui parle dans ma tête, et c'est la voix d'un monstre.

– Tu veux parler de la manière dont tu comprends les animaux ? demanda-t-il avec un sourire dans la voix.

– Non, c'est autre chose.

– Et tu sais ce que c'est ?

– Non. Tout ce que je sais, c'est que cette voix m'a dit de m'évader, d'aller à New Vegas, et de rejoindre le Bleu. Et elle m'envoie des rêves. Des rêves de feu et de dévastation, des rêves dans lesquels je vole, comme si elle me préparait à quelque chose.

– Et que te dit-elle en ce moment ?

– À vrai dire, elle se tait depuis un bout de temps.

Depuis la mort de l'oiseau blanc, comprit-elle soudain. Et il y avait plus que cela. Depuis qu'elle était tombée amoureuse de Wes, la voix gardait un silence plus ou moins hostile. Nat se remémora la souffrance de la Pleureuse, et son ombre vaste sur l'eau, sa colère lorsqu'elle avait saccagé leur navire.

– Et qu'est-ce que tu sais faire d'autre ? demanda Wes en la serrant plus fort contre lui.

– Pas grand-chose, répondit-elle en se nichant plus confortablement. Ça va, ça vient. Je veux dire, quand il m'arrive des ennuis, ça me sauve... par exemple, quand j'ai sauté par la fenêtre, à MacArthur, cette créature m'a portée, mais je ne peux l'obliger à rien, sauf si... si je ressens une émotion très forte. Dans ce cas, elle surgit, comme ça. Je n'ai jamais su la contrôler. Sauf... (Elle hésita, soudain timide.)... sauf quand je t'ai sorti de l'eau. Là, j'avais l'impression de la tenir entre mes mains, de pouvoir la diriger.

Claire comme de l'eau de roche et en plein contrôle, c'était ainsi qu'elle s'était sentie, oui, lorsqu'elle l'avait sauvé.

– Hum, fit Wes en réfléchissant à tout cela. Je pense que tu as peur de t'en servir, et que c'est pour ça qu'elle est imprévisible. Je pense qu'il faut que tu l'acceptes complètement. Tu ne peux pas combattre. Ne résiste pas.

Résister ? C'était vrai. Elle avait résisté à la voix. Elle avait essayé de s'en cacher. Ou de courir plus vite. Mais la créature était toujours là. Elle faisait partie d'elle-même, perpétuellement. *La voix est la mienne. Le monstre, c'est moi.* Ne le savait-elle pas depuis le début ? Alors, pourquoi résistait-elle ?

Wes lui parlait directement à l'oreille en la tenant entre ses bras forts, et jamais elle ne s'était sentie plus protégée.

– Tu dois accepter ce que tu es, Nat. Quand tu l'auras fait, tu ne connaîtras plus de limites. (Il eut un petit rire silencieux.) Ou alors, peut-être que pour accéder à tes pouvoirs, il te suffit de penser à moi.

41

Nat se sentit intimidée, le lendemain, lorsqu'elle s'éveilla allongée à côté de Wes, dont le bras était étendu sur son buste. Elle souleva doucement ce bras pour ne pas le déranger. Elle entendait des coups de feu au loin, et elle se rapprocha de la porte pour tenter de voir par la fente ce qui se passait. Wes se réveilla alors et vint la rejoindre.

– C'est quoi, tout ce bruit ?

– Encore des captifs, on dirait. Des Petitshommes. (Elle s'écarta pour le laisser regarder.) Et l'Oreille est de retour. Son bateau ne doit pas être très loin du nôtre.

Les nouveaux arrivants grelottaient sur le pont. Leurs mains n'étaient pas liées, ils ne portaient ni chaînes ni cordes. Ce n'était pas nécessaire : les brigands les avaient simplement dépouillés de leurs manteaux pour les exposer au froid. L'air glacé était une entrave en soi, handicapant les prisonniers et les contraignant à l'obéissance.

Il y avait un tonneau plein de glace et de gadoue, et apparemment les pirates jouaient à un de leurs jeux favoris : confectionner des Esquimaux, comme ils disaient. Ils menaçaient de plonger dans le tonneau quiconque osait désobéir à leurs ordres. À cette température, l'eau gelait immédiatement sur le corps et la mort ne tardait pas.

Wes pria pour que les Petitshommes se plient aux instructions, puis détourna les yeux ; il en avait déjà trop vu. Il tâcha de ne pas écouter, mais il n'y avait pas moyen d'occulter le rire braillant de l'Oreille par-dessus les hurlements. Le brigand chauve disait à Slob en plaisantant qu'il avait maintenant de quoi monter un cirque miniature.

Les jours suivants furent identiques, et la faiblesse et la claustrophobie se firent réellement sentir. Il n'y eut pas de nouvelles captures, et les mercenaires commencèrent à s'agiter et à se défouler sur les prisonniers. Les petits bols de gruau cessèrent d'apparaître, et Wes nota la joie cruelle des brigands lorsqu'ils entendaient les cris des plus jeunes et des plus vieux.

Ils en étaient à leur dernier lambeau de bacon-fruit, la doudoune de Wes était complètement raplapla, et bien qu'il s'efforçât de ne pas montrer à quel point il avait froid depuis qu'ils s'étaient résignés à manger ses vêtements, Nat voyait bien ses joues bleuies et ses doigts pleins d'engelures. Il parlait moins, et quand il le faisait, c'était d'une voix lente et calculée, comme si chaque syllabe lui demandait un gros effort.

Le temps s'était dégradé tandis qu'ils se dirigeaient vers Olympia City, la plaque tournante des marchés à la viande. Des averses de neige soudaines se déversaient du ciel et un brouillard constant emplissait l'atmosphère. La mer était plus forte à l'approche des territoires hors la loi, et les trashbergs tournoyaient autour du navire.

Wes tremblait violemment et, plus d'une fois, il demanda à Nat si c'était le jour ou la nuit : ses yeux le faisaient souffrir. Il avait choisi de lutter contre la faim plutôt que contre le froid. Nat tâcha de l'obliger à porter son manteau à elle, ne fût-ce qu'une minute, mais elle se heurta à un refus catégorique.

Elle savait qu'elle devait faire quelque chose avant qu'ils ne sombrent dans le désespoir. La santé de Wes se détériorait à vue d'œil.

– Liannan, appela-t-elle. Raconte-nous quelque chose sur le Bleu.

La voix de la Sylphe arriva jusqu'à eux. Elle était plus faible que lors de leur dernière conversation, et Nat savait que l'emprisonnement lui coûtait beaucoup, le fer sapant lentement les forces de cet être si gracieux.

– C'est magnifique, là-bas. Tout ce qu'on en dit est vrai. Respirer ne brûle pas la gorge ; l'eau est aussi limpide que l'air. Le soleil brille dans le grand ciel bleu... et l'herbe est verte comme de l'émeraude.

– Comment le sais-tu ? Tu y es allée ? la défia Wes.

– Je viens de Vallonis.

– Alors que fais-tu ici ? Pourquoi en es-tu partie ?

Nat se demanda pourquoi il se montrait si agressif. Il ne s'était jamais comporté de la sorte avec Liannan.

– Le Bleu fait partie du monde, il en a toujours fait partie, et, il y a très longtemps de cela, c'*était* le monde. Une civilisation étincelante : l'Atlantide, un monde où magie et science coexistaient en paix. Mais la promesse de l'Atlantide est morte lors de la Première Rupture, et le Bleu s'est estompé dans la brume, jusqu'à la Seconde Tentative, à Avalon. Mais Avalon a péri à son tour, et le monde de la magie s'est fermé à cette terre. Lorsque la glace est venue, on dit parmi les miens que le Retour était enfin imminent. Que l'Âge de la Science était révolu, et que la Troisième Ère de Vallonis arrivait enfin. Notre peuple est revenu dans ce monde, mais...

– Mais..., insista Nat.

– Quelque chose a mal tourné. Ce monde-ci est en train de tuer notre magie et de nous tuer, provoquant ce que vous appelez le pourrissement... alors, nous avons envoyé des éclaireurs pour ramener les nôtres au portail, les mettre en sûreté à Arem. Mais se cacher dans le Bleu ne suffira pas. Nos mondes entrent en collision, ils ne tarderont pas à ne plus faire qu'un. Le Bleu doit recouvrir la terre, et la magie doit retrouver sa place.

Nat se rembrunit.

– Ou bien... ?

– Ou bien tout sera empoisonné, pas seulement ce monde-ci mais Vallonis également... jusqu'à ce que tout soit perdu. On m'a envoyée sur les terres grises pour trouver la source de la maladie. Je suis tombée par hasard sur les pèlerins et je comptais les emmener hors de danger avant toute chose, mais ensuite je devrai reprendre ma quête.

– Tu vois ? Elle ne renonce pas, dit Wes tandis que le fantôme de son ancien sourire narquois réapparaissait enfin sur son beau visage aux traits tirés. Alors, toi non plus.

Elle lui retourna son sourire, mais ils retrouvèrent leur sérieux lorsque la porte de leur cage s'ouvrit bruyamment et que le garde pointa le doigt sur Nat.

– C'est ton tour.

– Attendez ! lança Wes en calant son pied dans l'embrasure avant que le bonhomme ait pu claquer la porte. Que se passe-t-il ?

– Qu'est-ce que tu crois ? lâcha le garde, goguenard. Les négociants sont là. Ils font leur marché. Préparez-vous.

Nat jeta un coup d'œil à Wes.

– Non, attendez, une minute, dit ce dernier. Avo a promis qu'il ne ferait aucun mal à mon équipe...

Le garde éclata de rire.

– Et tu y as cru, gueule d'amour ?

Il chassa le pied de Wes d'un rude coup et referma brutalement la porte.

– Ils seront là dans cinq minutes ! ajouta-t-il.

Wes serra les poings.

– Quand il reviendra... écoute, quand il ouvrira la porte, je me cacherai dans l'ombre et je pourrai lui sauter dessus par-derrière. Ensuite, on sort de là, on libère Liannan, on fonce jusqu'aux chaloupes. Je crois savoir où on est... ça ne peut pas être bien loin du port de la Nouvelle-Crète.

Non, Wes, répondit-elle lentement. C'est trop dangereux. Il y a trop d'hommes sur le pont. Tu n'as pas d'arme, nous n'avons pas de bateau... si tu te bats, tu te feras tuer.

Mais Wes secoua la tête.

– Non, c'est à toi de m'écouter, Nat. Je ne les laisserai pas t'emmener !

– Ça ira, protesta-t-elle bravement. Peut-être... peut-être qu'ils ne voudront pas de moi.

– NON !

Le garde rouvrit la porte et lui tendit un collier de fer attaché à une chaîne.

– Mets-toi ça autour du cou, au cas où il te viendrait des idées.

Le collier se serra sur sa peau. Il était terne et lourd.

– Bon, aboya le garde en tirant sur la chaîne. Allez, dépêche-toi un peu. Dis adieu à ton petit copain.

Adieu ? Tout à coup, elle prit pleinement conscience que si les négociants l'emmenaient, tout serait terminé. Elle ne le reverrait jamais. Ceci était peut-être le dernier instant qu'ils passaient ensemble. Cette évidence lui tomba dessus comme une masse, et en voyant le regard accablé du garçon, elle ne put retenir ses larmes. Mais que pouvaient-ils faire ? Ils étaient coincés. Elle ne voulait pas se battre contre eux, elle ne voulait pas qu'il arrive malheur à Wes, et donc il ne lui restait qu'à partir en silence et à faire ses adieux.

– Alors... bonne chance ? dit-elle en tâchant de prendre un air nonchalant bien qu'elle eût une boule énorme dans la gorge.

Elle s'éloigna vers la porte.

– Nat, attends...

Avant d'avoir pu faire un pas de plus, elle sentit la main de Wes attraper la sienne. Il la fit pivoter vers lui. Son regard noir était brûlant.

Sans un mot, il se pencha pour l'embrasser.

Nat en fut surprise, mais elle leva la tête pour accueillir sa bouche, et lorsque les lèvres chaudes du garçon se pressèrent contre les siennes, elle sentit son bras lui enlacer la taille, l'attirant contre lui, comme si c'était la chose la plus naturelle du monde, comme s'ils allaient parfaitement ensemble depuis toujours. Elle sentait le cœur du garçon battre dans sa poitrine, la chaleur irradier entre eux – et le désespoir, aussi. Elle passa les doigts dans ses cheveux, un geste qu'elle avait envie de faire depuis qu'elle le connaissait. Ses baisers devinrent plus ardents, passionnés, et tout en inhalant son odeur, pressée de tout son long contre son corps, elle ressentit la force qui était en lui. Elle aurait pu ne jamais s'arrêter de l'embrasser, pensa-t-elle...

Pourquoi avaient-ils attendu si longtemps ? Elle avait tant de choses à lui dire, et il lui restait si peu de temps... Elle rouvrit les yeux en battant des paupières.

Wes avait une main sur sa joue, et la regardait intensément.

– Nat..., parvint-il à articuler.

– Tout va bien, souffla-t-elle. Quoi qu'il arrive, je sais me défendre.

– C'est ce que tu me dis sans cesse, répondit-il d'une voix tendue et rauque tandis que déjà le garde l'écartait de lui. Mais tu vois, ça ne change rien que tu n'aies pas besoin de moi, parce que... moi, j'ai...

Avant qu'il ait pu achever sa phrase, le garde lui arracha Nat. Avec un puissant rugissement et une expression de colère inconcevable, Wes donna un coup de pied dans le pistolet du bandit qu'il bourra de coups de poing, l'envoyant au sol les quatre fers en l'air.

– Nat, cours ! cria-t-il.

Un groupe de pirates était déjà sur lui, et il se battit férocement : dix d'entre eux furent bientôt entassés sur le pont, ensanglantés et meurtris, mais il ne pouvait pas combattre tout le navire et, si fort soit-il, ils s'acharnèrent jusqu'à ce qu'il se retrouve par terre, les yeux rougis, le nez saignant comme une fontaine, tout le visage à vif.

Nat hurla, mais elle ne pouvait rien faire, si bien qu'elle continua de hurler sur toute la longueur du pont. Même lorsqu'il fut jeté et enfermé dans sa cage, Wes entendait toujours ses cris déchirants.

42

Lorsqu'elle fut de nouveau poussée brutalement dans le conteneur, Wes gisait toujours au sol, et elle courut à lui. Elle avait tellement peur de ce qu'elle trouverait qu'elle en avait le souffle court.

– Ryan ! s'écria-t-elle en le retournant.

Il avait le visage ensanglanté et meurtri, mais il respirait, et elle arracha sa propre chemise pour essuyer le sang de son front. Les pirates avaient été violents, mais ils l'avaient laissé en vie, et c'était déjà heureux.

Wes ouvrit un œil.

– Te revoilà, croassa-t-il. Dieu merci. Mais je vais quand même le tuer. Je le tuerai à mains nues. Je vais lui arracher les bras et les jambes. Qu'est-ce qui s'est passé ? Qu'est-ce qu'ils t'ont fait ?

– Chhht, fit-elle en tamponnant doucement son visage. Chhht. Non. Non. Ça va, tout va bien. Il ne s'est rien passé.

Wes gémit.

– Comment ça ?

– Les négociants n'ont pas voulu de moi. Ils ont dit que je n'étais pas marquée, qu'ils ne paieraient pas, que je ne valais pas un clou. Avo était furax, mais il n'a pas réussi à les faire changer d'avis.

– Mais comment ça se fait ?

Elle chuchota dans son oreille.

– Regarde mes yeux.

Il ouvrit son deuxième œil et tâcha de lever la tête. Les iris de Nat étaient de nouveau gris.

– Des lentilles ?

Elle confirma de la tête.

– N'empêche que je le tuerai quand même, grommela Wes. Cette promesse-là, je te jure que je la tiendrai.

Nat sourit en repensant à son délicieux baiser.

– D'accord, souffla-t-elle en continuant de le soigner.

Il serait bien cabossé pendant un moment, sa belle gueule boursouflée et coupée de partout, mais il s'en remettrait. Ses plaies se refermeraient.

Elle l'embrassa sur le front et le serra contre elle.

Il plissa les paupières pour mieux la regarder.

– Où est passée ta chemise ?

– Tu la portes en bandage.

– C'est vrai, ça ?

Il eut un sourire malicieux et la regarda de nouveau, et elle se rendit compte qu'il observait la Marque des mages sur sa peau, la flamme qu'elle gardait toujours cachée, juste au-dessus de son soutien-gorge.

– Alors, c'est ça, hein ?

– Oui, fit-elle avec une grimace. C'est ma marque.

Il en approcha la main et elle se crispa, se préparant à la douleur, mais lorsque le doigt du garçon entra en contact avec sa peau, elle ne ressentit que de la chaleur, beaucoup de chaleur, et il n'y eut nulle douleur, seulement... de la paix.

– Elle est belle, dit-il. Comme toi, comme tes yeux. Et maintenant, couvre-toi, tu vas attraper froid.

Cette nuit-là, lorsque Wes fut endormi, Nat parla à Liannan à travers la cloison. Elle raconta tout à son amie. L'arrivée des négociants. La manière dont ils avaient aligné les prisonniers marqués pour l'inspection.

– Que voulaient-ils faire de nous ? Tu le sais, toi, Liannan ?

Le chef des négociants portait un long habit, comme un grand prêtre. Tous avaient la peau couverte de poudre blanche, et les cheveux teints à l'avenant. Elle décrivit comment ils avaient sélectionné les captifs marqués, et comment ceux qui montraient les premiers signes de pourrissement – teint blafard, yeux jaunis – avaient été rejetés.

– J'ai entendu des histoires sur les prêtres blancs, murmura la Sylphe. Ils croient pouvoir transférer les pouvoirs des Marqués dans leur propre corps. C'est un mensonge. En réalité, ces types sont des bouchers. De faux prophètes. Des imposteurs. Ils clament qu'ils ont des pouvoirs, mais ils n'ont qu'une religion de fous.

– Transférer nos pouvoirs... comment ?

– Par un... un sacrifice rituel.

Nat frémit.

– Ils avaient un genre de spécialiste avec eux, mais il a déclaré que je n'étais personne, que je n'étais pas marquée, si bien qu'ils n'ont pas voulu de moi.

Elle raconta ensuite à Liannan le baiser de Wes, puis le miracle de son propre salut.

– Mes lentilles… elles sont revenues. Je ne sais pas comment… J'ai eu beaucoup de chance.

– Plus que tu ne crois ; seul un sortilège a pu t'assurer une telle protection pour masquer ta vraie nature, lui apprit Liannan.

– Oh, je ne crois pas, protesta Nat. J'avais un collier de fer, je n'aurais rien pu tenter. Peut-être que le négociant ne savait simplement pas quoi chercher.

– Non, tu ne vois pas ? En t'embrassant, Wes t'a accordé la bénédiction d'un sort de protection. Un sort contre lequel même le fer ne pouvait rien.

Nat fut abasourdie par cette révélation.

– Mais comment ?

Pendant un long moment, Liannan ne répondit pas. Mais lorsqu'elle le fit, ce fut d'une voix légère et presque taquine.

– Il doit t'aimer beaucoup, Nat, pour avoir réussi à tisser un sort si puissant.

43

Le lendemain après-midi, alors qu'ils étaient de nouveau rassemblés dans le cercle, Nat remarqua que les gardes semblaient déconcentrés par quelque chose. Soudain, un fort grincement se fit entendre et le navire vira vers tribord... avant de prendre de la vitesse.

– Que se passe-t-il ? s'enquit-elle.

– On dirait qu'on part ailleurs, répondit le Petit homme qui se trouvait à côté d'elle.

Wes siffla pour attirer l'attention d'un garde.

– Dites donc, qu'est-ce qui se passe ? On ne va pas sur les marchés aux esclaves ?

Le garde éclata de rire, montrant ses dents cassées.

– T'affole pas, vieux, vous allez tous passer aux enchères. Mais avant, le patron a été appelé pour faire autre chose.

– Quoi donc ?

– Et pourquoi je vous le dirais, à vous autres ?

Sur ces mots, il envoya à Wes une taloche qui aurait tué quelqu'un de plus fluet.

La réponse arriva le lendemain, pendant les préparatifs de la séance de cirque. Les brigands passèrent de cellule en cellule pour en faire sortir les Marqués afin qu'ils fassent leur show, mais le froid était passé par là. Les prisonniers avaient atteint un nouveau degré de faiblesse et n'avaient plus la force de se donner en spectacle. Les pirates devraient trouver autre chose pour s'amuser.

Ceux-ci n'acceptèrent pas très bien ce nouvel état de fait. L'un d'eux, particulièrement patibulaire, montra les dents en ouvrant la porte de Nat et de Wes d'un grand coup de pied, lorsqu'il les trouva assis par terre, affaiblis par le froid.

– Vous tous qui cherchiez le Bleu... eh ben, d'ici demain, ce sera un territoire occupé comme les autres. P'têt' bien qu'on va l'appeler Nuevo Azul.

Nat releva la tête, horrifiée.

– Que voulez-vous dire ?

– L'armée met le paquet pour localiser le portail. On vous vire sur le rafiot de l'Oreille, histoire de naviguer plus vite : Jolly dit que plus on voyagera léger, plus on ramassera de butin. L'armée nous doit bien ça, avec tout le boulot qu'on a fait, conclut-il.

Puis il leur braqua une petite lampe dans les iris et grogna son approbation.

– Il cherche des signes d'ophtalmie, comprit Wes. Vous ne pourrez pas nous vendre si on est trop mal en point, pas vrai ?

Le pirate confirma de la tête.

– Eh ouais, contre toute attente, le pays des licornes et du miel existe bien. De l'air frais et de la bouffe pour tout le monde, hein ? C'est ça, ouais, mon œil !

Il renifla de mépris et les abandonna à leur cellule.

Le Bleu.

Vallonis.

L'armée était en route pour le Bleu afin que les VSA puissent étendre leur territoire, élargir encore leurs frontières, imposer leur volonté et tout dominer.

Wes regarda intensément Nat.

– La pierre... tu ne portes plus la pierre ! souffla-t-il tandis que l'horreur envahissait ses traits. Pourquoi est-ce que tu ne l'as plus ?

– Parce que je l'ai donnée, répondit-elle tranquillement.

– Tu as fait quoi ?

– J'ai donné la pierre à Avo.

– Mais pourquoi ?

Nat secoua la tête.

– Avant l'arrivée des négociants et des prêtres blancs, Avo m'a emmenée dans sa chambre.

Wes lui agrippa les bras.

– Qu'est-ce qu'il t'a fait ?

– Non... ce n'est pas... ce n'est pas ça qu'il voulait.

Elle se remémora le sourire supérieur du trafiquant d'esclaves. Avo avait posé une main sur sa gorge, caressé son menton.

– Exquise, avait-il susurré.

Il parlait de la pierre. Elle avait détaché la chaînette de son cou et lui avait cédé le bijou sans même protester.

– La voix dans ma tête... elle m'a dit de le faire. (Nat regarda Wes : il avait des larmes plein les yeux.) J'ai voulu résister, mais impossible. Je te l'ai dit, je suis un monstre. Il y a quelque chose qui cloche chez moi, Wes. Je l'ai donnée. J'ai donné la pierre.

La rage et la ruine. La dévastation. Elle était le catalyseur, elle était la clé... Qu'était-elle en train de faire ? Avait-elle abandonné tout espoir ? L'avait-on transformée ? Était-ce une chose qu'ils avaient programmée en elle, à MacArthur ? Mais c'était plus fort qu'elle, elle avait donné la pierre aussi facilement que si ç'avait été une babiole, comme si ce n'était rien. Comme si le Bleu n'était rien pour elle.

Elle se laissa tomber à genoux.

– Il n'y a plus aucun espoir. Tout sera perdu. Exactement comme Liannan l'a prédit.

– Arrête ! Laisse-moi réfléchir. Tais-toi, c'est tout. Tu n'as pas entendu ce qu'il a dit ? Ils nous virent du bateau.

– Simplement pour nous mettre dans une autre cage, ajouta-t-elle d'un ton amer.

Wes posa un doigt sur ses lèvres.

– Attends. Tu entends ça ? Je crois que ça vient de l'*Alby*. Ils ont dû trouver de nouveaux moteurs pour cette bonne vieille barcasse. Écoute, je crois que ça y est. Voilà notre chance. Tu te rappelles ce que tu m'as dit ? Qu'il ne fallait jamais renoncer à l'espoir ? On peut encore agir.

– Mais comment ?

– Personne ne mourra, et ils ne prendront pas le Bleu.

Wes sourit.

– Tu es fou, conclut-elle. Et tu redeviens téméraire.

– Si c'est le cas, c'est parce que je parie sur toi.

Cinquième partie

Vers le Bleu

Pour me guider, l'étoile solitaire
s'est allumée au-dessus du passage,
et son reflet luit au creux des eaux claires
du havre sûr où finit mon voyage.

J. R. R. Tolkien, *L'Album de Bilbo le Hobbit : Adieu à la Terre du Milieu*,
(traduction Pierre de Laubier)

44

– Bon, dit Wes en secouant Nat au matin. Tu sais ce que tu as à faire ?

Elle ouvrit les yeux.

– Oui.

– Dis-moi.

– Ils nous déposent à l'autre bateau.

– Et ?

– Et ils seront distraits, tout le monde sera hors des cages, et ils voudront se débarrasser de nous le plus vite possible, ce qui veut dire qu'ils baisseront la garde. À la première occasion, on fonce.

À la vérité, ce n'était pas terrible, comme plan, mais c'était tout ce qu'il avait. Ils avaient communiqué leur stratégie aux Petitshommes aussi. Wes espérait seulement que Shakes, Brendon et Roark étaient encore en vie sur le navire de l'Oreille. Il aurait bien besoin de leur aide. Il se sentait mieux que ces derniers jours : il avait repris des couleurs et sentait son pouls lui battre aux oreilles.

– Tu adores ça, lui fit remarquer Nat en le regardant enrouler des bandes de tissu autour de ses poings pour se préparer à la bagarre.

– Je ne vais pas le nier, répliqua-t-il avec un sourire. On sort de là… et on les tabasse, ou on meurt en essayant.

– Mais si je n'arrive pas à…

Le plan reposait en si grande partie sur ses pouvoirs qu'elle n'était pas sûre de pouvoir le mener à bien. Elle ne se fiait pas à elle-même : elle avait donné la pierre, elle était pire qu'un monstre. Elle était un traître à sa propre espèce.

– Tu y arriveras, je le sais, trancha-t-il. Tu ne me décevras pas.

Ce fut encore une bien triste matinée. Vers midi, les prisonniers furent sortis sous escorte de leurs cages et amenés sur le pont pour une nouvelle série d'amusements cruels.

– Toi, le petit, dit un gros pirate, le plus cruel de tous, en isolant un garçonnet de sa famille. Viens par ici.

– Pitié, non ! s'écria sa mère. Non ! Prenez-moi plutôt, je vous en supplie !

– T'as qu'à prendre les deux, suggéra un autre.

– Eh ! Pourquoi pas ?

Le gros passa à chacun une corde au cou et fit un nœud coulant. Les autres apportèrent un seau et un tonneau, et firent monter la mère et l'enfant dessus. Puis ils passèrent l'autre extrémité des cordes par-dessus une vergue.

Un pirate maigrichon qui avait une dent cassée désigna le père, dont la marque luisait sur sa joue.

– On va voir si t'arrives à les sauver tous les deux, hein ?

Le gros pirate éclata de rire.

– Ouais, on verra lequel t'aimes le mieux !

Puis il renversa d'un grand coup de pied seau et tonneau, et la femme et le fils se retrouvèrent pendus, les jambes s'agitant et le visage tournant au rouge foncé.

– Sauve-le ! souffla la mère. Sauve notre fils !

Le père du petit tendit les bras afin de soulever un peu l'enfant, mais ce geste lui coûtait ses dernières forces. Alors même qu'il soutenait son garçon, sa femme commença à perdre espoir, étranglée par sa corde.

Nat enfouit sa tête dans la chemise de Wes, réprimant un hurlement. Wes tremblait de fureur en la serrant contre lui.

– L'Oreille est là... il les voudra tous en vie ! Morts, ils ne lui servent à rien, grogna une voix.

C'était le second du navire, et la mère et l'enfant furent rapidement descendus de leurs gibets.

Le garçonnet vivait encore, mais la femme ne bougeait plus, et père et fils pleurèrent sur son corps inerte.

– Debout, debout, leur cria le gros pirate en les bourrant de coups de pied. Qu'on les fasse tous sortir ! brailla-t-il en ordonnant que les prisonniers soient mis en rang pour passer sur le bateau de l'Oreille.

Le *Van Gogh* vint se ranger bord à bord avec le *Titan* ; l'équipage de l'Oreille se rassembla sur le pont pour attendre sa nouvelle cargaison. Ils avaient aussi des esclaves sous la main pour faciliter le transfert. Wes aperçut, avec un grand soulagement, Shakes parmi les captifs. L'*Alby* aussi voguait non loin du *Van Gogh*. Les trafiquants avaient dû s'en servir comme bateau éclaireur, comme il l'avait espéré. Peut-être son plan fonctionnerait-il, tout compte fait. Il capta le regard de Shakes et lui envoya un signal, le code militaire qui signifiait : « Prépare-toi pour un coup de force. »

Shakes leva deux doigts pour répondre : « Bien reçu. »

À côté de Wes, Nat lui pressa la main.

– Rappelle-toi notre accord, dit-elle. *Plutôt mourir de tes mains que des leurs.*

Il secoua la tête.

– On n'en arrivera pas là.

Nat dirigea son regard vers le rang de prisonniers qui attendaient d'embarquer sur le *Van Gogh*, et repéra la fine tête blonde de Liannan parmi eux. Wes avait revu le plan avec elle aussi la veille au soir. La Sylphe était superbe, comme toujours. Ses yeux étincelaient : elle aussi avait vu Shakes sur l'autre bateau, vivant.

Les parents de Brendon, prénommés Magda et Cadmaël, se trouvaient parmi les Petitshommes qui attendaient également. Magda avait les cheveux roux et bouclés de Brendon, et Cadmaël son sourire timide. Nat espérait qu'il ne leur arriverait aucun mal.

Le vent commença à hurler et les deux navires d'esclaves se mirent à tanguer sur les vagues noires qui se creusaient de manière inquiétante. Ils n'étaient distants que de six ou sept mètres, mais le clapot était trop fort pour qu'ils se rapprochent davantage. Si on les amarrait ensemble, ils se heurteraient, et aucun des deux ne semblait assez solide pour supporter ce traitement.

L'Oreille envoya une chaloupe de taille modeste – deux hommes et un petit moteur – rejoindre le *Titan* pour y prendre les esclaves et les ramener sur le *Van Gogh*. Lorsque le canot arriva, les hommes de Slob lui jetèrent une échelle de corde bricolée. Les esclaves allaient devoir descendre le long de la coque. Nat regarda, par-dessus le bastingage, le petit canot métallique violemment secoué par les vagues. Le transfert n'allait pas être facile.

Elle ne se trompait pas.

Mains liées, le premier esclave qui tenta d'emprunter l'échelle de corde trébucha à mi-hauteur et fut précipité la tête la première dans l'eau noire. Il fallut les deux brigands pour l'en sortir, et l'un faillit boire la tasse à son tour. Les hommes de l'Oreille hélèrent ceux du *Titan* :

– Déliez-les pour la descente ! Si on ne leur libère pas les mains, on va en perdre la moitié !

Wes fit signe à Nat. *C'est notre chance !* Il avait compté sur un peu d'improvisation pour surmonter l'épreuve, mais à présent il savait précisément quoi faire. Tout se passait comme il l'avait espéré.

L'une des brutes s'approcha de Nat, qui était la suivante dans le rang, pour la débarrasser de ses menottes. Tout en tournant la clé, il baissa les yeux vers le canot.

Je vous envoie ces menottes. Dès que la fille sera descendue, dépêchez-vous de les re...

Il n'acheva jamais sa phrase. Toujours ligoté, Wes fonça tête baissée dans le dos du garde, qui dégringola du pont et faillit s'écraser sur la chaloupe avant de s'enfoncer dans l'eau.

Les autres pirates se tournèrent tous vers Wes en sortant leurs poignards.

– Nat ! cria-t-il. Maintenant !

45

Wes se débattait entre les bras du pirate qui le retenait, et une foule de brigands s'abattit sur lui. Nat hurla, mais elle ne pouvait rien faire. Elle était incapable de briser les liens de fer qui entravaient les esclaves. Inutile. Impuissante. D'autres brutes se joignirent à la curée... Wes était submergé... Ils allaient le tabasser à mort, faire un exemple avec lui.

Elle tâcha de se concentrer, mais la peur et la faim lui donnaient des vertiges. Un pirate tira un coup de feu, ce qui provoqua encore des cris, encore plus de confusion. Des pleurs d'enfants...

Les trafiquants étaient en train de tuer Wes... ils étaient déchaînés et ne s'arrêteraient qu'à son dernier souffle...

Si elle ne faisait rien, il allait mourir... Elle lutta, mais les pirates la retenaient... elle était faible... sans aucun pouvoir... Elle entendit Wes pousser un cri de douleur, et c'était sa voix à lui qui résonnait à présent dans sa tête. *Je crois qu'il faut que tu l'acceptes pleinement. Tu ne peux pas lutter. Ne résiste pas. Tu dois accepter ce que tu es, Nat. Quand tu auras fait ça, plus rien ne t'arrêtera.*

Ou peut-être que pour déchaîner tes pouvoirs, il suffit que tu penses à moi.

Cela la fit sourire.

Rassemblant ses forces, elle fracassa d'un seul coup toutes les menottes de fer qui entravaient les prisonniers. Alors, en un clin d'œil, la situation se renversa complètement. Libérés, les esclaves étaient deux fois plus nombreux que leurs geôliers.

Sans se concerter, ils poussèrent un cri de guerre collectif et se ruèrent sur leurs anciens bourreaux. Les Marqués envoyaient des fûts en acier voler dans les airs. Les seaux et les outils devenaient des armes qu'ils projetaient à la tête des gardes. Les dagues poignardaient toutes seules leurs propriétaires. Le pistolet d'un brigand lui explosa au visage. Un lourd conteneur en écrasa un autre. Le puissant mât d'acier qui s'élevait au centre du navire ploya avec un gémissement affreux. Une famille de Marqués se tenait à son pied, les yeux clos, la vie les quittant déjà, joignant leurs efforts pour faire plier le mât à la base. Ses six mètres d'acier vinrent se fracasser sur le pont. Les cages étaient éventrées, le pont déchiqueté, et le *Titan* gîtait dangereusement. Les esclaves se battaient comme des diables : ils n'avaient rien à perdre.

Leur victoire fut de courte durée. Une volée de balles tomba du ciel et Nat vit des esclaves libérés trébucher et se recroqueviller tandis que les trafiquants du *Van Gogh* commençaient à tirer sur le *Titan*. Une fumée emplit l'air en même temps que le tonnerre des coups de feu. Une grenade explosa derrière eux, et toute la poupe s'embrasa comme une torche.

– Par ici ! cria Wes en remettant Nat sur ses pieds.

Liannan était juste derrière lui.

– Shakes a repris le navire ! leur annonça-t-elle.

Ils coururent vers le bout du pont. Shakes, Roark et Brendon étaient à bord de ce bon vieil *Alby* avec Farouk. Wes s'arrêta net et regarda tour à tour Shakes et leur ancien camarade.

– Tout va bien ! lui annonça son second lorsqu'il prit pied à bord. C'est Farouk qui nous a aidés à sortir de nos cages.

L'heure n'était pas aux questions. Wes salua le garçon d'un signe de tête, puis aida Nat à monter à son tour.

– Brendon, tes parents sont là ! dit-il aussitôt qu'il aperçut les Petitshommes.

– Où ça ? Ils sont en vie ?

– Oui, ils faisaient la queue avec nous...

– Allez, viens ! lança Shakes à Liannan en l'aidant à monter à bord.

Wes était aux commandes ; il démarra les moteurs et poussa les gaz à fond.

– On ne peut pas les abandonner ! hurla Nat.

Et elle parlait de tous les prisonniers, pas seulement des parents de Brendon. Les pirates avaient commencé à reprendre le contrôle. Ils couraient partout sur le pont et exécutaient les insurgés un à un.

Wes contourna rapidement le *Van Gogh* et mit le cap vers le large. La voie était libre. Ils étaient sauvés. Il se retourna vers le navire d'esclaves. Avo était arrivé à bord et tentait de mater la révolte.

– OÙ PENSIEZ-VOUS DONC ALLER ? hurlait-il aux prisonniers.

– ALLEZ, RENTREZ DANS VOS CAGES ! DANS VOS CAGES ! beuglait un gros pirate en tirant des coups de feu en l'air.

– Wes ! cria Nat.

– Je sais, *je sais* !

Il tourna brusquement la roue et l'*Alby* gémit en décrivant un virage serré pour faire face au navire des pirates. Le *Titan* était en flammes et son équipage avait suivi Avo sur le *Van Gogh*. La plupart des pèlerins se trouvaient sur les canots de sauvetage du *Titan* et tâchaient de s'enfuir à la rame ou au moteur. Les brigands de l'Oreille, alignés le long de la proue, leur tiraient dessus.

Wes s'était attaché à l'*Alby*, mais se rapprochant de l'ennemi, il prit conscience que c'était peut-être la dernière arme de son arsenal. Il dit à son équipage de s'accrocher, et fonça droit dans le *Van Gogh*.

Il y avait assez de fumée dans l'air pour que la plupart des pirates soient pris par surprise lorsque survint la collision. Wes n'avait plus qu'à gagner du temps afin de laisser les esclaves en fuite s'éloigner du champ d'action des tireurs. L'océan était couvert de glaçons et d'ordures : les petits canots ne tarderaient pas à trouver un abri.

Lors de la collision, la proue de l'*Alby* forma un pont temporaire entre les deux navires. Wes bondit sur le bateau des trafiquants, flanqué de Nat et de Shakes, laissant en arrière les Petitshommes, Farouk et Liannan. La moitié des brigands tombèrent à l'eau au moment de l'impact, et les autres leur jetèrent des filins. Wes en profita pour prendre un pistolet dans la main d'un esclave tombé au combat et le pointa sur les hommes. Shakes et Nat firent de même.

– C'est l'heure de la baignade, les gars. Vous pouvez rejoindre ce radeau de déchets à la nage, et espérer que des pèlerins vous trouveront.

Wes logea une balle dans l'épaule du plus gros, arrachant de son bras une bonne portion de chair. Il survivrait, mais la plaie lui ferait mal pendant quelques semaines. Le pirate le foudroya du regard et commença à descendre, suivi par ses hommes.

– Vous vous en sortirez très bien !

Wes souriait en jetant les cordages à l'eau, mais ses plaisanteries dissimulaient une grande colère. Il dut faire un effort pour ne pas rouvrir le feu.

Les parents de Brendon se trouvaient parmi les Petits-hommes qui avaient pris une chaloupe. Ils vinrent se ranger à côté du navire de Wes.

– Brendon ! Mon Brendon ! s'écria sa mère.

– Tout va bien, maman, viens, je n'ai rien, la rassura-t-il.

– Menez la chaloupe au port de la Nouvelle-Crète. Mon peuple vous y trouvera et vous ramènera chez vous, leur dit Liannan.

– Parfait. Allez, sautez à bord, les garçons ! lança Cadmaël.

– On part avec notre équipage, le détrompa Roark.

– Ne t'en fais pas, maman, on sera juste derrière vous, je suis leur nouveau navigateur ! cria Brendon. Je ne peux pas abandonner mon poste !

– Quoi ?! fit sa mère.

Mais son père semblait très fier.

– On se retrouve à Vallonis ! lança-t-il. Allez, Magda, en route.

Roark et Brendon aidèrent le reste de l'équipe à remonter sur l'*Alby*. Nat trébucha et tomba dans le fond, Shakes fit rugir les moteurs, et le navire se mit en mouvement.

– Attendez ! s'écria Nat. Où est Wes ?

Elle vit soudain qu'il était toujours sur le pont du *Van Gogh*. Il était resté en arrière pour s'assurer que tout le monde se sauvait.

– Shakes ! Demi-tour ! Wes est encore là-bas !

Wes prenait son élan pour sauter à bord lorsque quelqu'un l'attrapa par-derrière et le fit retomber. Avo Hubik et une douzaine d'autres trafiquants l'entourèrent. En voyant l'*Alby* revenir, les pirates rouvrirent le feu. Leurs balles sifflaient partout et martelaient la coque.

Brendon poussa un jappement lorsqu'une balle lui égratigna le bras, et une autre toucha Shakes à l'épaule. L'équipage de Wes tenta de répliquer, mais ses effectifs étaient trop réduits.

– QU'EST-CE QUE VOUS FOUTEZ ? TIREZ-VOUS ! TIREZ-VOUS DE LÀ ! leur hurla Wes alors qu'Avo tenait un pistolet contre sa tempe.

Le pirate éclata de rire.

– Rendez-vous, ou je lui fais bouffer ses doigts quand je l'enverrai à la boucherie !

Shakes hésita et coupa le moteur. Il était indécis.

– BARREZ-VOUS ! PRENEZ LE BATEAU ET DISPARAISSEZ ! TOUT DE SUITE ! s'époumonait Wes tandis que les balles continuaient de voler – manquant de peu la tête de Nat.

Il n'y avait nulle part où se cacher sur le pont.

– On ne pourra pas le sauver, constata Farouk.

S'ils restaient encore, les brigands les maîtriseraient et ils se retrouveraient à la case départ, mais dans une situation encore plus terrible. Les trafiquants n'appréciaient pas que des esclaves tentent de s'évader.

– Non, dit Shakes. Non ! On ne l'abandonne pas.

– Mais nous serons tous capturés.

– RENDEZ-VOUS ! brailla Avo.

– ALLEZ, BON DIEU, TAILLEZ-VOUS, BANDE DE CRÉTINS ! s'égosillait toujours Wes.

Cela emporta la décision. Shakes tira sur la roue et redémarra le moteur.

Nat resta sur le pont, les yeux rivés sur Wes entouré par les brutes.

– Apportez l'acide. Préparez-le pour le couteau, ordonna Avo.

Wes la regardait en secouant la tête. « Souviens-toi de notre accord », articula-t-il en silence.

Elle savait ce qui l'attendait. Les marchés à la viande. L'abattage. Il mourrait lentement et dans des souffrances atroces, dépecé vivant ; ils le forceraient à vivre chaque seconde de sa terrible mort.

Elle sentit les larmes lui monter aux yeux. *Non. Non.*

Les brigands étaient déjà sur lui. Trois d'entre eux le retenaient debout sur le pont, tandis qu'un autre apportait le seau d'acide pour l'aveugler : le commencement de la torture.

L'*Alby* s'éloignait déjà et les pirates tiraient toujours. Nat n'avait qu'un instant pour agir, un bref instant pour se décider.

Wes ne la quittait pas des yeux. « Qu'est-ce que je t'ai dit, Nat ? Je t'ai dit qu'on n'en arriverait pas là. » Il sourit. *Il y a pire que se prendre une balle et mourir rapidement.*

Elle savait ce qu'il lui demandait de faire.

Mais il avait raison. Elle ne laisserait pas les choses en arriver là. Elle avait un moyen de le sauver, lui, et de les sauver tous.

Nat prit le pistolet d'un des garçons. Elle se rappelait ce que lui avait dit Liannan l'autre jour. Elle sentait la force surnaturelle courir dans son esprit lorsqu'elle croisa le regard de Wes.

Ses yeux s'emplirent de larmes, mais de larmes d'espoir, cette fois.

– Fais-le, articula-t-il. Vite.

Le pirate tenait un seau d'acide au-dessus de sa tête.

Il n'y avait plus de temps, et pas d'autre moyen de savoir.

Pitié, faites que ça marche. Faites qu'ils se soient trompés à mon sujet.

Alors, elle envoya à Wes une balle en plein cœur.

46

Le chaos explosa sur le pont du *Van Gogh*. Avo Hubik contempla le corps inerte de Ryan Wesson comme s'il n'en croyait pas ses yeux. Les pirates semblaient abasourdis, et celui qui tenait le seau d'acide se le renversa sur le pied, ce qui ajouta à la confusion.

À bord de l'*Alby*, Nat s'effondra à genoux, tremblante, et les Petitshommes gémirent de chagrin.

– Qu'est-ce qui s'est passé ? Qu'est-ce qui s'est passé ? criait Shakes.

– Elle l'a abattu... Nat l'a abattu..., souffla Brendon.

Shakes blêmit.

– QUOI ? QU'EST-CE QU'ELLE A FAIT ?

Farouk se tenait à côté de lui, hagard.

– Wes est mort ? murmura-t-il.

– ESPÈCE D'ORDURE ! dit Avo en poussant le cadavre de Wes par-dessus bord. QU'EST-CE QUE VOUS ATTENDEZ, BANDE DE DÉBILES ? ALLEZ LES CHERCHER !

Les brigands rechargèrent leurs armes et se remirent à tirer sur l'*Alby*.

– Aidez-moi, dit Nat.

Le corps de Wes flottait sur le ventre à côté de leur embarcation, et elle se pencha pour l'attraper. Les Petitshommes lui donnèrent un coup de main en la retenant pendant qu'elle le hissait sur le pont.

– Tu l'as ? cria Shakes.

– Oui ! répondit Nat en berçant le garçon dans ses bras – il était déjà froid et raide. Partons, Shakes !

Les hommes d'équipage coururent se mettre à l'abri, et les pirates parurent sur le point de conquérir leur bateau, mais Shakes finit par réussir à démarrer le moteur, et ils filèrent.

Une fois que l'*Alby* fut hors de portée, les coups de feu cessèrent et le *Van Gogh* remit le cap vers le Bleu. Sur le pont, Nat tenait toujours le corps de Wes entre ses bras.

– Wes, réveille-toi, réveille-toi, chuchotait-elle. Allez, reviens, réveille-toi !

– Se réveiller ? Tu lui as tiré dans le cœur ! Il est mort ! s'emporta Farouk.

– Non. Non, souffla-t-elle, voyant que Wes ne bougeait toujours pas. Il est si froid ! Ce n'est pas ça qui devait arriver.

Liannan s'agenouilla auprès d'elle et lui posa une main sur l'épaule.

– Je crois qu'il ne reviendra pas, dit-elle très doucement. Je suis désolée.

– NON ! hurla Nat.

Ce n'était pas censé se terminer comme ça. Pas maintenant. Pas après tout ce qu'ils avaient fait pour survivre. Après tout ce qu'ils en étaient venus à signifier l'un pour l'autre.

– Partons d'ici, dit Liannan à Shakes avant de regarder Nat d'un air chagrin. Je regrette que cela se termine ainsi.

– Mais qu'est-ce qui se passe ? demanda Shakes.

Liannan secoua la tête.

– Je t'expliquerai plus tard.

Nat, qui ne lâchait toujours pas Wes, continua de sangloter. Elle avait cru pouvoir le sauver. Elle avait cru pouvoir tous les sauver. Elle n'avait jamais voulu ceci... n'avait jamais voulu le tuer... Elle avait cru... Elle croyait qu'elle le sauvait... qu'elle les sauvait tous...

Alors ils ne se trompaient pas sur moi, songea-t-elle, dépitée.

Sujet dépourvu de cœur.

C'était ce qu'on disait d'elle à MacArthur.

Elle n'était qu'une arme, un vaisseau qui apportait feu et douleur. Elle n'avait pas de cœur. Il y avait un espace froid et mort là où il aurait dû se trouver. Elle n'était pas humaine. Elle était marquée. Elle était un monstre.

Sujet incapable d'amour. Incapable de sentiments. Parfait pour nos besoins.

Elle avait cru qu'ils se trompaient. Elle avait cru que ses sentiments pour Wes étaient réels, que ce qu'elle éprouvait pour lui était authentique...

Elle avait cru pouvoir le sauver comme lui l'avait sauvée. Lorsqu'il l'avait embrassée avant l'arrivée des négociants, quand il l'avait sauvée des prêtres blancs.

Mais elle s'était trompée.

Sujet incapable d'amour. Elle ne l'aimait pas réellement, d'où son impuissance à le sauver.

Brendon lui tendit son mouchoir, et Roark lui posa une main sur l'épaule. Tous deux pleuraient en silence.

Nat se sentait comme engourdie.

Elle qui s'était crue si maligne ! Elle avait joué, et elle avait perdu.

Et à présent, Wes était mort.

Quelques minutes plus tard, Shakes descendit de la passerelle et vint s'agenouiller à côté de son ami.

– Je lui disais tout le temps qu'il finirait par se faire tuer un de ces jours.

– Shakes...

Il repoussa sa main, trop bouleversé pour prononcer un mot. *Ne t'en fais pas, je ne l'ai encore jamais perdu*, avait-il dit à Nat dans le Grand Dépotoir. Sa faute... tout était sa faute... quelle idiote d'avoir cru... de s'être crue différente... et d'avoir espéré être capable de...

Ils descendirent Wes dans sa cabine et l'étendirent sur son lit. Son visage était gris et la balle qu'elle avait tirée laissait un trou net et rond dans sa poitrine.

Shakes sortit de la pièce en titubant, comme s'il n'avait même plus la force de marcher. Les Petits-hommes ne tardèrent pas à le suivre.

Liannan entra alors.

– Je l'ai tué, souffla Nat. C'est ma faute.

– Tu as bien fait, sinon les pirates s'en seraient chargés et sa mort aurait été pire que mille agonies. Et puis, si cela peut te consoler un peu, tu nous as tous sauvés. Pourras-tu t'en occuper ? s'enquit la Sylphe. Le préparer pour ses funérailles ?

Nat fit oui de la tête et chassa ses larmes. Ensemble, les deux jeunes filles enveloppèrent son corps d'un drap, bénissant son front avec un peu d'huile. Elle posa une main sur sa joue froide. Il était si beau, et si courageux.

– Nous allons encore le garder ici un petit moment, pour que tout le monde puisse lui faire ses adieux, avant de le rendre à l'océan, déclara Liannan.

Nat acquiesça en silence Puis elle regagna la passerelle. On ne voyait plus trace du *Titan* ni du *Van Gogh*. Les chaloupes voguaient, en route pour le port de la Nouvelle-Crète.

Elle trouva Farouk à la barre, l'air perdu, les yeux rouges d'avoir pleuré.

– Où est Shakes ? demanda-t-elle.

– Sais pas, renifla le jeune soldat. Il avait l'air d'humeur meurtrière.

En bas, Nat entendit en effet Shakes tambouriner à coups de poing sur les cloisons de la cabine. Liannan vint les rejoindre sur la passerelle.

– Je crois qu'il vaut mieux le laisser tranquille pour l'instant. Il ne t'en veut pas, Nat, mais il est en colère. En colère que tu n'aies pas pu sauver son ami.

Brendon et Roark montèrent bientôt à leur tour.

– Aucun d'entre nous ne t'en veut ; c'est courageux, ce que tu as fait, la rassura Roark.

Elle avait le cœur brisé, mais elle se contint et ravala ses larmes. La fuite n'était que la première partie de leur plan.

– Qu'est-ce qu'on fait, maintenant ? s'enquit Farouk.

– La même chose qu'en partant de New Vegas. Il faut qu'on rejoigne le Bleu. L'armée est en chemin. Il faut l'arrêter avant qu'elle franchisse le portail. Liannan, tu sais par où passer ?

– Oui. Brendon, aide-moi : il faut qu'on détermine le cap.

47

Il faisait nuit lorsque Nat pénétra dans la cabine de l'équipage. Shakes était assis sur un hamac, penché en avant, la tête entre les mains, tandis que Liannan, appuyée sur son épaule, lui parlait à l'oreille. La Sylphe leva la tête lorsque la porte s'ouvrit.

– Nat est là, dit-elle doucement.

– Je peux repartir.

– Non, ça va, elle peut rester, lâcha Shakes en lui faisant signe de s'asseoir.

Nat avait du mal à croiser son regard.

– Shakes. Je suis désolée.

– Ne t'excuse pas, répondit-il au bout d'un moment, relevant la tête pour esquisser un sourire. Liannan m'a expliqué ce que tu espérais réussir. Tu as bien agi. D'ailleurs, j'espère que j'aurais eu le courage de faire de même.

– Je sais. Tu es un bon ami.

– Toi aussi.

Ils restèrent assis en silence pendant un moment, puis Shakes lui raconta le temps passé sur le *Van Gogh*. Ils avaient eux aussi été mis en cage, mais les hommes de l'Oreille ne les avaient pas affamés, puisqu'ils devaient être vendus au cirque pour un bon prix. Leurs cages se trouvaient à fond de cale, ce qui leur avait épargné d'avoir trop froid.

Durant leur deuxième nuit à bord du *Van Gogh*, ils avaient vu Farouk. Il n'était pas en cage. Les trafiquants avaient le plus grand mal à naviguer et à entretenir leur propre navire. Lorsqu'ils avaient découvert que Farouk savait faire les deux, ils l'avaient sorti de sa cellule et l'avaient mis au travail. Et quand la rébellion avait éclaté, c'était lui qui les avait libérés.

– Il s'avère que toute cette histoire, c'était une idée de Zedric. Il s'était échappé de notre cale quand Farouk l'a rattrapé. Farouk a essayé de le persuader de rester, mais Zedric a refusé. Il a forcé Farouk à l'aider, vu qu'il ne savait pas manœuvrer un bateau. Il voulait essayer de rallier la Nouvelle-Crète. Mais ils se sont fait ramasser par les trafiquants et, comme Zedric résistait, ils l'ont abattu sur-le-champ. (Shakes se passa les doigts dans les cheveux.) J'avais bien dit à Wes que ces frères Slaine ne rapporteraient que des ennuis, mais il a toujours eu un faible pour les survivants de Santonio.

– Il m'a raconté ce qui s'était passé là-bas, dit Nat.

– Ah oui ? Je parie qu'il ne t'a pas dit qu'il avait essayé de les sauver, hein ? Il a tenté de convaincre les Texans de signer le traité, c'est pour ça qu'il a été capturé et torturé, mais c'était trop tard. Il a reçu une médaille pour la « victoire », mais il a quitté l'armée quand même.

Liannan revint s'asseoir à côté de Shakes et lui prit la main.

– Tu devrais te reposer, lui conseilla-t-elle.

Nat les laissa tranquilles et rejoignit la cabine du capitaine pour aller voir Wes, couvert de son linceul. Roark lui tenait compagnie. Le lendemain, ils offriraient Wes à la mer. Elle resta avec eux un petit moment, jusqu'à ce que Brendon la conjure de s'en aller : il veillerait le corps. Elle regagna donc les quartiers de l'équipage et lorsqu'elle s'endormit enfin, ses rêves furent pleins de feu.

Le lendemain matin, ce furent les voix excitées des Petitshommes qui la réveillèrent. Ils étaient au pied de sa couchette.

– Debout ! rugit gaiement Roark.

– Viens voir ! ajouta Brendon en la tirant par la manche.

Nat les suivit dans la cabine de Wes, où Liannan et Shakes se tenaient à la porte. Tous deux souriaient si largement qu'ils semblaient étinceler de bonheur. Nat éprouva un premier tiraillement d'espoir dans son cœur.

– Vas-y. Il veut te voir, dit Liannan.

Comme dans un rêve, Nat entra dans la cabine.

Elle trouva Wes assis sur son lit. Son teint n'était plus gris, mais rose de vie. Il était torse nu, et la blessure sur son cœur n'était plus qu'une simple croûte.

– Salut, toi ! lança-t-il avec un grand sourire, en enfilant sa chemise. J'ai bien cru que j'étais fini quand je t'ai vue appuyer sur la détente. Une chance que tu vises comme une patate, hein ?

Nat lutta contre le sourire qui montait. Elle se rappelait à quel point, en élevant son pistolet, elle avait espéré cette issue, l'avait souhaitée de toutes ses forces.

– Non mais sérieusement, j'ai senti cette balle me déchiqueter de l'intérieur. Et pourtant, je suis là.

– Eh oui, fit-elle en riant, ivre de joie.

Ils se trompaient bien sur moi, pensa-t-elle. *Ils m'avaient dit que je n'avais pas de cœur. Ils m'avaient dit que je n'aimerais jamais personne... et regardez... regardez-le... voyez comme il est beau... comme il est vivant...*

– Tu savais que ça marcherait ? demanda Wes. Mais comment ?

– Ça n'a plus d'importance. Tu es là, et c'est tout ce qui compte.

Un puissant sort de protection. Il faut croire que je l'aime beaucoup, beaucoup.

– Nat, dit-il en lui prenant la main. Je voulais te dire quelque chose avant... je ne sais pas si tu veux l'entendre... et je ne sais pas ce qui se passera quand on arrivera dans le Bleu... mais... peut-être qu'on pourrait... quand tu auras trouvé ce que tu cherches... si tout se passe bien... peut-être qu'on pourrait...

– Oui, le coupa-t-elle. Oui.

Quelle que soit sa question, la réponse était oui. Les yeux du garçon s'allumèrent de joie.

– Oui ?

– Oui.

Elle se baissa vers lui, mais ce fut lui qui l'attira sur ses genoux, l'entourant de ses bras forts, et puis ils s'embrassèrent et s'embrassèrent encore, et ils étaient ensemble, à la place qui était la leur, et elle se blottit plus loin encore entre ses bras, et il l'embrassa partout, sur le nez, sur les joues, dans le cou, sur sa marque, tandis qu'elle riait de bonheur.

– Alors dis-moi, fit Wes en la serrant fort, retrouvant son vieux sourire, ravi d'être de retour à bord avec son équipage. Qu'est-ce que j'ai raté ?

Elle allait répondre lorsque Roark fit irruption dans la pièce.

– On y est... au portail d'Arem. Mais Brendon dit qu'on arrive trop tard.

Devant eux, loin sur l'horizon, les navires de guerre approchaient de la petite île.

48

La flotte militaire avait encerclé un minuscule îlot vert, presque invisible parmi les récifs gris et gelés qui l'entouraient. Ce petit joyau verdoyant se trouvait en effet au centre d'un archipel.

– Des porte-avions, constata Wes, le visage fermé.

Shakes siffla, les yeux vissés aux jumelles.

– Destroyers, frégates, croiseurs porte-missiles. Ils n'y vont pas de main morte.

Liannan pâlit.

– Il ne faut pas les laisser franchir le portail. Mon peuple ne pourra jamais se défendre contre une telle puissance de feu. S'ils entrent, ce sera la mort de Vallonis. Si seulement nous avions encore nos drakonniers...

Nat sortit subitement de sa stupeur. Elle avait été momentanément réduite au silence par l'ampleur de cette flotte, par ce formidable déploiement de puissance contre lequel elle ne pouvait rien, cette machinerie manœuvrée à distance par des officiers bien à l'abri dans leurs bunkers, cachés très loin là où ils ne pourraient être arrêtés. Et c'était elle la responsable de cela. Elle avait donné la pierre, et à présent il était trop tard : il n'y avait plus rien à tenter pour arrêter l'offensive...

Toutefois, ce que venait de dire Liannan fit résonner quelque chose en elle.

Des drakonniers.

– Le Drakon, souffla-t-elle. Le monstre marin. La Pleureuse. Tu as dit que c'était le protecteur de Vallonis.

– Oui, mais il lui manque son cavalier, et sans lui il est incontrôlable. C'est une bête sauvage. Sinon, oui, il est notre meilleure défense.

Nat avait la sensation d'émerger d'un sommeil profond empli de rêves, à mesure que les souvenirs longtemps réprimés lui revenaient en cascade.

La voix qu'elle entendait en elle... celle qui avait cessé de parler parce qu'elle s'exprimait par d'autres moyens...

Le chant de l'oiseau blanc...

Les créatures qui étaient venues les nourrir...

Tout cela disait la même chose...

Tu nous es revenue.

Bénie sois-tu... béni soit le Drakon... béni son cavalier.

La voix avait cessé de lui parler après la mort de l'oiseau blanc. La Pleureuse était en deuil. La Pleureuse était le Drakon.

Nat n'était pas seule. Elle n'était jamais seule.

Je t'ai longtemps cherchée, mais à présent c'est toi qui dois venir à moi. Voyage jusqu'au Bleu. Le Refuge a besoin de toi.

Il est temps que nous ne fassions plus qu'un.

Ne résiste pas à ton pouvoir. Tu dois accepter ce que tu es, lui avait dit Wes.

Elle faisait partie du Drakon. Elle était son familier, son ombre. La venue des glaces avait coupé le monde en deux, si bien qu'à la naissance du Drakon, seize années plus tôt, celui-ci aussi avait été divisé : son âme était née de l'autre côté du portail. Depuis, le Drakon la cherchait.

Elle n'avait pas de cœur.

Parce qu'elle était le cœur du Drakon, l'âme du Drakon. Le monstre et elle ne faisaient qu'un. Chacun arraché à l'autre, perdu seul, et incomplet.

Elle s'avança sur le pont, et observa l'avancée de la marine vers l'île verte qui recelait l'entrée de l'autre monde. Voilà pourquoi elle avait voyagé jusqu'au Bleu : parce que le Bleu avait besoin d'elle autant qu'elle avait besoin de lui.

– Nat… Qu'est-ce que tu fais ? demanda Wes en courant la rejoindre devant le bastingage, où elle se tenait les bras tendus en avant. Tu vas te faire tuer !

Elle s'écarta de lui pour mieux sentir son pouvoir jaillir en elle, sauvage et libre, déchaîné ; elle se laissa envahir, dans tout son corps et toute son âme, sentit sa fureur et sa joie d'être libérée. Elle ne recula pas, ne se cacha pas, elle se laissa subjuguer, laissa son esprit se faire entraîner, balayer, accepta la force de cette magnitude.

C'était aussi grisant que terrifiant.

Le pouvoir formidable qui était en elle, qui la maintenant en vie, qui la protégeait du péril.

Elle était une drakonnière. Une protectrice de Vallonis. Les drakonniers avaient veillé sur l'intégrité de cette terre depuis des siècles et des siècles. Elle était le catalyseur de la destruction. Elle s'était préparée à cela toute sa vie.

Elle savait, à présent, pourquoi elle avait donné la pierre à Avo, qui à son tour l'avait transmise à son commandement.

Elle attirait l'armée vers le portail, y entraînait toute la flotte, toute la puissance militaire concentrée en un lieu unique, *afin de pouvoir la détruire*. Ses rêves l'avaient préparée à ce moment exact. Tout, dans sa vie, avait mené vers cet instant, afin qu'elle puisse répondre à l'appel, et accomplir son devoir le temps venu.

Feu et douleur.

Rage et ruine.

Colère et vengeance.

Des vallées emplies de cendres et de braises froides.

La destruction.

La mort.

Elle avait amené la guerre ici, avait attiré la guerre aux confins du monde, pour faire pleuvoir la vengeance sur ses ennemis, pour protéger le pays qui était le sien. C'était ce pour quoi elle était bâtie, c'était son but, sa vocation.

Elle pivota vers Wes en refoulant des larmes de furie et de joie.

– Je sais ce que j'ai à faire, maintenant. Tu avais raison, Wes, je suis capable d'arranger ça.

Alors, elle éleva les bras vers le ciel et appela son Drakon.

49

– DRAKON MAINAS, RÉPONDS-MOI. ENTENDS MA PAROLE. REMONTE DES PROFONDEURS ET CONFONDS NOS ENNEMIS !

Nat était le Drakon, elle était son cœur et son âme, elle était sa maîtresse et sa cavalière.

Les eaux s'ouvrirent, et une créature noircie monta à la surface. Sa peau était sombre comme le charbon, irisée et hérissée de pointes. Ses yeux étaient vert et or, comme ceux de Nat, un vert pâle d'herbe d'été, l'or d'une aube fraîche et vive, et il portait la marque de la flamme sur son poitrail, la même flamme qu'elle avait sur la peau. Ses ailes immenses battirent et se replièrent, un rideau, un parapluie. Il était gigantesque, presque aussi énorme qu'un navire, une merveille à voir, terrifiant et superbe.

– DRAKON MAINAS !

– ANASTASIA DEKESHALIAS, gronda la créature.

Son vrai nom. Le nom immortel qui lui était venu en rêve. Natasha Kestal était *Anastasia Dekeshalias*. La résurrection de la Flamme. Le Cœur de la Terreur. Le Cœur du Drakon.

La créature fixa Nat du regard, et Nat sentit quelque chose se transformer en elle, comme si elle ouvrait les yeux pour la première fois. Autour d'elle, le monde devint plus net, et le moindre bruit résonnait fortement à ses oreilles. Même son esprit lui semblait s'étendre. Elle plongea le regard dans les yeux de la créature et, en un éclair, tous deux furent liés.

La poitrine de Nat la brûlait ; une douleur nouvelle et intense lui traversa le corps, oblitérant ses pensées.

Que se passait-il ?

Le feu. Elle respirait du feu.

Elle était faite de feu, de cendres, de fumées, de sang et de cristal.

Elle brûlait, brûlait.

Nat voyait tout ce que voyait le Drakon, ressentait tout ce qu'il ressentait, éprouvait sa colère et sa rage.

Le monstre marin s'éleva dans les airs et le ciel fut déchiré par les balles et les missiles lancés par les navires sur ce nouvel ennemi, mais le Drakon était plus rapide. Il prit de l'altitude.

Détruis-les ! Soumets nos ennemis ! Fais pleuvoir la mort sur eux !

Le Drakon poussa un rugissement. Il fondit en premier sur les plus petits des navires, martelant leur coque, les renversant dans les vagues et précipitant les hommes à la mer. Ses ailes puissantes envoyaient des tsunamis d'eau empoisonnée sur les ponts. Le Drakon utilisait l'océan noir comme une arme. Les frégates tanguèrent, roulèrent, et ne tardèrent pas à chavirer. Une fumée noire épaissit l'océan.

Nat regarda le Drakon plonger dans les eaux sombres, disparaître dans les profondeurs pour ressortir un instant plus tard sous un navire, le soulevant au-dessus des vagues et le brisant en deux comme un jouet d'enfant. Avec un puissant rugissement, il se saisit d'un autre vaisseau et le projeta haut dans les airs. En retombant, le bâtiment en écrasa un autre et l'entraîna vers le fond.

Les soldats survivants battirent en retraite dans leurs chaloupes, et d'autres navires commencèrent à les suivre.

On a gagné, songea Nat en voyant l'armada se disperser et les bateaux se détourner de l'îlot vert. Mais une nouvelle volée de balles jaillit des deux gigantesques porte-avions. Leurs canons décrivaient des motifs complexes, guidés par des ordinateurs qui suivaient, calculaient et anticipaient les mouvements de la créature tandis qu'elle plongeait, remontait, tournoyait dans le ciel.

Cache-toi, cache-toi ! se hâta de lui dire mentalement Nat. Le Drakon monta alors dans le ciel, son ventre gris cendre se fondant dans les nuages. Mais les tirs ne faiblirent pas. Des éclats de lumière rouge et orange traversaient la fumée.

Le Drakon n'était plus visible.

Nat paniqua jusqu'à ce que la créature réapparaisse. Les nuages disparurent devant elle, vaporisés par des flammes projetées depuis les cieux, qui dissolvaient la brume comme le soleil fait disparaître la rosée. Le feu du Drakon illumina l'océan sombre d'une lumière que ces eaux n'avaient pas vue depuis cent ans.

Sa flamme était blanche et vive comme le jour. Les ailes repliées dans le dos, le Drakon piqua telle une bombe sur l'un des trois destroyers les plus proches. Son feu brûlant engloutit le navire, et une puanteur de plastique brûlé et d'acier fondu envahit l'atmosphère. Le bâtiment sombra corps et biens, sa coque se recroquevillant comme une brindille devant les flammes

Un autre porte-avions cracha une volée de missiles directement vers le Drakon. La créature les esquiva de son mieux, mais un éclat d'obus lui déchira une aile et les nuages se teintèrent une nouvelle fois de rouge vif.

En dessous, Nat s'effondra sur le pont.

50

– Touchée ! Je suis touchée ! souffla-t-elle en se tenant le bras.

Wes était juste à côté d'elle.

– Nat ! Nat !

– Les canons ! Il faut les arrêter !

– C'est vrai, où avais-je la tête ? Et moi qui attendais que tu sauves notre peau ! Shakes ! Farouk ! Roark ! Brendon ! Les flingues !

Ils n'égaleraient jamais la puissance de feu de la flotte, mais Wes devinait qu'ils n'en auraient pas besoin. Non, pas avec cette chose, le Drakon de Nat, dans leur camp. Sur quelques-uns des navires qui flottaient encore, on entrapercevait des soldats postés derrière de lourds boucliers d'artillerie, en train de manœuvrer leurs canons pour suivre la créature.

Wes empoigna son fusil de précision et grimpa sur le plus haut point de son navire. Il fit signe à Shakes.

– Tiens-moi par la jambe et tâche de me stabiliser. Il faut que je puisse bien viser ces types.

– Mais chef, tu vas être complètement exposé !

Wes savait qu'il avait raison. Les artilleurs étaient distraits par le Drakon, mais aussitôt qu'il leur tirerait dessus ils tourneraient leur attention vers lui et il serait une cible facile. Pourtant, il fallait bien qu'il s'installe en hauteur pour avoir une vue dégagée. C'était un risque à prendre.

Il se tourna vers ses cibles. Il visa bas au premier tir, et sa balle traversa la main d'un premier soldat. Son collègue fit volte-face en direction de Wes. Il manœuvrait une arme assez grosse pour tout anéantir dans un rayon d'un kilomètre autour de lui. Le soldat sourit à Wes, comme pour lui faire savoir qu'il prendrait plaisir à le tailler en pièces.

Mais Wes ne se laissa pas impressionner. Il ajusta son tir, et sa balle transperça la cuirasse de l'homme avant que celui-ci ait touché la détente. *Il y a toujours une fraction de seconde entre la vie et la mort*, songea Wes. *Prends toutes les secondes possibles.*

Comme les missiles ne zébraient plus le ciel, le Drakon réapparut à côté de l'*Alby*. Sa blessure à l'aile avait disparu, et il créait de merveilleuses vagues de vent en volant au-dessus de l'eau, son thorax projetant une ombre crénelée avant qu'il ne se pose sur le pont.

Le navire pencha en recevant son poids. Le fracas de la bataille faiblit, et pendant un instant tout l'équipage demeura immobile, captivé par le Drakon.

Son souffle était semblable à une tornade, rauque et fort comme cent hommes respirant à la fois. Le pont ployait, des boulons sautaient : la créature était lourde comme la pierre. Il replia ses ailes puissantes et posa son énorme tête au sol : le choc secoua tout le bateau.

Nat savait ce qui l'attendait. Elle n'avait plus qu'à prendre son courage à deux mains pour continuer. L'instant était surréaliste et s'étira pendant plusieurs minutes, lui sembla-t-il. Elle regarda l'équipage, qui lui souriait avec espoir. Liannan hocha la tête, et Wes lui offrit son genou en guise de marchepied.

Il lui prit la main et la poussa vers le haut.

– Fais-leur voir l'enfer, lui glissa-t-il à l'oreille, les yeux brillants d'admiration.

Le Drakon ploya l'encolure et Nat l'escalada pour grimper sur son dos. Les épais muscles des épaules du monstre s'ajustèrent à son poids, lui offrant un siège parfait. Elle s'accrocha aux dures écailles, et le Drakon prit son envol avec une force qui faillit la faire tomber.

La fumée emplit ses yeux tandis qu'ils s'élevaient dans les airs. Le vent froid lui grondait aux oreilles et, en un instant, ils furent au-dessus du champ de bataille. D'un seul coup d'œil elle embrassait toute la scène, qui se déployait comme une photo sur une double page de livre. Elle vit les derniers navires militaires posés sur l'immensité noire, la longue mer glacée, et les rivages aimables de la petite île verte.

Vue de cette hauteur, la Terre semblait différente, plus plate, et même le vacarme des armes était assourdi. Ils volaient si haut que les canons des navires ne pouvaient plus les suivre. La fumée grise les dissimulait, et Nat s'agrippa fermement. Elle sentait les muscles du Drakon se contracter à chaque battement de ses vastes ailes.

La créature inspira puissamment, son long thorax musclé fléchissant sous le corps de Nat, et ses poumons à elle, eux aussi, s'emplirent à nouveau de feu.

– À l'attaque ! hurla-t-elle.

Le Drakon s'éleva en chandelle, si prestement que Nat lâcha prise. Alors, elle tomba de son dos et se mit à voler. Elle volait, oui, exactement comme la fameuse nuit où elle s'était jetée par la fenêtre, à MacArthur. C'était la même sensation, et alors qu'elle fendait les airs, elle n'éprouvait nulle frayeur.

Elle pouvait le faire. Elle savait voler.

Elle appela de nouveau son dragon et le fit venir à elle. Elle l'attrapa par l'encolure, mais ils allaient trop vite et ses doigts agrippèrent les écailles pendant le plus bref des instants avant que son élan ne l'éloigne à nouveau. Elle tombait, mais n'avait toujours pas peur.

Drakon Mainas, viens à moi, pensa-t-elle, fort, alors que la mer se rapprochait à toute allure. À l'instant où elle allait toucher l'eau, le Drakon apparut sous elle et elle s'abattit sur son dos. Elle se redressa et enfonça les talons dans sa peau épaisse.

Ils décrivirent des cercles pendant un moment, puis plongèrent en piqué sur les derniers navires militaires.

Inspire à fond. Il va nous falloir toutes nos forces. Maintenant, expire, lui disait le Drakon Mainas.

Elle sentit une fois de plus le même feu sombre lui embraser la gorge, mais elle ne résista pas, au contraire, elle l'inhala. Le feu du Drakon. Lorsqu'elle exhala, une folle flamme azurée jaillit de la gueule du Drakon, couvrant le plus grand porte-avions d'un embrasement iridescent, tourbillonnant, et bleu.

Ils se tournèrent ensuite vers le croiseur furtif. Sa surface était parfaitement lisse, et le Drakon baigna le bâtiment entier d'une flamme si chaude que l'oxygène qui l'entourait alluma une énorme boule de feu orangée. La carcasse cuirassée du navire se contracta comme de la cellophane : les trappes tombèrent vers l'intérieur, les canons se tordirent et les vitres glissèrent de leur cadre.

Le Drakon poussa un rugissement de joie et s'éloigna à tire-d'aile. Puis il redescendit achever la flotte, et, grâce à Nat qui le guidait, parvint à esquiver le torrent de munitions avec une agilité renouvelée, surprenante. Nat se cramponnait de toutes ses forces et les piques du Drakon lui entaillaient les mains, mais elle ne ressentait pas la douleur.

Ils soufflèrent ensemble une fois de plus, et la flamme bleue baigna le dernier vaisseau de guerre dans un cône de feu aveuglant. L'eau noire était en ébullition, les nuages étaient vaporisés, l'air craquait de chaleur. Lorsque le bateau coula, sa myriade de canons lâcha une dernière volée de projectiles. Des obus jaillirent dans toutes les directions.

Un projectile explosif unique traversa le poitrail du Drakon, perçant non seulement la chair de la créature, mais aussi celle de Nat.

Tous deux dégringolèrent en direction de la plage de sable blanc tandis que l'ultime navire ennemi disparaissait dans les eaux furieuses.

51

L'équipage de Wes poussa des acclamations en voyant le dernier bâtiment sombrer. La fumée commença à se dissiper. Le Drakon avait accompli sa tâche. Wes scrutait le ciel et la mer, mais ne le vit nulle part. L'armada avait été arrêtée, oui, mais à quel prix ?

Le cocktail chimique qui embourbait l'océan avait pris feu, si bien que tout autour d'eux les vagues crachaient des tourbillons de flammes bleues.

– Où est-elle ? Où est Nat ? répétait sans cesse Wes.

Shakes avait les jumelles, mais il secoua la tête sans répondre.

– Allez, emmène-nous à la côte, lui ordonna son chef.

Ils mouillèrent l'ancre devant l'île verte, et Wes rejoignit le rivage. L'air était encore chargé de fumée noire qui le fit tousser. Il crut voir le Drakon se traîner au loin, mais la lumière baissait et ses yeux larmoyaient. L'eau était pleine de débris de la bataille, et les survivants rejoignaient les canots à la nage.

Quelques Sylphes apparurent, sortant des ombres de la forêt verte. Comme Liannan, toutes étaient vêtues de blanc. Elles regardèrent Wes d'un air sombre.

– Où est-elle ? Où est Nat ? demanda-t-il une fois de plus.

– La drakonnière a été abattue en plein ciel, répondit la plus proche. Elle nous a quittés.

Impossible. C'était inconcevable. Wes donna un coup de pied dans le sable, refusant d'accepter la nouvelle. Il tomba à genoux, se prit le visage à deux mains, et étouffa un cri de rage.

Les vagues léchaient la grève. En rouvrant les yeux, il aperçut une botte noire qu'il connaissait bien. Il courut jusqu'au corps et le retourna. Oui, c'était Nat, dans son manteau noir et son jean.

Au loin, le Drakon dodelinait de la tête. Wes se demanda s'il l'avait déposée là pour que lui la trouve.

– Nat ! Réveille-toi !

L'eau glacée avait refroidi sa chair. Des brûlures noirâtres couvraient sa peau. Il baissa la tête et colla l'oreille à sa bouche. Elle ne respirait pas. Il commença un massage cardiaque, comme on lui avait appris à le faire. Trois coups rapides, puis pincer les narines et souffler dans la bouche. Rien. Il recommença, insista, encore et encore. Sans aucun résultat.

Liannan le rejoignit en marchant sur la mer.

– Je peux t'aider, si tu veux bien la porter. Suis-moi, dit-elle en se dirigeant vers les profondeurs de l'île.

Il souleva Nat dans ses bras et courut après la Sylphe rapide. L'équipage commença à le suivre.

Liannan les guida ainsi à travers la plage, sur le sable brûlé, et les fit entrer dans la forêt. Wes regardait partout, émerveillé par ce sous-bois dense où les branches se recourbaient pour dessiner un portail. Il n'avait jamais vu d'arbres ailleurs qu'en photo ou sur les réseaux, et ces arbres-là ne ressemblaient à rien de ce qu'il avait pu observer. Les branches étaient couvertes d'épines longues comme le pouce, et les racines, sortant du sol, pointaient vers le haut. Il étendit Nat sur la mousse. Puis il regarda avec délices l'herbe verte, le ciel plein de vie, les oiseaux gazouillant et voletant, le bourdonnement des insectes, l'odeur de verdure. Le Bleu était vivant, vivant comme leur monde l'avait été autrefois.

L'équipe se rassembla autour du corps de Nat.

Wes posa l'oreille contre sa poitrine et guetta un battement de cœur. Il n'entendit rien.

– Nous y sommes, Nat. Nous sommes arrivés. Nous avons atteint le Bleu. Maintenant, réveille-toi, l'exhorta-t-il, la voix rauque d'avoir trop pleuré.

Il attendit.

Enfin, Nat ouvrit les yeux. Elle lui sourit.

Wes lui retourna son sourire.

– Tu me dois dix mille crédits, plaisanta-t-il. Allez, par ici la monnaie !

52

Nat rit, s'assit, et regarda autour d'elle. C'était le Bleu. Chez elle. Vallonis. Plus de nuages, plus de neige ni de brouillard. Rien qu'un soleil radieux tombant sur sa peau, réchauffant son visage. C'était presque nourrissant, comme si le soleil lui accordait la subsistance qui lui avait été refusée pendant toute sa vie. Les chants d'oiseaux et le bourdonnement des insectes comblaient ses oreilles. Une brise douce et tiède lui chatouillait la joue. Le parfum des fleurs, enivrant et sucré, imprégnait l'atmosphère.

Mais ce n'était rien comparé à ce ciel. Un ciel infiniment bleu... Plus de gris, plus de noir, rien que ce bleu souverain. Le Bleu ! Il fallait le voir pour le comprendre. Comment aurait-on pu nommer cet endroit autrement ? Elle sentait ses forces réintégrer son corps. La joie de respirer un air propre. Elle était entière, la pourriture qui avait menacé de la détruire était partie, irrévocablement, elle le sentait bien. Elle pouvait retourner à New Vegas. Elle regarda, époustouflée, le défilé de créatures qui évoluait derrière le portail.

Une Sylphe brune parlait avec ardeur à Liannan, qui secouait la tête d'un air chagrin.

Liannan rejoignit le groupe.

– Ce portail est compromis. Mes semblables n'ont pas le choix, il faut le fermer. C'est trop dangereux. Nous espérions pouvoir le laisser ouvert pour ceux d'entre nous qui sont nés sur les terres grises, mais ils devront trouver un nouveau chemin pour rentrer. Je dois retourner à ma tâche, chercher la source de la maladie. J'ai encore beaucoup à faire, mais vous autres, vous devez traverser avant que le passage ne se referme.

– Je n'irai nulle part sans toi, affirma Shakes en lui prenant la main.

Elle lui sourit tendrement.

– Et toi, chef ? demanda Shakes.

Wes secoua la tête.

– Je ne peux pas, tu le sais bien. Il faut que je retourne chercher ma sœur.

Il s'éloigna du portail verdoyant et s'en retourna vers la plage enfumée.

– Eliza a besoin de moi. Elle est là, quelque part... Il faut que je la retrouve.

– Bon, dit Shakes. T'inquiète, chef, on la retrouvera.

– Je peux vous aider ; je pense que nos quêtes sont peut-être liées, d'une certaine manière, intervint Liannan. Si vous voulez de moi, bien sûr.

– Nous aussi, ajouta Roark.

Brendon hocha la tête.

– Nous t'aiderons à retrouver ta famille. Tu as sauvé la nôtre, et nous ferons de même pour toi.

Farouk fut le dernier à parler.

– Je viens, moi aussi... pour regagner ta confiance.

Son équipe était au complet. C'était eux désormais, sa famille. Sa bande. Il ne manquait qu'une personne. Wes se retourna vers Nat, qui se tenait seule à côté du portail.

– Nat ?

Il sourit, tendant la main pour prendre la sienne.

Elle avait dit oui. Ils resteraient ensemble. À jamais.

Nat sentit les larmes lui monter aux yeux, parce qu'elle connaissait la réponse qu'elle devait lui donner. Le Drakon Mainas parlait dans sa tête. *Tu sais que tu ne peux pas l'accompagner. Nous sommes voués à Vallonis, nous devons protéger ce que nos ennemis cherchent à contrôler. Ce portail va se fermer, mais ils reviendront, et quand ils le feront, nous devrons être prêts. Toi et moi, nous sommes les derniers représentants de notre espèce. Nous sommes tout ce qui reste. Tu ne peux pas me renier.* Elle comprit alors que le Drakon avait ressenti de la colère quand il l'avait sentie tomber amoureuse de Wes. L'amour ne faisait pas partie du plan. Wes était un obstacle à leurs retrouvailles. Les Drakons et leurs cavaliers n'étaient pas là pour aimer. Ils ne faisaient que servir.

Mais elle aimait Wes. Elle l'aimait infiniment.

Il attendait qu'elle prenne sa main tendue.

Elle ne pouvait pas. Non, elle ne *devait* pas.

Ils y étaient.

L'inévitable séparation.

La fin qui venait, elle le savait.

C'étaient les adieux qu'elle redoutait depuis le jour de leur rencontre. Elle l'avait aimé dès le premier instant, lorsqu'il s'était approché de sa table de black-jack, il y avait si longtemps de cela, dans une autre vie, alors qu'ils étaient encore étrangers l'un à l'autre, un mercenaire et sa cliente, un passeur et une croupière, un garçon et une fille.

Elle secoua la tête.

– Je ne peux pas. Je suis navrée, Wes.

Elle avait dit oui, mais c'était avant qu'elle sache ce qu'elle était... avant qu'elle ait compris sa place dans le monde... elle lui avait répondu par un mensonge, un si joli mensonge. Un mensonge auquel elle avait voulu croire, qu'elle avait voulu être vrai. Mais ce n'était qu'un rêve. Feu et douleur. Rage et ruine. Elle était faite de cela, du cœur froid de la terreur.

Wes hocha le menton et fit bonne figure, ne voulant pas qu'elle voie ce qu'il lui en coûtait, de garder cet air impassible de joueur de poker.

– Alors bonne chance.

– Bonne chance à toi aussi.

Et en lui serrant la main, elle y déposa les deux derniers jetons de platine.

L'équipage vint faire cercle autour de Nat pour l'embrasser et lui faire ses adieux. Puis vint le moment de partir, et Wes se retourna vers son navire.

Nat le regarda s'éloigner, puis courut après lui. Des larmes brûlantes lui roulaient sur les joues.

– Ryan !

Lorsqu'il entendit cet appel, son visage rayonna d'une telle joie que ce qu'elle lui dit ensuite la tua presque.

– Je t'aime, je t'aime terriblement, mais je ne peux pas. *Je ne peux pas.* Je t'aime mais je ne peux pas partir avec toi.

– Je comprends, dit-il d'une voix douce.

Et il se retourna vers la plage.

Elle posa une main sur son bras et le fit pivoter vers elle, comme il l'avait fait avec elle une certaine nuit à bord du *Titan*, lorsque les négociants étaient arrivés. Mais ce fut lui qui la souleva dans ses bras et l'embrassa en la serrant fort contre lui.

– Je reviendrai te chercher, lui chuchota-t-il. Notre histoire n'est pas terminée. Je t'en fais le serment.

Et il l'embrassa encore. Plus longuement, cette fois.

Nat le regarda de nouveau s'éloigner d'elle, le cœur brisé et réparé en même temps. *Il y a de l'espoir*, lui avait-elle dit un jour. Elle ne cesserait pas d'y croire. La sensation de son baiser s'attardait sur ses lèvres. Elle espérait que ce moment arriverait bientôt, qu'il lui reviendrait sans trop tarder. Qu'ils seraient un jour réunis. Alors, elle serait heureuse. Elle lui confierait tous les trésors de l'univers. Elle lui confierait son cœur.

Nat appela son Drakon et, ensemble, ils s'envolèrent pour franchir le portail et entrer dans le Bleu.

Remerciements

Mike et Mel tiennent à remercier la fantastique *team Frozen* : notre géniale, formidable et brillante équipe d'éditeurs, Jennifer Besser et Don Weisberg, pour avoir cru au livre depuis le début et pour y avoir mis tout leur cœur. Notre super agent et complice, Richard Abate, ainsi que Melissa Kahn de chez 3 Arts, pour leur soutien. Tout le monde chez Putnam pour son dévouement et son enthousiasme, mais particulièrement Marisa Russell, Elyse Marshall et Shauna Fay Rossano. Theresa Evangelista pour la superbe couverture. Lynn Goldberg et Megan Beatie de chez Goldberg McDuffie pour avoir colporté la nouvelle de par le monde. Nos agents cinéma et TV Sally Willcox, Michelle Weiner, et Tiffany Ward chez CAA pour avoir navigué pour nous dans le monde de fous de Hollywood. Nos merveilleux amis dans la vie comme en littérature : Margie Stohl, Alyson Noël Aaron Hartzler, Ally Carter, Rachel Cohn, Pseudonymous Bosch, Deborah Harkness et James Dashner, nos frères d'armes. À notre famille étendue, particulièrement notre beau-frère et premier lecteur Steve Green, merci d'adorer nos histoires. Notre fille numéro un : Mattie – un jour toi aussi tu participeras à l'affaire familiale, et nous attendons ce moment avec amour et impatience !

Enfin, à tous nos lecteurs qui ont suivi nos livres, des *Vampires de Manhattan* au *Pacte des loups* et aux *Sorcières de North Hampton*, merci d'avoir accueilli Nat et Wes dans vos cœurs. Vous êtes dans le nôtre.

Gros bisous à tous,
Mike et Mel

D'autres livres

Wiz
Albin Michel

Jus ACCARDO, *Touch*
Jus ACCARDO, *Toxic*
Jodi Lynn ANDERSON, *Peau de pêche*
Jodi Lynn ANDERSON, *Secrets de pêche*
Jodi Lynn ANDERSON, *Un amour de pêche*
Jennifer Lynn BARNES, *Tattoo*
Judy BLUNDELL, *Double jeu*
Candace BUSHNELL, *Le Journal de Carrie*
Candace BUSHNELL, *Summer and the City*
Meg CABOT, *(Une irrésistible) envie de sucré*
Meg CABOT, *(Une irrésistible) envie d'aimer*
Meg CABOT, *(Une irrésistible) envie de dire oui*
Meg CABOT, *Irrésistible ! L'Intégrale*
Meg CABOT, *Ready to rock !*
Susane COLASANTI, *La Pluie, les garçons et autres choses mystérieuses*
Elizabeth CRAFT et Sarah FAIN, *Comme des sœurs*
Elizabeth CRAFT et Sarah FAIN, *Amies pour la vie*
Francisco DE PAULA FERNÁNDEZ, *Dis-moi que tu m'aimes*
Francisco DE PAULA FERNÁNDEZ, *Prends-moi dans tes bras*
Neil GAIMAN, *Coraline*
Neil GAIMAN, *L'Étrange Vie de Nobody Owens*
Neil GAIMAN, *Odd et les géants de glace*
Anna GODBERSEN, *Tout ce qui brille*
Anna GODBERSEN, *Une saison à Long Island*
Anna GODBERSEN, *Un baiser pour la nuit*
Jenny HAN, *L'été où je suis devenue jolie*
Jenny HAN, *L'été où je t'ai retrouvé*
Jenny HAN, *L'été devant nous*
Jenny HAN, *L'été où je suis devenue jolie, L'Intégrale*
Rachel HAWKINS, *Hex Hall*
Rachel HAWKINS, *Hex Hall, Le Maléfice*
Rachel HAWKINS, *Hex Hall, Le Sacrifice*

Rachel HAWKINS, *Rebelle Belle*
Mandy HUBBARD, *Prada & Préjugés*
Kate KLISE, *Tout finit par un baiser !*
Abby MCDONALD, *Six semaines pour t'oublier*
Sarah MLYNOWSKI, *Parle-moi*
Sarah MLYNOWSKI, *2 filles + 3 garçons – les parents = 10 choses que nous n'aurions pas dû faire*
Joanna PHILBIN, *Manhattan Girls*
Joanna PHILBIN, *Manhattan Girls – Les filles relèvent le défi*
Joanna PHILBIN, *Manhattan Girls – En mode VIP*
Joanna PHILBIN, *Une saison goût citron*
Yvonne PRINZ, *Princesse Vinyle*
William RICHTER, *Dark Eyes*
Jennifer RUSH, *Amnesia*
Jennifer RUSH, *Memento*
Dan WELLS, *Partials*
Dan WELLS, *Fragments*
Pamela WELLS, *La Ligue des cœurs brisés*

www.wiz.fr
Logo Wiz : Laurent Besson

Composition Nord Compo
Impression CPI Bussière en décembre 2014
Éditions Albin Michel
22, rue Huyghens 75014 Paris
ISBN : 978-2-226-25779-6
ISSN : 1637-0236
N° d'édition : 20783/01. N° d'impression : 2012904
Dépôt légal : janvier 2015
Loi n° 49-956 du 16 juillet 1949 sur les publications destinées à la jeunesse.
Imprimé en France.